Uhlenbrock · Das tödliche Spiel des Zufalls

Für Daniel

und für

Christiane, Conny, Dieter (✝), Elli, Kalle (✝), Karl-Heinz,
Kurt, Markus, Norbert, Petra (✝), Tobias, Wolfgang und
all die anderen Bewohner des Jacob-Meyersohn-Hauses in
Rheine

»In der Verschiedenheit liegt die Schönheit. Jeder Mensch
hat etwas Einzigartiges zu bieten, das die Welt bereichert.«

(Desmond Tutu, 1931–2021, Erzbischof von Kapstadt
und Träger des Friedensnobelpreises)

Karlheinz Uhlenbrock

DAS TÖDLICHE SPIEL DES ZUFALLS

Luke Rumphorsts vierter Fall

Bibliografische Information der Deutschen Nationalbibliothek: Die Deutsche Nationalbibliothek verzeichnet diese Publikation in der Deutschen Nationalbibliografie; detaillierte bibliografische Daten sind im Internet über http://dnb.d-nb.de abrufbar.

© 2025 Karlheinz Uhlenbrock
Titelbild: PiXXart/Shutterstock.com
Umschlaggestaltung: Mona Königbauer, Buch&media GmbH, München
Layout und Satz: Johanna Conrad, Buch&media GmbH, München
Kartographie: grebemaps® Kartographie + PrintDesign
Verlag: BoD · Books on Demand GmbH,
Überseering 33, 22297 Hamburg, bod@bod.de
Druck: Libri Plureos GmbH, Friedensallee 273, 22763 Hamburg
Printed in Germany

ISBN 978-3-8192-9942-1

»Es ist eine unangenehme Tatsache, dass in der Geschichte der Welt die Autokratie – die Tyrannei, Diktatur oder welchen Begriff wir auch wählen – von Menschen jeglichen Standes abhängt, die sie akzeptieren, sich ihr anpassen oder sie sogar als System empfinden, in dem es sich bequem leben lässt. [...] Es sind nicht die Gewalt oder die Geheimpolizei, sondern die Kollaboration und Kooperation, die – ob bewusst oder naiv, wohlmeinend oder nicht – die Autokratie am Leben erhalten.«

Mary Beard, Die Kaiser von Rom.
Aus dem Englischen von Ursula Blank-Sangmeister.
© S. Fischer Verlag GmbH, Frankfurt am Main 2024, S. 462 f.

❈

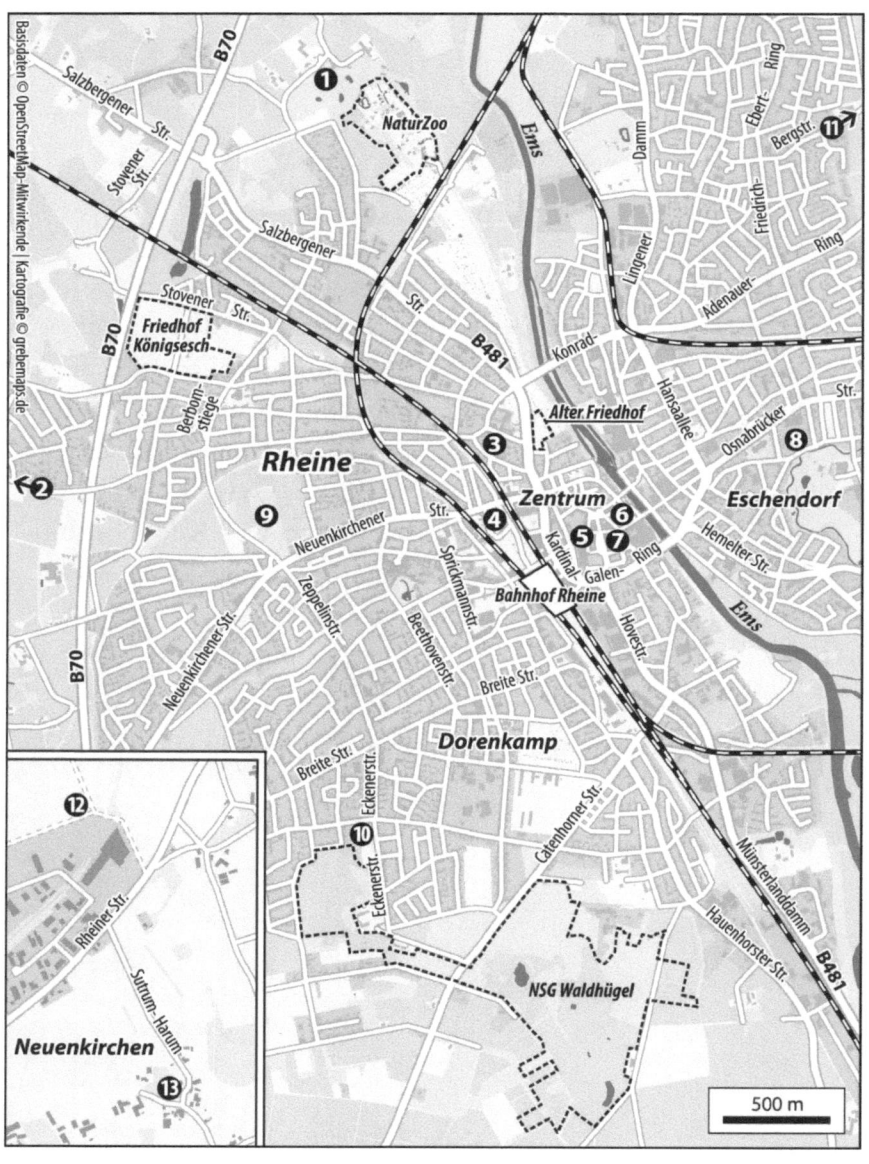

NaturZoo

B70

Salzbergener

Str.

Stovener

Str.

①

B70

Stovener

Str.

Friedhof
Königsesch

Berbom-
stiege

Salzbergener

Str.

B481

Konrad-

Ems

Damm

Lingener

Friedrich-

Ebert-
Ring

Bergstr.

⑪

Ring

Adenauer-

Ring

Str.

Alter Friedhof

Hansallee

Osnabrücker

⑧

Rheine

←②

⑨

③

Zentrum

④

⑤

⑥

⑦

Eschendorf

Neuenkirchener

Str.

Spickmannstr.

Kardinal-Galen-

Ring

Hemelter Str.

Bahnhof Rheine

Hovestr.

Ems

Zeppelinstr.

Neuenkirchener Str.

B70

Beethovenstr.

Breite Str.

Dorenkamp

Breite Str.

Eckenerstr.

Catenhorner Str.

⑩

Eckenerstr.

Münsterlanddamm

B481

Hauenhorster Str.

⑫

NSG Waldhügel

Rheiner Str.

Sutrum-Harum-

Neuenkirchen

⑬

500 m

Basisdaten © OpenStreetMap-Mitwirkende | Kartografie © grebemaps.de

RHEINE AN DER EMS

❶ Salinenparkplatz am Geburtshaus Josef Wincklers

❷ Gaststätte *Zum Uhlenhook*

❸ Villa der Familie Mey

❹ Fitnessstudio *Fitness-Wonder*

❺ Restaurant *Bote Veit*

❻ Buchhandlung *Glückkiste*

❼ Antiquitätengeschäft *Exquisit*

❽ Stadtbibliothek Rheine

❾ Die Hünenborg

❿ Altenheim *St. Josefshaus*

⓫ *Altes Gasthaus Rielmann*

IN NEUENKIRCHEN:

⓬ Stelle der Notlandung einer Bf 109 am 20. Mai 1944

⓭ Der *Brink* in Sutrum-Harum

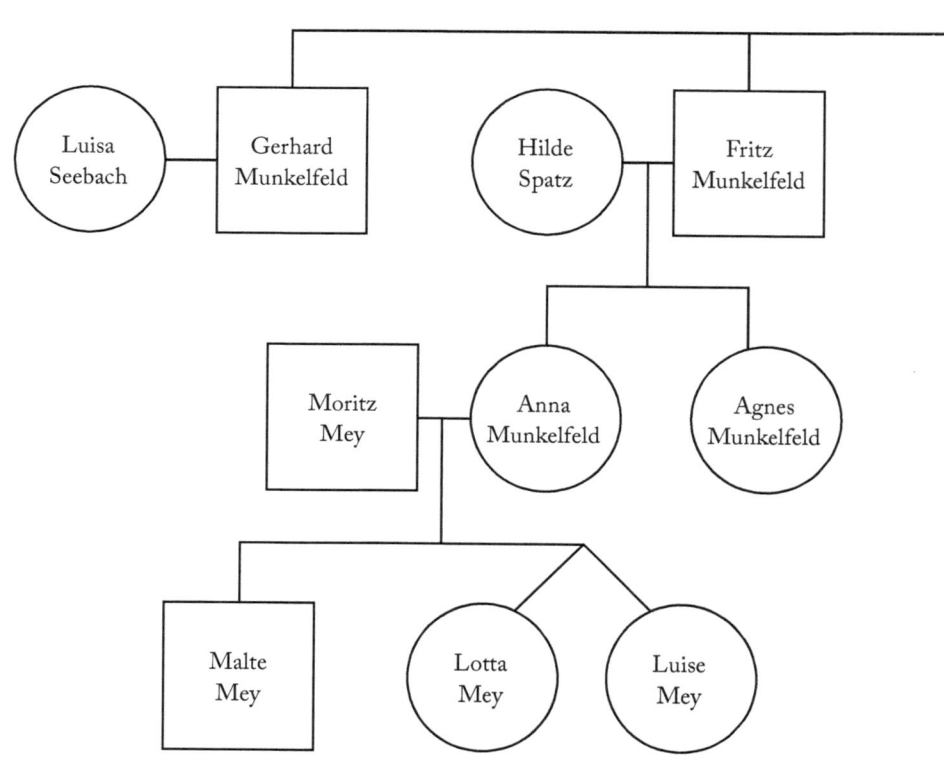

STAMMBAUM DER FAMILIE MUNKELFELD

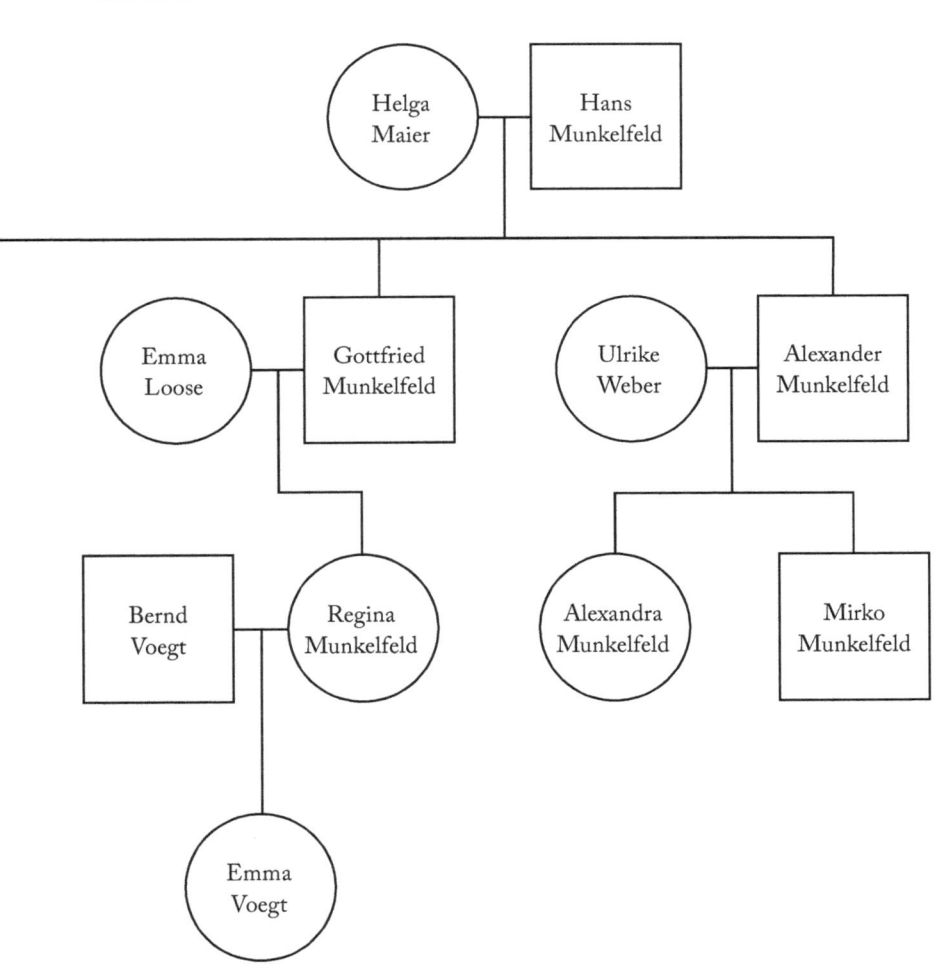

DIE HANDELNDEN PERSONEN

MORITZ MEY

Sorgt als freier Mitarbeiter der *Rheiner Allgemeinen Zeitung* für Niveau im Lokalteil. Studierter Historiker. Taucht tiefer in die Familiengeschichte seiner Frau ein, als ihm lieb ist.

ANNA MEY

Lehrerin für Biologie und Mathematik am Rosalind-Franklin-Gymnasium in Rheine. Hadert, wie viele in unserem Land, mit dem Aufstieg der Rechtspopulisten.

LUKE RUMPHORST

Kriminalhauptkommissar und ein Ermittler alter Schule. Ruhig und entschlossen. Seit Kurzem auch als Ehemann und Vater gefordert, was sein notorisches Schlafdefizit erklärt.

AZRA CEYLAN

Attraktive Polizeibeamtin mit türkischen Wurzeln. Seit zwei Jahren mit Luke Rumphorst verheiratet. Expertin für Beißringe und Veilchenwurzeln, was die Zahnungsprobleme ihrer Tochter Elisa leider auch nicht aus der Welt schafft.

JAKOB BÄR

Macht seinem Namen alle Ehre: bärbeißiger Kriminaloberkommissar und kongenialer Partner seines Kollegen Rumphorst.

EDGAR FALTERMEYER

Spielt als Kriminalermittler eher die zweite Geige, auch weil er noch immer unter den Nachwirkungen einer Long-Covid-Erkrankung leidet. Hoffnung gibt die sich entwickelnde Beziehung zu einer charmanten Niederländisch-Dolmetscherin.

MARIE VAN DENGGELEN

In vielem eine Idealbesetzung: als Dolmetscherin für Niederländisch, als Schöffin beim Amtsgericht – und als unfreiwillige Zeugin in einem Mordfall.

DR. PAUL NOTTENDORF

Wortkarger, Pfeife rauchender Rechtsmediziner am Universitätsklinikum Münster, mit einem Hang zur theatralischen Inszenierung seiner Obduktionsergebnisse.

JUSTUS WAHLBRINCK

Ein aufstrebender junger Staatsanwalt. Arbeitet mit Einfluss im Hintergrund.

JÜRGEN BRENNER

Kellergeist der Kriminalpolizei in Greven. Spezialist der KTU und als solcher bereit, selbst anrüchige Details eines Mordfalls akribisch zu untersuchen.

KAI BÖTICHER

Ein Beispiel dafür, dass auch bei Vertretern des männlichen Geschlechtes körperliche Attraktivität ein Einstellungskriterium sein kann. Seine Erfahrungen mit Frauen sind dennoch äußerst gemischt.

KONSTANZE DIETZDORF

Gründungsmitglied und Generalsekretärin der *Partei der Deutschen* (*PDD*). Verehrt das Deutschtum und den Prosecco.

THERESA MOND/JENNIFER WEINHEIM/WILMA BÖRNENFURT

Mitglieder einer Mädels-WG in Münster mit einer kreativen Geschäftsidee, die sie jedoch bedauerlicherweise vom erfolgreichen Absolvieren ihres Studiums abhält.

HANS MUNKELFELD

Hochdekorierter Soldat im Zweiten Weltkrieg und Vorbild für alle, die preußische Tugenden wie Disziplin, Pflichtbewusstsein und Opferbereitschaft schätzen. Oder etwa nicht?

GERHARD MUNKELFELD

Ehemann von Luisa Munkelfeld, bis dass der Tod sie scheidet. In jungen Jahren ganz so, wie man sich einen Jungen vorstellt: zäh wie Leder, flink wie ein Windhund – und gesegnet mit einer Riesenportion Glück.

LUISA MUNKELFELD GEB. SEEBACH

Eine quicklebendige ältere Dame mit dem zweiten Gesicht – was immer das heißen mag.

MIRKO MUNKELFELD

Aufstrebender Stern der *Partei der Deutschen* (*PDD*) im Münsterland. Stolz auf seine Herkunft und die Leistung seiner Vorfahren. Selber im Beruf eher weniger erfolgreich.

ALOIS NICKEL

Chefredakteur der *Rheiner Allgemeinen Zeitung* und gewichtiger Liebhaber von Kaffee und süßen Versuchungen.

KELVIN SCHIRMER

Professor Dr. Kelvin Schirmer – so viel Zeit muss sein! Ein Mann mit exotischen Hobbys, die beim einen oder anderen schon einmal zu Schweißausbrüchen führen können.

GUSTAV SCHRÖDER

Für manche Deutsche ist seine Hautfarbe ein Problem, für andere sind es seine flinken und kraftvollen Körperbewegungen.

EMMA VOEGT

Studentin der Germanistik und Geografie. Eine attraktive, selbstbewusste Frau mit mehr als einem gut gehüteten Geheimnis. Ihr Auftritt im Roman ist ein kurzer, und doch ist sie im Grunde stets präsent.

REGINA UND BERND VOEGT

Die Eltern von Emma Voegt. Sie würden dem Satz »Kleine Kinder, kleine Sorgen, große Kinder, große Sorgen« von Herzen zustimmen.

WULF-DIETER WITTMÄNNEKEN

Besitzer eines gut gehenden Antiquitätengeschäfts in Rheine. Auf den ersten Blick ein Kavalier der alten Schule. Und auf den zweiten?

PROLOG

Neuenkirchen, Samstag, 20. Mai 1944

Die Schule war aus, ein freier Sonntag lag vor ihnen. Kein Wunder, dass die beiden Jungen, die von Rheine aus über die Neuenkirchener Straße radelten, bester Laune waren. Mit Macht traten sie in die Pedale. Auf Höhe der Thie-Kluse hatte Gerhard die Parole ausgegeben: »Wer als Erster an der Abzweigung nach Sutrum-Harum ist!«, und dann einen fulminanten Antritt hingelegt. Inzwischen lag er weit vor seinem Klassenkameraden, der hechelnd versuchte, das mörderische Tempo des Führenden mitzuhalten.

Hinter den Wolken lugte, wenn auch zaghaft, die Sonne hervor. Der Nachmittag versprach schön zu werden, was nicht nur am Wetter, sondern vor allem an dem lag, was die beiden Jungen in Neuenkirchen erwartete. Denn Gerhard Munkelfeld und sein Schulfreund Werner radelten zum großelterlichen Hof am Brink in Sutrum-Harum, einem immer wieder gerne gewählten Ziel ihrer Samstagnachmittagausflüge. Anders als in den Elternhäusern der beiden, in deren Küchen die Mütter nur das zaubern konnten, was die Lebensmittelkarten hergaben, stand bei Oma Munkelfeld immer etwas Leckeres außer der Reihe auf dem Speiseplan. Ja, es war unbestreitbar von Vorteil, wenn man bäuerlicher Selbstversorger war und einen großen Garten sein Eigen nannte.

Für den Nachmittag hatte Oma Munkelfeld das Backen zweier Marmorkuchen angekündigt. Den einen sollte Gerhard mit zurück nach Rheine nehmen. Schließlich war morgen Muttertag, und da gehörte ein selbst gebackener Kuchen auf den Kaffeetisch, hatte die Oma gemeint. Und da ein guter Kuchen mit den Zuteilungen dieses fünften Kriegsjahres kaum hinzubekommen war, hatte sich eben die Oma angeboten, ihn zu backen. Sehr zur Freude der Mutter in Rheine. Dass ein zweiter Kuchen für die Munkelfeld'sche Kaffeetafel in Sutrum-Harum abfiel, behagte wiederum den beiden Jungen. Denn wenn man als Elfjähriger etwas immer hatte, dann war das Hunger. Und so bildete die Aussicht auf Kuchen am Nachmittag und Bratkartoffeln mit Spiegelei am Abend einen mächtigen Anreiz, die Fahrt von Rheine nach Neuenkirchen auf sich zu nehmen.

Aber da gab es noch etwas, das die beiden Jungen zum Munkel-feld'schen Hof zog. Seit dem Sommer '41 arbeitete hier ein neuer Knecht. Nun, streng genommen war Sławomir Nowak kein Knecht, sondern ein Fremdarbeiter aus Polen. Man hatte ihn den Munkelfelds zugewiesen, weil deren Sohn Hans wie auch der Knecht Matthis, der noch bei Kriegsausbruch auf dem Hof gearbeitet hatte, an der Front waren. Inzwischen sprach Sławomir Nowak einigermaßen Deutsch. Er kam aus der Landwirtschaft und verstand es anzupacken. Die Munkelfelds schätzten seine Zuverlässigkeit. Und nicht zuletzt war der Pole der Liebling aller Kinder am Brink. Denn niemand konnte Märchen und Phantasiegeschichten so gut erzählen wie Sławomir Nowak, niemand aus Holzstecken so fabelhaft Tiere schnitzen oder ausgefallene Ideen für das Cowboy-und-Indianer-Spiel entwickeln wie er.

Mittlerweile hatten die beiden Radler das Tempo gedrosselt. Ihr Atem ging keuchend, und die Oberschenkel zwickten. Flink wie Windhunde, zäh wie Leder und hart wie Kruppstahl sollten sie nach dem Willen des Führers sein. Nun ja, bis dahin war es denn doch noch ein weiter Weg. Kurz vor der Abzweigung nach Sutrum-Harum hob Gerhard lauschend den Kopf. Von rechts hörte er ein tiefes Brummen, das immer lauter wurde.

»Achtung: Tiefflieger!«, rief er Werner als Warnung zu, der gut drei Fahrradlängen hinter ihm fuhr.

»Himmel, nein!«, schrie der zurück und verdoppelte seine Anstrengung, um Gerhard einzuholen.

Über dem Dörper Berg kam eine Rotte Jagdflugzeuge in Sicht.

»Ah, das sind unsere«, brüllte Werner erleichtert. »Focke-Wulf 190 aus Bentlage.«

»Ach Quatsch, Mann, da liegen doch nur Me 109.« Gerhard hatte sein Rad gestoppt, sodass Werner aufschließen konnte. Dröhnend zog die Formation an ihnen vorbei in Richtung Süden.

»Hast recht, sind Messerschmitt«, gab Werner zu, als er neben Gerhard anhielt.

»Hey, guck mal, eine der Maschinen hat offenbar Probleme. Der Pilot zieht sie hoch. Sie schert aus. Jetzt dreht sie um. Fliegt zurück in Richtung Bentlage«, kommentierte Gerhard atemlos das Geschehen am Himmel. Dann mit einem Mal die Erkenntnis: »Oh Gott, die Maschine brennt!« Aus dem Triebwerk der Messerschmitt züngelten Flammen. Das Jagdflugzeug zog eine dunkle Rauchfahne hinter sich her.

»Die kommt runter! Die kommt runter!« Werner war völlig aus dem Häuschen.

In diesem Augenblick lösten sich die Kabinenhaube und der unter dem Rumpf der Messerschmitt montierte Zusatztank. Der Pilot musste beides abgeworfen haben. Das Jagdflugzeug flog jetzt so tief, dass die Jungen den Flugzeugführer im Cockpit erkennen konnten.

»Das gibt Bruch!«, kreischte Gerhard und kniff kurz die Augen zusammen. Im gleichen Moment setzte das Flugzeug mit eingefahrenem Fahrwerk unter hässlichem, dumpfem Rumpeln auf einem gepflügten Acker jenseits der Rheiner Straße auf.

»Himmel, hoffentlich hat der Pilot das überlebt!«

»Komm, das schauen wir uns an!«, drängelte Werner. Seine Augen leuchteten. Verschiedene ihrer Klassenkameraden sammelten Bombensplitter und tauschten die erbeuteten Stücke in den Pausen auch schon mal gegen Glasmurmeln oder Sammelbilder aus Zigarettenpackungen, sofern jemand die noch aus besseren Zeiten zu Hause hatte. Hier und heute aber bot sich die Gelegenheit, ein noch wertvolleres Andenken zu erbeuten als einen Bombensplitter: ein Stück von einem deutschen Jagdflugzeug!

Die beiden Jungen radelten die wenigen Meter, die es zurückzulegen galt, bis von der Rheiner Straße ein Feldweg nach Norden abzweigte, der direktemang zur Stelle der Notlandung führte. Sie querten die Bahnlinie Rheine-Gronau. Links voraus sahen sie die notgelandete

Maschine. Aus deren vorderem Teil schlugen Flammen. Nahe dem Flugzeug standen bereits einige Personen und diskutierten, unter ihnen offenkundig auch der Pilot. Als Gerhard und Werner sich der Messerschmitt näherten, stapfte der ihnen entgegen. Er humpelte, und seine mit Pelz gefütterte Fliegerkombi war an Armen und Beinen versengt.

»Jungs, macht, dass ihr wegkommt!«, herrschte er sie an. »Die Maschine kann gleich explodieren.«

Gerhard und Werner nickten. Und dachten doch keinen Moment daran, dieser Aufforderung tatsächlich Folge zu leisten. Zu groß war die Versuchung, ein Jagdflugzeug aus nächster Nähe zu sehen.

»Ob in der Pilotenkanzel vielleicht noch die Kartentasche liegt?« Werners Augen leuchteten. »Kommst mit nachschauen?«

»Nee, da kokelt's mir zu viel.«

»Na, dann eben nicht.« Werner zuckte die Achseln und wieselte alleine in Richtung Flugzeug.

Aus dem Motorbereich stieg noch immer dunkler Rauch auf, durch den die weiße Spinnerspirale auf der Flugzeugnase kaum zu erkennen war. Bei ihrer Bruchlandung hatte die Maschine eine tiefe Furche in den Acker gezogen.

»Hier sind Fahrwerkteile«, schrie Gerhard in Richtung des Flugzeugwracks.

»Elefantös! Du glaubst es nicht, aber hier liegt die Kartentasche«, schallte es zurück. »Einfach so auf dem Boden. Da bleibt einem ja die Spucke weg.« Dann ein mehrfaches Husten. »Mann, ist das ein Rauch hier. Und schrecklich heiß ist's auch. Ich glaub, ich hau wieder ab.«

Gerhard war in einiger Entfernung zum linken Flügel der Messerschmitt stehengeblieben. Selbst hier roch es nach Benzin, und die Hitze des Triebwerksbrandes war deutlich zu spüren. Er hielt sich die gekreuzten Hände vors Gesicht und linste durch die Lücken zwischen den abgespreizten Fingern. *Mist*, dachte er, *näher ran geht's nicht*. Dabei hätte er sich die Messerschmitt und vor allem deren Pilotenkanzel gerne einmal von ganz Nahem angesehen. *Mann, so eine Maschine möchte ich später auch mal fliegen.* Pilot war einer seiner beiden Traumberufe.

Als er die Hände herunternahm, gewahrte Gerhard eine große Gruppe von Jungen und Mädchen, die auf den Unfallort zusteuerten. Die Nachricht von der Notlandung des Jagdflugzeugs musste sich wie ein Lauffeuer im Dorf verbreitet haben. Eine solche Attraktion gab es nicht alle Tage, und erst recht nicht passend an einem schulfreien Samstagnachmittag.

Mit einem Mal fühlte sich Gerhard von hinten gepackt. »Hey, was soll das … wer …?«

»Du darfst nicht hier sein.«

Die Stimme mit dem harten slawischen Akzent kannte er. »Sławomir, was machst du denn hier? Lass mich los. Ich will mir doch nur das Flugzeug …«

»Nicht gut! Du musst hier weg!« Die großen, kräftigen Hände des Polen schoben Gerhard unerbittlich in Richtung Rheiner Straße.

»Lass mich sofort los!«, brüllte der Junge und schüttelte seinen Oberkörper, um sich von Nowak loszureißen. Doch der Versuch misslang.

»Nein, tue ich nicht«, knurrte der Pole. »Ist viel zu gefährlich!«

»Himmel nochmal, lass mich los! Ich will zum Flugzeug! Die anderen sind doch auch …«

In diesem Augenblick zerriss ein ohrenbetäubender Donnerschlag die Luft. Bruchteile von Sekunden später holte sie die Wucht der Detonation von den Beinen. Der Boden bebte. Metallteile sirrten durch die Luft. Aufschießende Erdfontänen zeigten deren Einschläge im Ackerboden.

Einen Moment war es still. Totenstill.

Dann erste klagende Laute, ein anschwellendes Jammern, Schreien und Weinen!

Der Acker am Dörper Berg bot ein grauenhaftes Bild. Die notgelandete Messerschmitt war ein Wrack. Ihre linke Tragfläche, in deren Nähe Gerhard eben noch gestanden hatte, war abgerissen und zerborsten. Bruchstücke von Motor und Pilotenkanzel waren wie Geschosse bis zu hundert Meter weit katapultiert worden. Überall lagen verletzte, schreiende Menschen und auch solche, die stumm waren und deren offene Augen, ohne etwas zu sehen, in den Mai-Himmel starrten.

»Bitte geh von mir runter«, keuchte Gerhard und versuchte, den breitschultrigen Polen hochzustemmen, der auf ihn gefallen war. Doch der reagierte nicht, und als Gerhard sich unter ihm hervorgearbeitet hatte, wusste er auch warum: Im Rückenteil der Joppe klaffte ein großes, gezacktes Loch, an dessen Rändern sich dunkelrot ein Blutfleck auszubreiten begann.

Entgeistert blickte der Junge auf den Schwerverletzten. Er brauchte einen Moment, dann begriff er.

»Hilfe! So helft mir doch! Sławomir stirbt!«, gellte sein verzweifelter Ruf über den Dörper Berg. Tränen strömten ihm über das bleiche Gesicht, und die Erkenntnis ließ ihn zittern: Wäre Sławomir Nowak nicht gewesen, dann wäre er jetzt tot.

ERSTER TEIL

Rheine, Montag, 3. Juni 2024

AM OFFENEN GRAB

Die letzten Schritte zum Grab würde die alte Dame kaum alleine schaffen. Für diese Erkenntnis hätte es Annas hektischen Handzeichens nicht bedurft. Immerhin ging Tante Luisa auf die Neunzig zu. In den vergangenen Tagen war ihr Gang zudem immer zittriger geworden. Der Tod ihres Mannes hatte sie tief getroffen, nur zu verständlich, nach fast fünfundsechzig gemeinsamen Ehejahren.

Moritz Mey straffte den Rücken. Der Bund seiner Anzughose schnitt in den Bauch. Die schwarze Hose saß merklich zu eng. Er hätte schwören können, dass sie bei ihrem letzten Einsatz noch perfekt gepasst hatte. Das musste ... ja, das musste die Hochzeit von Malte vor gut zwei Jahren gewesen sein. Inzwischen war sein Sohn bereits Papa, und Moritz selber hatte offenbar an Bauchumfang zugelegt. Altersbedingt, wie er sich schnell zu beruhigen versuchte. Obwohl das Problem natürlich an anderer Stelle lag: Er kochte und aß einfach zu gerne.

»Aus Staub bist du, Mensch, und zum Staub kehrst du zurück. So übergeben wir denn, Gerhard Munkelfeld, deinen Leib der Erde und deine Seele in die Arme Gottes, des Allmächtigen.« Der Pfarrer räusperte sich. »Herr, gib ihm die ewige Ruhe.«

»Und das ewige Licht leuchte ihm«, klang es im Chor aus der kleinen Trauergemeinde.

»Herr, lasse ihn ruhen in Frieden.«

»Amen.«

Von der nahen B70 drang das Rauschen des Verkehrs herüber. *Es passt schon, dass Gerhard gerade hier seine Grabstätte gefunden hat*, dachte Moritz. Der Onkel war Zeit seines Lebens ein Autonarr gewesen. Den Geruch von Benzin hatte er geliebt wie Parfüm und seinen Führerschein erst mit neunzig Jahren abgegeben.

Mit einem letzten segnenden Kreuzzeichen trat der Pfarrer zur Seite und schaute Luisa Munkelfeld auffordernd an. Als Witwe hatte sie das Vorrecht, sich als Erste vom Verstorbenen zu verabschieden.

Anna gab Moritz erneut ein Zeichen. »Ja, ja, schon gut«, murmelte der leise und machte einen Schritt auf die vor ihm stehende Tante zu. »Gib mir deinen Arm, Tante Luisa, lass uns gemeinsam zum Grab gehen.«

Die alte Frau wandte ihm das blasse Gesicht zu. Ihre wasserblauen Augen blickten starr, so als schauten sie durch ihn hindurch. Moritz schien es, als käme Luisa gerade aus einer anderen Zeit, von einem anderen Ort zurück. Ihre Augenlider flatterten kurz, dann nickte sie und hakte sich bei ihm ein. Durch den Stoff seiner Anzugjacke spürte Moritz ihren knöchernen Arm. Mit kleinen, trippelnden Schritten wankten sie zur Fußseite des offenen Grabes. Schweigend, den Kopf gesenkt, verharrte Moritz an der Grabkante in Erwartung, dass seine Tante Blütenblätter oder Erdkrumen aus einer der bereitstehenden Schalen nehmen und auf den Sarg werfen würde. Doch nichts dergleichen geschah. Vielmehr versteifte sich ihr Arm. Moritz schaute auf.

Seine Tante stand aufrecht und kerzengerade. Sie schien um Zentimeter gewachsen. Mit weit aufgerissenen Augen starrte sie auf das Kopfende des Sarges. Mit einem Mal war es rundum todstill. Kein Windhauch, kein Vogelruf, selbst von der nahen B70 nur lautloses Schweigen. Luisas Gesicht schien eingefroren, maskenhaft erstarrt. Ihre Lippen bewegten sich, als versuchte sie, Worte zu formen. Doch ihr Mund blieb stumm.

Himmel hilf, sie hat einen Schlaganfall!, schoss es Moritz durch den Kopf.

Im gleichen Moment löste sich Luisas Starrkrampf. Ein Schrei hallte über den Friedhof. »Zwei!«, gellte es, »im Sarg liegen zwei!« Dann sackte die alte Frau in sich zusammen wie eine Marionette, deren Fäden zerschnitten wurden. Geistesgegenwärtig griff ihr Moritz unter die Arme, und es gelang ihm gerade noch, sie vor einem Sturz in das offene Grab zu bewahren.

ZUM UHLENHOOK

Im Nachhinein war Luisa Munkelfeld ihr Auftritt peinlich gewesen, äußerst peinlich sogar. Nachdem sie aus ihrer Ohnmacht erwacht war – Anna und zwei weitere weibliche Verwandte hatten sich rührend um die alte Frau gekümmert – hatte Luisa erklärt, sich an nichts erinnern zu können. Weder an den Moment am Grab noch an das, was sie in diesem Augenblick getan oder gesagt hatte. Anna hatte angeboten, sie nach Hause zu bringen, und dieses Angebot war dankend angenommen worden.

So fand der Beerdigungskaffee im Anschluss an die Beisetzung ohne die trauernde Witwe statt. Im Saal der Gaststätte *Zum Uhlenhook* warteten auf weiß gedeckten Tischen Kaffee, belegte Brötchen und der obligatorische Butterkuchen auf die Trauergäste. Als Moritz den Raum betrat, der durch seine dunkle, rustikale Einrichtung dem traurigen Anlass in besonderer Weise angemessen schien, wurde am vorderen Tisch bereits die erste Lage Pils und Korn serviert. Ein Leichenschmaus bot eben nicht nur Raum für die Erinnerung an den Verstorbenen, sondern zugleich auch für das Feiern des Lebens. Auf dem Weg durch die Tischreihen grüßte Moritz Mitglieder des Turnvereins Jahn, diverse Schützenbrüder und eine Abordnung der Rheiner Feuerwehr. Sein Onkel war Mitglied in einer Reihe von Vereinen gewesen. Am Tisch der Doppelkopf-Freunde wurde verhalten gelacht. Noch im vergangenen Jahr hatte der Verstorbene in der Runde mitgemischt. Seine kauzige Art war immer wieder Anlass für Heiterkeit gewesen. So gab es denn auch mehr als eine amüsante Anekdote über den Verstorbenen, die erzählt werden wollte. Sogar Werner Solltau, Gerhards Freund seit Schülertagen, trug die eine oder andere Geschichte bei, obgleich seine Vorträge etwas schwer zu verstehen waren. Der 91-Jährige nuschelte fürchterlich.

Am Fenstertisch saßen die nahen Verwandten. Hier war die Stimmung gedrückt. Die Gespräche drehten sich um den Vorfall am Grab.

»So kann es nicht weitergehen! Das sind doch Anzeichen von Demenz«, stellte Alexandra Munkelfeld, die älteste Nichte des Verstorbenen, soeben mit vor Empörung zitternder Stimme fest. »Luisa darf nicht länger alleine in diesem großen Haus wohnen. Wir müssen einen Platz im Altenheim für sie finden.«

»Und wer soll den bezahlen? Du weißt doch selber, wie teuer so ein Heimplatz ist. Dafür reichen ihre Rente und die Witwenpension doch nie.« Ihr Bruder Mirko nahm einen Schluck Kaffee und biss herzhaft in eine mit Schinken belegte Brötchenhälfte.

»Willst du dich etwa um sie kümmern, jetzt, wo Onkel Gerhard nicht mehr lebt?«, fragte Alexandra spitz. »Na also. Ich bin an dieser Stelle auch raus. Meine Boutique auf der Emsstraße ...«

»Ja, ja, wissen wir, dein Geschäft frisst dich auf, die Freizeit reicht kaum aus, um deinen Pflichten im Golfclub nachzukommen.« Mirko lachte gekünstelt. »Und für alles andere hast du diese Shalima aus Afghanistan, oder woher immer diese Kafferin stammt.« Er wedelte verächtlich mit der Hand, so als wollte er ein lästiges Insekt verscheuchen.

»Na und? Wer hat, der hat. Hättest du dein Studium damals abgeschlossen, statt dich mit dem Surfbrett auf Weltreise zu begeben, könntest du dir heute auch mehr leisten als diese schuhkartongroße Mietswohnung. Und Shalima kommt aus dem Iran, merk dir das doch endlich mal.«

»Aus Afghanistan, aus dem Iran, aus Hinterturkistan – das ist doch alles dasselbe.« Mirko Munkelfeld lachte verächtlich. »Die kommen doch alle nur zu uns, um sich in die soziale Hängematte zu legen, und schicken die Gelder, die sie abgreifen, zurück in ihre Heimat.«

»Also ...«, Alexandras Gesicht lief rot an, »... du bist fürchterlich. Immer wieder die gleiche Leier.« Sie holte tief Luft. »Shalima ist anerkannte Asylantin und arbeitet hart für das Geld, das sie von mir bekommt. Härter, als du jemals gearbeitet hast!«

»Och, Schwesterchen ist böse mit mir.« Genussvoll biss Mirko ein weiteres Mal in sein Schinkenbrötchen. Kauend grinste er: »Wer hat, der hat. Ist doch nur der pure Neid.«

»Neid?! Worauf sollte ich denn bitte bei dir neidisch sein? Auf deinen Aushilfsjob im Antiquitätenladen? Oder auf die alte Möhre, die du fährst ... oder auch mal schiebst, weil dir das Benzin ausgegangen ist? Neid? Pah, vergiss es.«

Auch das Gesicht ihres Bruders hatte inzwischen eine tiefrote Farbe angenommen. »Ja, okay, zugegeben, bisher war das noch nicht meine Saison. Aber das wird sich ändern, und zwar ganz bald, das verspreche ich dir.«

»Hast du im Lotto gewonnen? Oder 'ne reiche Tussi gefunden, die verzweifelt genug ist, dich zu heiraten?«

»Quatsch. Ist politisch, 'ne große Sache. Du hast ja keine Ahnung, wie groß.«

»Schau an, mein Herr Bruder wird der nächste Bundeskanzler. Hahaha! Nicht schlecht, Herr Specht. Immer noch das alte Großmaul«, frotzelte Alexandra.

Mirkos Gesicht wurde hart. Mit einer langsamen Bewegung legte er den Rest des Schinkenbrötchens auf seinen Teller. Abrupt stand er auf. Sein nach hinten geschobener Stuhl fiel polternd zu Boden. Wütend ballte er die rechte Hand zur Faust. Fast schien es, als wollte er sich auf seine Schwester stürzen.

Betreten schauten die übrigen Cousinen und Cousins zur Seite. Am Tisch wurde es mucksmäuschenstill.

Moritz hatte sich leise auf einen der freien Stühle am Tischende gesetzt in der Hoffnung, von den sich in Rage redenden Streithähnen unbehelligt zu bleiben. Was sich als Illusion entpuppte. Ohne ihren Bruder weiter zu beachten, drehte sich Alexandra zu ihm hin, auf dem Gesicht ein gefrorenes Lächeln. »Ah, Moritz, da bist du ja wieder. Wie geht es Tante Luisa? Habt ihr sie gut nach Haus gebracht?«

»Ich …«, Moritz räusperte sich, »ich denke, es geht ihr wieder besser. Anna ist bei ihr geblieben. Sie sollte heute vielleicht nicht allein bleiben.«

»Das gilt nicht nur für heute, darin sind wir uns doch wohl alle einig«, behauptete Alexandra und warf einen beifallheischenden Blick in die Runde. Ihren Bruder schaute sie dabei intensiver und einen Augenblick länger an als die anderen, woraufhin dieser, einige unverständliche Worte murmelnd, den umgestürzten Stuhl aufhob und sich wieder auf seinen Platz setzte. »Gerade als du kamst, haben wir darüber gesprochen, dass Tante Luisa ab jetzt wohl am besten in einem Altenheim aufgehoben wäre. Du denkst doch auch, dass sie unmöglich länger alleine in ihrem großen Haus bleiben kann, oder?«

»Das eben am Grab, das war doch lediglich ein kleiner Schwächeanfall«, wandte Moritz zaghaft ein. »In ihrer momentanen Situation ist der mehr als verständlich.«

»Schwächeanfall? Na, da bin ich mir nicht so sicher.« Bernd Voegt rieb sich nachdenklich die Nase. »Für mich sieht das eher nach einer beginnenden Demenz aus und in dem Fall sollte Tante Luisa …«

Eine klare, junge Stimme unterbrach ihn:

»Kennst du die Blassen im Heideland,
mit blonden, flächsenen Haaren?
Mit Augen so klar, wie an Weihers Rand
Die Blitze der Welle fahren?
Oh, sprich ein Gebet, inbrünstig, echt,
für die Seher der Nacht, das gequälte Geschlecht.«

»Die erste Strophe des Gedichts ›Vorgeschichte‹ von Annette von Droste-Hülshoff«, stellte Moritz mit einem erstaunten Blick auf die Vortragende fest. »Chapeau! Lernt man so was heute noch in der Schule?«

»In der Schule vielleicht nicht, aber im Germanistik-Studium.« Emma Voegt warf ihre brünetten Haare zurück und lächelte. »Zumindest an der Uni Münster.«

»So wie wir anno Tobak im zweiten Semester«, schmunzelte Moritz, selbst ein studierter Germanist.

»Und was bitte willst du uns damit sagen?« Alexandras Finger trommelten ein Stakkato auf den Holztisch.

»Ich könnte mir vorstellen, dass Großtante Luisa diese Worte am Grab nicht zufällig ausgesprochen hat.« Emma machte eine dramatische Pause. »Sie hat nämlich das ›Zweite Gesicht‹.«

Ungläubiges Staunen in der Runde. Als Erste fand Alexandra ihre Sprache wieder. »Du meinst, Tante Luisa ist ein Spökenkieker? Aber das ist doch Humbug, völliger Blödsinn. Spökenkieker gibt es nicht. Die existieren nur in Sagen und Märchen oder in der ausufernden Fantasie alter Bauerntrampel.«

»Also das sehe ich etwas anders«, widersprach Bernd Voegt. »Immerhin hat die Spökenkiekerei bei uns in Westfalen eine lange Tradition. Es gibt eine Reihe von Beispielen, die zeigen, dass es dieses Phänomen tatsächlich gibt. In Neuenkirchen etwa …«

»Spökenkiek … was? Kann mir mal jemand erklären, worüber hier überhaupt geredet wird?«, fuhr Mirko unwirsch dazwischen.

»En Spöökenkieker, dat is en Mensken, de mehr süht äs änner Lüe un sogar in de Tokunft kieken kann!«, ließ sich Gottfried Munkelfeld, der Großvater von Emma, vom Ende der Tafel her vernehmen. Dort saßen die Geschwister des Verstorbenen, die trotz leichter Schwerhörigkeit der Diskussion ihrer Kinder und Enkel mit wachsendem Interesse gelauscht hatten.

»Ähm, also ich verstehe nur Bahnhof! Kann mal jemand auf Deutsch …«

»Plattdeutsch ist Deutsch, du Banause!« Alexandra rümpfte die Nase.

»›Spökenkieker‹ heißen bei uns in Westfalen die Menschen mit dem ›Zweiten Gesicht‹«, belehrte Emma ihren Großcousin. »Man kann den Begriff vielleicht am besten mit ›Geister-Seher‹ übersetzen. Das sind Menschen, die die Fähigkeit haben, in die Zukunft zu schauen.

Dabei sehen sie meist unheimliche oder bedrohliche Ereignisse voraus, wie Unfälle, Tod oder Krieg. Eine solche Gabe zu haben, ist oft eine schwere Bürde.«

»An so was glaubst du?« Mirko wirkte entgeistert.

»Jedem das Seine«, sagte Emma spitz.

»Dass Tante Luisa die Zukunft vorhersehen kann, also das halte ich gelinde gesagt für Unfug«, ließ sich vom Ende des Tisches Gottfried Munkelfeld vernehmen. »Sonst würde sie nicht seit Jahrzehnten Lotto spielen, ohne auch nur einen einzigen Sechser zu landen.«

Damit erntete er in der Runde einen erlösenden Lacher.

ZWEITER TEIL

Rheine, Dienstag, 3. September 2024

WOHNUNGSAUFLÖSUNG

Nun war es also doch so weit. Luisa Munkelfeld würde ihr gemütliches Haus an der Brechtestraße verlassen und in ein Seniorenheim umziehen. Nicht, dass sich ein Vorfall wie der am Grab ihres Mannes seither wiederholt hätte, keineswegs. Ihr Verstand funktionierte immer noch wie ein perfektes Uhrwerk. Was man von den Gelenken in ihren Knien und Hüften allerdings nicht behaupten konnte. So hatte sie sich denn schweren Herzens entschlossen, das Eigenheim aufzugeben. Ihren neunzigsten Geburtstag im Dezember würde sie im St. Josefshaus in der Eckener Straße feiern. Sofern sie ihn denn erleben sollte.

Luisa war eine Frau, die ihr Leben immer gradlinig und kompromisslos gestaltet hatte. Dieses Prinzip behielt sie auch beim Umzug in ihr vorletztes Domizil, das Zimmer im Seniorenheim, bei. »Denn nach dem Heim kommt nur noch der Sarg«, hatte sie ihrem Neffen Moritz rustikal erklärt und ihn gleichzeitig beauftragt, Möbel und Hausrat, die sie beim Umzug nicht mitnehmen konnte, gewinnbringend zu verkaufen oder kurzerhand zu entsorgen. »Du machst das schon, mein Junge.« Bei ihrer gemeinsamen Hausbegehung hatte Luisa weniger bedrückt denn aufgeräumt gewirkt.

»Fällt es dir nicht schwer, dich von all dem hier zu trennen? Da hängen doch sicherlich viele Erinnerungen dran.«

»Gute wie schlechte, mein Junge, gute wie schlechte. Aber warum sollte ich mich grämen. In meinem neuen Zimmer habe ich nun mal nicht mehr Platz. Und bald wird es für mich noch enger werden. Särge sind nicht besonders geräumig.« Beide hatten einen Augenblick pietätvoll geschwiegen. »Also nur weg mit all dem hier.«

An diese letzte Hausbegehung mit Luisa musste Moritz denken, als er im Wohnzimmer ihres Hauses stand und auf das Schellen der

Türklingel wartete. Es war still im Haus, unnatürlich still. Seit gut drei Wochen lebte seine Tante nun schon im Seniorenheim. Und doch atmeten die verwaisten Räume noch immer den Geist des alten Ehepaares, das hier Jahrzehnte gelebt, gelacht und das Leben genossen hatte. Oh ja, Onkel Gerhard und Tante Luisa waren alles andere als Kostverächter gewesen. Was es an Schönem im Leben gab, sie hatten es mitgenommen.

Moritz' Blick glitt über die Inneneinrichtung. Orientteppiche, Meißener Porzellan hinter blank geputzten Vitrinenscheiben, sorgfältig polierte Möbelstücke, einige von ihnen wahrscheinlich deutlich älter als einhundert Jahre, all das dürfte einen gewissen Wert haben, den Moritz allerdings nur schwer einschätzen konnte. Daher hatte er einen Experten zum Ortstermin gebeten, auch wenn ihm dies emotional nicht leichtgefallen war. Denn die Erinnerungen, die Moritz mit dem Geschäft *Antiquitäten Exquisit* und dessen aktuellem Besitzer Wulf-Dieter Wittmänneken verband, waren alles andere als angenehm. Bei seinem letzten Aufenthalt in den Räumlichkeiten des Antiquitätengeschäfts in der Münsterstraße 28b hatte er sich unversehens geknebelt und gefesselt in den Händen einer mörderischen Psychopathin wiedergefunden. Weiß Gott kein Erlebnis, an das man gerne zurückdachte. Doch Wulf-Dieter Wittmänneken, der Inhaber von *Antiquitäten Exquisit*, war nun einmal in Rheine unbestritten einer der angesehensten Experten für genau jene Objekte, die Moritz im Auftrag seiner Tante zu verkaufen gedachte. Nun ja, zugegeben, ein wenig dazu beigetragen, seine emotionalen Bedenken hintanzustellen, hatte auch die Umsatzbeteiligung von zehn Prozent, die ihm Luisa für den Verkauf in Aussicht gestellt hatte.

Bei seiner Wanderung durch die wie eh und je penibel aufgeräumten Zimmer war Moritz in der Küche angekommen. Auch hier keine Spur von Unordnung. Keine benutzten Tassen oder Gläser. Die Spülmaschine leergeräumt. Der Kühlschrank abgestellt. Alles atmete Stillstand und schien gleichermaßen für ein Ende wie auch für einen neuen Anfang bereit. Mit einem Seufzer setzte sich Moritz an den verlassenen Küchentisch.

Er dachte an Annas Erzählungen von den gemütlichen Mahlzeiten, die sie bei Onkel Gerhard und Tante Luisa genossen hatte. Möglicherweise neigten kinderlose Paare generell dazu, Nichten und Neffen im Kindesalter zu verwöhnen. Luisa und Gerhard hatten dies in jedem Fall getan. So kamen denn beim Frühstück mit ihrer Lieblingsnichte all die Dinge auf den Tisch, die Kinder mochten und die es im elterlichen Zuhause in aller Regel nicht gab: Nutella, Obstsalat aus der Dose, on top eine hausgemachte cremige Vanillesoße, süße Pfannekuchen mit Ahornsirup, alles schrecklich ungesund – und furchtbar lecker. Anna hatte das Frühstück bei Onkel und Tante geliebt!

Nach ihrer Hochzeit hatten ihn Gerhard und Luisa Munkelfeld kurzerhand als »angeheirateten Neffen« in die Familie aufgenommen. Ihr Verhältnis war von Anfang an ein herzliches und vertrauensvolles gewesen, was Moritz als großes Glück empfunden hatte. Für das Ehepaar Munkelfeld schien das Gleiche zu gelten. Wie sonst wäre es zu erklären, dass Luisa ihn mit dem Verkauf ihres Hauses betraut hatte?

Die Türklingel schrillte misstönend. *Gütiger Himmel, das Ding klingt ja wie eine sterbende Krähe,* dachte Moritz. *Als neuer Besitzer würde ich die Schelle direkt nach dem Hauskauf austauschen.* Vor der Tür stand ein Mann Mitte der Sechzig. Hellgrauer Tweed-Anzug, eine dazu passende hellgraue Weste, beide mit einem feinen Gitternetz aus unterschiedlich breiten weißen Streifen überzogen, darunter ein blütenweißes Hemd. Die orange-rote Krawatte war ein Blickfang und passte perfekt zur Ballonmütze mit dem grauen Karomuster und den feinen orangefarbenen Einsprengseln. Dem Anschein nach waren die braunen Lederschuhe handgefertigt.

Moritz musste unwillkürlich schmunzeln. *Noch immer ein Dandy, wie er im Buche steht!,* schoss es ihm durch den Kopf. *Und noch immer klein genug, um keine unerwünschte Aufmerksamkeit auf sich zu ziehen.* Mit seinen knapp ein Meter fünfzig schien der Mann tatsächlich prädestiniert dafür zu sein, in Menschenansammlungen übersehen zu werden.

»Herr Wittmänneken, schön, dass Sie es einrichten konnten.« Sie reichten sich die Hände. Händeschütteln, in der Corona-Pandemie außer Mode gekommen, erlebte inzwischen eine Renaissance.

»Herr Mey, wenn ich mich recht erinnere. Erfreut, Sie zu sehen.«

»Bitte.« Mit einer einladenden Handbewegung bat Moritz den Antiquitätenhändler in den Flur.

»Am Telefon sprachen Sie davon, dass Ihre Tante umständehalber ihren gesamten Hausstand ...«

»Ja, so ist es. Tante Luisa ist ins Altenheim gezogen. Das Haus wird verkauft und ebenso ihr gesamter Hausrat.« Die beiden Männer waren im Wohnzimmer angekommen.

»Ihr gesamter Hausrat, so, so.« Wittmänneken rieb sich die Hände. »Beginnen wir mit dem Interessanten: Gibt es eine Münzsammlung, originale Gemälde, einen Bestand an alten Büchern? Wirklich alten Büchern, meine ich.«

»Leider ein dreifaches Nein. Eine Münzsammlung gab es, doch die hat einer ihrer Neffen vermacht bekommen. Und die Bilder an den Wänden hier stammen alle von unbekannten Künstlern.«

»Weitere Gemälde gibt es nicht?«

Moritz zuckte die Schultern. »Soweit ich weiß, nicht.«

»Und seltene antiquarische Bücher?«

»Die Tante ist eine begeisterte Leserin und eine treue Besucherin der Stadtbibliothek. Ich glaube nicht, dass sie irgendwo ein bibliophiles Schätzchen gehortet hat. Onkel Gerhard, nun, der hielt Lesen für unmännlich. Er hat lieber geschraubt.«

Wittmännekens Augenbrauen schnellten nach oben. »War er Schlosser oder Schreiner?«

»Weder noch«, lachte Moritz, »aber ein Autonarr und begeisterter Hobbybastler. Er hat Oldtimer restauriert und verkauft.«

Über Wittmännekens Gesicht huschte ein Ausdruck des Begehrens. »Gibt es …«

»Leider abermals ein Nein. Mit der Abgabe seines Führerscheins vor gut einem Jahr hat er sich auch von seinem letzten Oldie getrennt, einem Citroën DS 21 Pallas IE, Baujahr 1971.« In der Garage stand seitdem nur noch ein Golf, der Alltagswagen des Onkels, der zwar auch schon acht Jahre auf dem Buckel hatte, aber kaum als Oldtimer gelten konnte. Zudem hatte ihn Onkel Gerhard per Testament Mirko Munkelfeld vermacht.

Wittmänneken schüttelte enttäuscht den Kopf. »Ich verstehe nicht ganz, warum Sie mich unter diesen Umständen überhaupt …«

»Entschuldigen Sie, ich hätte bereits am Telefon deutlicher werden sollen. Mein Kaufangebot bezieht sich auf das Porzellan, die Möbel und die Teppiche meiner Tante.«

Eine Stunde später ließ sich Moritz im Wohnzimmer erschöpft auf das dunkelblaue Plüschsofa fallen. Wittmänneken hatte die infrage kommenden Objekte mit professioneller Gründlichkeit untersucht, mit der Handykamera fotografiert und sodann ein erstes Gebot abgegeben. Bedauerlicherweise war der Interessentenkreis für diese Objekte äußerst klein.

»Teppiche sind für mich nicht besonders relevant. Der Markt für gebrauchte Teppiche ist mehr als überschaubar. Das Angebot aus Wohnungsauflösungen ist einfach zu groß, Sie verstehen. Ihr Porzellan ist bis auf das Meißener Zwiebelmuster Standardware, kommt mithin für einen Ankauf meinerseits ebenfalls nicht infrage. Bei den Möbeln, nun, da wäre ich an den sechs Biedermeierstühlen mit der Lyra im Rückenteil interessiert. Sie sagten, das seien Erbstücke des Mannes Ihrer Tante?«

Moritz nickte. »Von seinen Eltern.«

»Die schwarze Polsterung ist doch original, ja?«

Erneutes Kopfnicken.

»Gut. Dann könnte ich mir auch noch den Ankauf des Sessels aus

Kirschholz und des Sekretärs mit den Intarsien aus dem Arbeitszimmer vorstellen.«

Das war es dann auch schon. Wittmänneken hatte versprochen, Moritz bereits am nächsten Tag ein schriftliches Angebot zukommen zu lassen. Sollte dies angenommen werden, würde er die in Betracht kommenden Gegenstände in der kommenden Woche abholen lassen.

»Immerhin«, murmelte Moritz und seufzte. Viel würde der Verkauf nicht einbringen, aber wenig war immer noch besser als nichts. Für den Rest des Inventars sollte er die Caritas kontaktieren. Vielleicht konnte das ein oder andere Stück ja einen Platz im Sozialkaufhaus *Brauchbar & Co.* finden. Und was dann noch übrig war, nun, mit dessen Entsorgung würde er eine Entrümpelungsfirma beauftragen müssen, auch wenn ihm dabei das Herz blutete. Allein die Hoffnung blieb, dass einer der Verwandten doch noch kurzfristig sein Interesse an einem der Inventarposten bekunden würde. Eine entsprechende WhatsApp-Gruppe würde er jedenfalls einrichten.

Mit einem Mal fiel Moritz die Briefmarkensammlung seines Onkels ein. Möglicherweise besaß die ja einen gewissen Wert … Er hätte sie Herrn Wittmänneken zeigen sollen … ach, vielleicht eher nicht. Wer interessierte sich heutzutage noch für Briefmarken?

DRITTER TEIL

Rheine, Montag, 18. November 2024

IM MORGENGRAUEN

M arie van Denggelen stand am Fenster ihrer Wohnung und schaute auf die Straße. Keine Frage, heute Morgen waren die Bedingungen perfekt. Im diffusen Licht der Straßenlaterne erkannte sie wabernde Nebelschwaden, die wie überdimensionierte Wattebauschen über dem nassen Asphalt des Gehwegs hingen. Von den kahlen Zweigen der Trauerweide im Vorgarten des Nachbarn fielen dicke Tropfen auf den feuchtglänzenden Rasen. Draußen schien es windstill zu sein. Die Sonne war noch nicht aufgegangen. Ein Blick auf das Leuchtzifferblatt ihrer Armbanduhr: 7:02 Uhr. Es wurde Zeit, sich auf den Weg zu machen.

Mit routinierten Handgriffen zog Marie die dick wattierte blaugraue Steppjacke über, die sie in Erwartung der angekündigten frostigen Spätnovembertemperaturen erst wenige Tage zuvor im Modehaus auf der Emsstraße erworben hatte, und hüllte sich in Wollschal und Mütze. Sie schulterte die bereits am vorherigen Abend sorgfältig gepackte Fototasche. Ein letzter kontrollierender Blick in den Spiegel. Fertig. Mit einem leisen Klacken fiel die Wohnungstür ins Schloss. Im Hausflur begegnete ihr niemand. Die Mitbewohner waren längst schon auf dem Weg zur Arbeit oder lagen noch in den Federn.

Eine halbe Stunde später bog Marie van Denggelens hellblauer Fiat auf den Parkplatz gegenüber dem ehemaligen *Hotel Gottesgabe* ein. Bis auf zwei nebeneinanderstehende Fahrzeuge in der äußersten Haltebuchtenreihe war der Parkplatz leer. Die beiden Wagen waren rückwärts eingeparkt worden, so als stünden sie vor der Startlinie einer Autorallye, bereit für das Rennen. Mit einem heiseren Röcheln erstarb der Motor des Fiat. Nur das leise Knistern des abkühlenden Metalls unterbrach die morgendliche Stille.

Es ist so ruhig hier, man könnte meinen, alleine auf der Welt zu sein.

Wunderbar. Marie liebte diese Momente, die alleine ihr gehörten. Wie es schien, war der Nebel inzwischen ein wenig lichter geworden. Zwischen den blattlosen Ästen der Tanzlinde hingen nur noch wenige träge Nebelfetzen. Marie stieg aus und öffnete den Kofferraum, in dem die Fototasche ihren gut gepolsterten Platz hatte. An ihren ungeschützten Hautpartien spürte sie die morgendliche Kälte. Fröstelnd rieb sie sich die Hände. *Nicht trödeln, meine Dame,* gab Marie sich selbst das Kommando. *Gleich geht die Sonne auf und diesen Moment willst du doch festhalten.*

Das Gradierwerk bei Sonnenaufgang, die Weiden an der Saline Gottesgabe im Morgennebel – das waren die Motive, deretwegen sich Marie in aller Herrgottsfrühe auf den Weg nach Bentlage gemacht hatte. *Auf geht's!* Voller Elan beugte sie sich über den Kofferraum, um ihre Fotoausrüstung herauszunehmen. Das Stativ hatte sie mit zwei Zurrgurten gesichert, die zu lösen ihr nur mühsam gelang. Die Finger waren einfach zu klamm. Endlich kam das Aluminiumgestell frei.

Ein dumpfer Schrei durchbrach die Morgenstille.

Maries Kopf schnellte nach oben, was zu einem unangenehmen Kontakt mit dem Rahmen der geöffneten Heckklappe führte. Irritiert rieb sie sich den schmerzenden Hinterkopf und schaute sich um. Aus einem der beiden im hintersten Winkel des Parkplatzes abgestellten Fahrzeuge drang ein röchelndes Stöhnen. Der Wagen bewegte sich, schwankte.

»Lieve hemel, daar hebben twee mensen seks in de auto«, murmelte Marie in ihrer Muttersprache. »Und das bei dieser Kälte«, fügte sie kopfschüttelnd in der Sprache ihres Vaters hinzu.

In diesem Augenblick öffnete sich die Beifahrertür des Wagens. Ein Arm schlenkerte aus dem Inneren, wurde zurückgezogen und erschien erneut in Maries Blickfeld. Der Wagen bewegte sich, schwankte stoßweise. Das Stöhnen war zu einem keuchenden Schnaufen geworden.

Junge, Junge, das sieht aber nach einem sehr temperamentvollen Liebesspiel aus, dachte Marie und musste schmunzeln. So stürmisch war ihr Edgar im Bett eher selten. Und schon gar nicht auf der Rückbank ihres Fiats.

Bevor sie noch einen weiteren Gedanken fassen konnte, rutschte ein dunkles Etwas aus der noch immer weit geöffneten Wagentür. Von innen wurde nachgeschoben und das dunkle Etwas landete mit einem kaum vernehmbaren »Wummp« auf dem Asphalt des Parkplatzes. Eine Hand griff nach der Beifahrertür. Mit einem Geräusch, das wie ein Pistolenschuss über den verlassenen Parkplatz hallte, schlug die Tür zu. Sekunden später sprang der Motor an. Ruckartig schoss der Wagen nach vorn, preschte mit durchdrehenden Reifen über den Parkplatz, bog kreischend nach links in die Salinenstraße ein und jagte mit irrwitziger Geschwindigkeit in Richtung des Kreisels davon. Erst nach hundert Metern wurden die Lichter des Autos eingeschaltet.

Perplex schaute Marie dem Wagen nach. Was bitte war denn das für ein Auftritt? Übte da jemand einen Stunt für den nächsten James Bond? Sie wandte sich um. Neben dem verwaisten Parkplatz lag noch immer das aus der Beifahrertür geglittene unförmige Bündel. Zögernd ging Marie darauf zu. Erst als sie direkt davorstand, erkannte sie im fahlen Licht des heraufdämmernden Tages die Umrisse einer am Boden liegenden Person. Sie bückte sich, um diese besser sehen zu können. Der regungslose Körper gehörte einer jungen Frau. Vorsichtig berührte sie deren Schulter, rüttelte sie sachte. »Hallo? Hallo! Sind Sie okay?« Keine Reaktion. Sanft drehte Marie den Oberkörper der Frau. Deren Kopf glitt zur Seite und Marie sah die weit aufgerissenen Augen, die regungslos in den nebelfeuchten Novemberhimmel starrten. Sollte die Frau etwa … Hektisch strich sie das brünette Haar der am Boden Liegenden zur Seite und tastete an der Halsschlagader nach dem Puls.

Es gab keinen Puls.

Mit zitternden Knien richtete Marie sich auf. Ihr Herz pochte wild und in den Ohren rauschte das Blut. Das konnte doch nicht sein! Sie schluckte schwer. Aber es gab keinerlei Zweifel: Die Frau war tot! Und das, was da eben im Auto passiert war – Marie schlug sich die Hand vor den Mund –, würde ihr Lebensgefährte, Kriminalkommissar Edgar Faltermeyer, fraglos einen Mord nennen!

SCHLECHTE SICHT

K ein vernünftiges Frühstück und eine Leiche am Montagmorgen, die Woche fängt ja gut an«, murrte Kriminalhauptkommissar Luke Rumphorst, während er sich gleichzeitig bemühte, mit dem verhedderten Sicherheitsgurt des Dienstwagens klarzukommen. Was ihm schlussendlich gelang. Das Gurtschloss klickte. »Na, worauf wartest du, fahr schon los!«, blaffte er.

»Wie wäre es mit einem freundlichen ›Guten Morgen‹ und ›Nett, dass du mich von zu Hause abholst, Kollege‹?«, schlug Jakob Bär vor und steuerte den Wagen im Schritttempo über die Franz-Josef-Straße im Rheiner Stadtteil Elte.

»Moin«, knurrte Rumphorst kurz angebunden, schaute dann finster aus dem Seitenfenster und hüllte sich in Schweigen.

Bär seufzte. Die Frage »Wie war die vergangene Nacht?« verkniff er sich nach einem kurzen Blick in das müde Gesicht seines Kollegen.

Rumphorsts Augen brannten. Seine Nacht war mal wieder zu kurz gewesen. Deutlich zu kurz. Seine Tochter Elisa stand im Begriff, die Eckzahnausstattung ihres Milchgebisses zu komplettieren. Passend zu ihrem zweiten Geburtstag im Januar würden die Eckzähne durch sein, hatte der Kinderarzt versichert. Also alles in bester Ordnung, aus ärztlicher Sicht. Eine Einschätzung, die die Prozedur für Elisa offensichtlich nicht einen Deut angenehmer machte, was sie aller Welt mit Unleidlichkeit, Quengeln und Schlafverweigerung kundtat. Auch Veilchenwurzel und Beißring halfen hier wenig. Sechs- bis siebenmal pro Nacht verlangte sie nach Aufmerksamkeit, wodurch Rumphorsts Nachtruhe arg zersplittert und alles andere als erholsam war.

Nicht minder die Nachtruhe seiner Frau Azra, wie an dieser Stelle der Gerechtigkeit halber erwähnt werden sollte, die sich heute einen Tag Sonderurlaub zur Kinderbetreuung genommen hatte. Denn die Kleine nach solch einer Nacht in die Kita zu geben, ging nach ihrer beider Ansicht gar nicht. Rumphorst hingegen quälte sich zum Dienst, unausgeschlafen, mit dunkel umrandeten Augen und nichts anderem im Magen als einer Tasse schwarzen Kaffees. Nicht unbedingt ideale Voraussetzungen für gute Laune und Gelassenheit. In den vergangenen Wochen war Rumphorst bereits einige Male in ähnlicher Verfassung zum Dienst erschienen. Nach einhelliger Meinung der Kolleginnen und Kollegen wurde es allerhöchste Zeit, dass Elisa ihr Zahnen beendete.

Als die beiden Kriminalkommissare gut zwanzig Minuten später auf die Salinenstraße einbogen, wies ihnen das flackernde Blaulicht des Rettungswagens den Weg zum Tatort. Rot-weißes Flatterband sperrte den hinteren Bereich des Parkplatzes ab. Davor stauten sich die Fahrzeuge: Rettungs- und Notarztwagen, ein Streifenwagen der Bereitschaftspolizei, zwei zivile Fahrzeuge und, dezent neben der Einfahrt geparkt, ein schwarzer Leichenwagen – ein ganzer Fuhrpark, der jedermann signalisierte, dass hier etwas Ernstes vorgefallen sein musste. Erstaunlich, dass noch keine Presse vor Ort war.

»Moin«, knurrte Rumphorst. Der dumpfe Tonfall ließ seine schlechte Laune erahnen. »Wir haben eine Leiche?«

»Haben wir.« Der an der Tatortabsperrung wartende Polizeimeister nahm Haltung an. »Eine Frau, Alter etwa 25, schlank, brünettes halblanges Haar. Dem ersten Eindruck nach wurde sie erwürgt.«

»Wer hat die Tote gefunden?«

»Eine junge Fotografin.« Pause.

»Na, und wo befindet sich diese Dame jetzt?«, raunzte Rumphorst. Der uniformierte Kollege nahm es gelassen. »Sie sitzt im Bulli, da ist es um einiges wärmer als hier draußen.« Mit dem Daumen wies er auf den an der Seite parkenden Van, der zwar dank der Neuausstattung der Streifenwagenflotte vor einigen Jahren als Mercedes Vito daherkam, aber im Polizistenjargon noch immer unter Bulli firmierte.

»Sparen Sie sich Ihre überflüssigen Bemerkungen, Mann«, schnauzte Rumphorst ihn an.

»Jawohl«, gab der Schutzpolizist lakonisch zurück und drückte den Rücken durch.

Rumphorst holte tief Luft, nickte dann kurz und stakste, gefolgt von einem kopfschüttelnden Bär, zum blau-gelb lackierten Einsatzfahrzeug. Der Tag konnte ja heiter werden. Die Laune des Chefs war heute einfach unterirdisch. Schwungvoll öffnete Rumphorst die Seitentür des Vito. Warme Luft quoll ihm entgegen. Anscheinend bollerte die Standheizung. Auf der Rückbank saß eine Frau mit langem blondem Haar, rundem Gesicht und Stupsnase und schaute sie erwartungsvoll an.

»Ähm, … guten Morgen, Frau van Denggelen«, sagte Rumphorst verblüfft. Natürlich hatte er die Freundin seines Kollegen Faltermeyer sofort erkannt. »Was um alles in der Welt machen denn Sie in dieser Herrgottsfrühe an einem solch unwirtlichen Ort?«

Kriminalkommissar Edgar Faltermeyer war der dritte Mann im Ermittlerteam des KK 11 in Greven. Dass er dies noch heute war, konnte als kleines Wunder gelten. 2022 hatte ihm das Coronavirus übel mitgespielt. Über Monate hinweg litt Faltermeyer an chronischer Müdigkeit, Antriebslosigkeit und einer permanent depressiven Grundstimmung. Jede kleinste Anstrengung brachte ihn außer Atem. Die Diagnose: Long-Covid. Die Therapie: Warten und Hoffen. Entscheidend zu seiner Genesung beigetragen hatte der glückliche Umstand, dass ihm beim Brötchenkauf im *Schollis Drive In* Marie van Denggelen über den Weg gelaufen war. Sie war bereits mehrmals als Übersetzerin für die Polizei in Rheine tätig gewesen. Zwischen Edgar und Marie hatte es an diesem Morgen gefunkt. Es war Sympathie auf den ersten Blick. Maries Lebenslust und Fröhlichkeit hatten dem Schwermütigen Kraft gegeben, sich aus den Fängen der noch immer weitgehend unverstandenen Krankheit zu befreien, bevor diese ihn endgültig in ihre dunklen Tiefen gezogen hatte. Gut ein Jahr war er nun wieder im Dienst, und wenn auch noch nicht ganz der Alte, so doch auf einem guten Weg dahin.

Die Kommissare stiegen in den Polizeiwagen. Zu dritt saßen sie um den kleinen Klapptisch, und Marie van Denggelen schilderte, nun schon zum zweiten Mal an diesem Morgen, detailgenau den Vorfall auf dem Salinenparkplatz. Bär machte sich eifrig Notizen – wie immer in einer nur für Eingeweihte leserlichen Schrift. Wenn es etwas gab, das einem die Handschrift verdarb, dann war es die seitenlange Protokollierung hastig vorgetragener, teils wirrer Zeugenaussagen.

»Können Sie das Fahrzeug näher beschreiben, das sich nach den von Ihnen geschilderten Vorkommnissen vom Parkplatz entfernt hat?« Rumphorst schaute die Zeugin fragend an und schob, als sie schwieg, nach: »Haben Sie vielleicht die Automarke oder das Modell erkannt?«

Van Denggelen überlegte einen Moment. »Richtig sehen konnte ich den Wagen nicht. Es war dämmerig, dazu der Nebel … und ich war … überrascht«, sagte sie schließlich zögernd. »In jedem Fall war es kein großer Wagen. Die Farbe … eher dunkel, würde ich sagen. Schwarz vielleicht, dunkelblau oder ein dunkles Grau.«

»Sie sagten: ›Kein großer Wagen‹. Das bedeutet so groß wie …?«

»Also genau kann ich das nicht sagen. Aber in jedem Fall größer als mein Fiat 500.« Sie lächelte verlegen.

»Konnten Sie das Nummernschild erkennen?«, fragte Bär hoffnungsvoll.

»Bedaure, leider nein, dafür war es einfach zu dunkel. Aber … irgendetwas hat mich irritiert, als der Wagen schließlich auf der Salinenstraße die Lichter eingeschaltet hat. Irgendetwas war anders als bei anderen Autos … Ich hab' schon überlegt und überlegt, aber ich komme nicht drauf, was das gewesen sein könnte.«

Van Denggelen schwieg. Rumphorst wartete kurz, dann signalisierte er Verständnis: »Setzen Sie sich bitte nicht unter Druck. Es kommt häufiger vor, dass sich Zeugen im ersten Schock nach solch einer Tat nicht an bestimmte Details erinnern können. Das ist ganz normal.

Sollte Ihnen die Besonderheit an der Beleuchtung des Wagens später wieder einfallen, wissen Sie ja, über wen Sie mich erreichen können.« Der Kommissar lächelte. Van Denggelen ebenso. Beide dachten an dieselbe Person.

Wie auf ein Stichwort hin wurde in dieser Sekunde die Seitentür des Einsatzfahrzeugs aufgeschoben. Ein Schwall kalter Luft strömte herein. Draußen stand Kriminalkommissar Faltermeyer.

»Edgar, was machst du denn hier?«, entfuhr es Rumphorst überrascht. »Hast du heute nicht dienstfrei?«

»Habe ich. Aber als Marie … Frau van Denggelen mich angerufen und von ihrem … Erlebnis berichtet hat, dachte ich … also ich dachte, ihr könntet Unterstützung gebrauchen«, schloss Faltermeyer lahm.

»Ich habe ihn gebeten zu kommen«, meldete sich Marie van Denggelen zu Wort. »Ich möchte gleich ungern alleine nach Hause fahren.«

»Und weil ich nun schon mal hier war, dachte ich, ich könnte mich, statt nur zu warten, genauso gut auch nützlich machen und euch zuarbeiten. Natürlich ohne irgendjemandem in die Quere zu kommen«, beeilte sich Faltermeyer zu versichern, als er das Stirnrunzeln des Hauptkommissars bemerkte.

»Na gut«, brummte Rumphorst verstimmt. Denn an und für sich schätzte er Alleingänge und Eigenmächtigkeiten in seinem Ermittlerteam nicht besonders. »Während wir uns den Tatort anschauen, warten Sie am besten hier in der Wärme, Frau van Denggelen«, schlug er Marie vor. Die seufzte und zuckte resigniert die Schultern. Mit einem letzten aufmunternden Blick schloss Rumphorst die Seitentür des Einsatzwagens.

»Also, Edgar, was gibt es zu berichten?«, fragte er, als sie auf den Fundort der Leiche am äußersten Ende des Parkplatzes zugingen. Ein fröstelnder Schutzpolizist hob mit einer müden Geste das Absperrband, sodass die drei Kripo-Beamten sich darunterher ducken konnten.

»Herr Hauptkommissar!« Der überraschende Anruf kam aus Richtung des Notarztwagens. Rumphorst blieb stehen.

»Ah, Frau Doktor …« Auch wenn er die Notärztin bereits von früheren Einsätzen her kannte, wollte ihm ihr Name in diesem Moment partout nicht einfallen. »Ähm, gut, Sie zu sehen«, schloss er lahm.

»Gut, Sie zu sehen.« Die Betonung des ›Sie‹ klang wie ein Vorwurf. »Ich würde meine Arbeit hier gerne abschließen. Denn es steht zu erwarten, dass es an einem solchen Morgen«, die ausholende Handbewegung in Richtung der Nebelschwaden, die noch immer zwischen den Büschen und Bäumen waberten, war unmissverständlich, »bald noch weitere Patienten für mich gibt. Patienten, für die ich hoffentlich mehr tun kann als für die junge Frau dort drüben.«

Rumphorst nickte Zustimmung. »Natürlich.«

»Also, hier ist die vorläufige Todesbescheinigung. Die Frau weist am Hals deutliche Würgemale auf. Ich habe daher eine nicht natürliche Todesart attestiert.« Damit war das weitere Prozedere klar: Die Staatsanwaltschaft würde eine Obduktion anordnen, und die Leiche musste für die vollständige Leichenschau zu Dr. Nottendorf ins Institut für Rechtsmedizin am UKM in Münster überstellt werden.

»Gibt es weitere Auffälligkeiten an der Leiche? Etwa Kampf- oder Abwehrspuren?«

»Weder noch. Zumindest soweit dies unter den Lichtverhältnissen hier vor Ort feststellbar ist. Natürlich wird die Frau versucht haben, die Umklammerung um ihren Hals zu lösen. Möglicherweise hat sie den Angreifer dabei auch gekratzt. Ich konnte allerdings keine Hautpartikel unter ihren Fingernägeln erkennen.« Die Notärztin schüttelte den Kopf. »Aber Genaueres dazu kann Ihnen sicherlich der Kollege in der Gerichtsmedizin nach der Obduktion sagen. Nur noch so viel: Nach meiner ersten Einschätzung war die Frau kerngesund. Was bekanntlich wenig nützt, wenn zwei große Hände einem mit großer Kraft brutal die Luft abdrücken.«

»Irre ich mich, oder möchten Sie mit dem Begriff ›große Hände‹ andeuten, dass in diesem Fall primär ein Mann als Täter infrage kommt?«

Die Notärztin zögerte mit der Antwort. Sie schien abzuwägen, inwieweit sie sich festlegen konnte. Schließlich sagte sie ausweichend: »Größe und Anordnung der Würgemale deuten definitiv in Richtung eines Täters mit großen Händen. Ob es sich dabei um einen Mann oder eine Frau handelt, das lässt sich momentan nicht hundertprozentig sagen. Mir fehlen hierfür stichhaltige Indizien. Ich denke aber, die Rechtsmedizin hat andere Möglichkeiten … und deutlich mehr Zeit.« Mit einem ratschenden Geräusch zog die Ärztin den Reißverschluss ihrer Steppjacke nach oben. »Wäre es das?«

»Ich denke, ja.« Müde rieb sich Rumphorst die Augen. »Danke Ihnen und bis zum nächsten Mal.«

»Das hoffentlich so schnell nicht kommt. Einen guten Tag, die Herren.«

»Ihr Wort in Gottes Ohr«, murmelte der Hauptkommissar und wandte sich um. Als er neben die Leiche trat, hörte er im Hintergrund bereits das Fahrgeräusch des sich entfernenden Notarztwagens. »Na, dann schieß mal los, Edgar.«

Der Angesprochene zückte ein marineblaues Notizbuch, in dem er die Ergebnisse seiner Ermittlungsarbeit zu notieren pflegte – eine seinem Chef abgeschaute Eigenheit –, schlug es auf und begann zu referieren: »Punkt eins: Ich habe die Identität der Frau klären können. Zwar hat sie keine Papiere dabei, zumindest konnte ich an der Leiche keine finden, dafür aber einen Autoschlüssel in der Tasche ihrer Jeans. Der passt zum roten Opel Corsa, der hier neben der Toten geparkt ist. Ich habe den Kollegen das Kennzeichen des Pkw durchgegeben. Er ist auf eine Emma Voegt, 24 Jahre alt, wohnhaft in Altenrheine, Haselweg 65, zugelassen. Das Alter der Halterin passt zum Alter unserer Toten.«

»Damit dürfte die Tote einen Namen haben«, stellte Bär nüchtern fest.

»Das sehe ich auch so«, pflichtete ihm Rumphorst bei.

»Zweitens: Die Tote hat in ihren Jackentaschen kein Handy, was für eine Frau in ihrem Alter äußerst ungewöhnlich ist.«

Bär grinste. »Das kannst du als Junggeselle natürlich nicht wissen: Frauen tragen in aller Regel eine Handtasche mit sich herum, und in der steckt neben Papieren, Sonnenbrille, Lippenstift, Pfefferminzpastillen und Kondomen normalerweise auch das Smartphone. Die Handtasche ist für die Frau quasi eine mobile Zweitwohnung.«

Ohne auf den lockeren Ton einzugehen, entgegnete Faltermeyer: »Ist mir schon klar. Marie besitzt ein halbes Dutzend davon, jede in einer anderen Farbe. In der Handtasche steckt ihr halbes Leben, behauptet sie. Daher hab' ich natürlich auch nach der Handtasche der Toten gesucht. Aber Fehlanzeige – weder bei der Leiche noch in ihrem Wagen habe ich eine gefunden.«

»Dann könnte der Täter die Handtasche, absichtlich oder unabsichtlich, in seinem Wagen mitgenommen haben«, mutmaßte Bär.

»Und Punkt drei?«, drängte Rumphorst, dem die Kälte des Novembermorgens langsam, aber sicher durch die Kleidung drang.

»Ja, der Punkt drei.« Faltermeyer machte eine bedeutungsvolle Pause. Aus seiner Jackentasche zog er einen durchsichtigen Asservatenbeutel, in dem sich auf den ersten Blick nichts zu befinden schien. Erst als Faltermeyer den Beutel den Kollegen entgegenstreckte, entpuppte sich das Nichts als kleines dreieckiges Papierstückchen.

Rumphorst kniff die Augen zusammen. Im dämmrigen Morgenlicht waren Einzelheiten kaum zu erkennen. »Was ist das?«

»Ein Stück Papier, das die Tote in ihrer rechten Hand hielt. Es ist offensichtlich die rechte obere Ecke eines größeren Papierbogens und eindeutig abgerissen worden.« Faltermeyer zückte sein Handy und schaltete die Taschenlampenfunktion ein. Nun war gut zu erkennen, dass es sich bei dem Fund um einen vergilbten Papierschnipsel mit gezacktem linkem Rand handelte. »Das Stück dürfte von einem relativ alten Dokument stammen, das zudem keine besonders gute Papierqualität besaß.« Faltermeyer drehte den Asservatenbeutel um. »Wie ihr seht, ist die Rückseite des Papierschnipsels leer. Auf die Vorderseite aber wurde mit einer Schreibmaschine das Datum 31. März 1945 getippt.«

Überrascht schauten Rumphorst und Bär sich an.

»Der 31. März '45 ... das war in den letzten Tagen des Zweiten Weltkriegs.« Rumphorst runzelte die Stirn.

»Stimmt.« Faltermeyer reichte dem Hauptkommissar den Asservatenbeutel. »Der 31. März war der Karsamstag. In Deutschland wurde noch intensiv gekämpft. Erst mit der bedingungslosen Kapitulation der deutschen Wehrmacht am 8. Mai 1945 endete schließlich der Krieg in Europa.« Er grinste. »Hab' ich eben gegoogelt.«

»Interessant ist der Schriftschnitt«, bemerkte Bär nachdenklich. »Ich hätte nicht gedacht, dass man mit einer Schreibmaschine 1945 schon kursiv schreiben konnte.«

»Da sagst du was! Womöglich stammt das Papierstück also gar nicht aus dem Jahr 1945«, räumte Faltermeyer ein.

»Wie dem auch sei, das sollen die Kolleginnen und Kollegen von der KTU klären.« Mit einer energischen Geste schob Rumphorst den Asservatenbeutel in die weite Tasche seiner Steppjacke. Dann rieb er sich die klammen Hände. »Verflixt kalt heute Morgen. Also, hast du noch was für uns, Edgar, oder können wir ins Warme?«

»Von meiner Seite aus war's das. Ach nein, Moment, nur fürs Protokoll: Markante Reifenspuren gibt es am Tatort keine.«

»Wäre ja auch ein Wunder bei einem gepflasterten Parkplatz mit asphaltierter Zufahrt«, nölte Bär.

»So weit, so gut«, schaltete sich Rumphorst ein, bevor Faltermeyer eine scharfe Antwort geben konnte, zu der er erkennbar bereits ansetzte. »Wartet bitte einen Moment hier. Ich telefoniere kurz mit der Staatsanwaltschaft.«

Faltermeyer und Bär traten von einem Fuß auf den anderen. Ihre Atemwolken kondensierten in der kalten Novemberluft. Im Freien zu stehen, war zu dieser Jahreszeit wahrlich kein Vergnügen.

Gottlob dauerte Rumphorsts Telefonat nur eine gute Minute. »Staatsanwalt Wahlbrinck gibt grünes Licht für die Obduktion«, verkündete er sodann in die Runde. Und an Jakob Bär gewandt: »Sag dem Bestatter Bescheid, er kann die Leiche in die Rechtsmedizin nach Münster bringen.«

»Geht klar.«

»Ach, und Edgar, an deine Freundin hab' ich noch eine Frage, danach darfst du sie zu einem ordentlichen Frühstück einladen.« Er zwinkerte seinem Kollegen zu. »Ich denke, das habt ihr beide jetzt nötig.« Rumphorst lächelte ein wenig gequält. *So wie ich auch!*, setzte er in Gedanken hinzu. Mit energischen Schritten stapfte der Kommissar zurück zum Polizei-Van. Hier hatte Marie van Denggelen inzwischen Gesellschaft bekommen: Die beiden Streifenpolizisten nutzten die Gelegenheit, sich aufzuwärmen. Als Rumphorst die Seitentür aufschob, schauten sie ihn erschrocken an, so als fühlten sie sich bei etwas Unrechtem ertappt.

»Meine Herren, Sie können die Absperrung des Fundortes jetzt aufheben.« Die Beamten kletterten ächzend aus dem Wagen. »Frau van Denggelen, Sie können natürlich auch gehen. Ich möchte Sie nur bitten, morgen im Verlauf des Tages im KK 11 in Greven vorbeizuschauen und das Protokoll zu unterschreiben. Bevor Sie gehen, hätte ich allerdings noch eine Frage: Als der Wagen des Täters startete, wie war da das Anfahrgeräusch?«

Das Gesicht der Angesprochenen war ein einziges Fragezeichen. »Nun, so wie bei jedem Auto, würde ich sagen«, formulierte sie schließlich vorsichtig.

»Ich meine, haben Sie den Motor anspringen gehört? War das Anfahrgeräusch eher wie bei Ihrem benzingetriebenen Fiat oder wie bei einem Elektrofahrzeug?«, präzisierte Rumphorst seine Frage.

»Das … mir ist … kein besonderes Geräusch aufgefallen. Es ging alles so schnell. … Auf jeden Fall haben die Räder gequietscht, als der Wagen rasant beschleunigt hat.«

»Hm, ein eher kleines Auto, dunkel in der Farbe und aus dem Stand recht schnell unterwegs«, murmelte Rumphorst nachdenklich.

Die Zeugin nickte zustimmend.

Das war doch immerhin eine Erkenntnis, wenn auch eine, die ihnen im Moment nicht wirklich weiterhalf.

AM KANAL

Sie standen vor verschlossenen Türen. Im gelb geklinkerten Gebäude des *Alten Gasthauses Rielmann* brannte kein Licht. Bär erklomm die Stufen und lugte durch das nur eingeschränkt durchsichtige Ornamentglas der Eingangstür. »Da drinnen ist alles still und duster.«

»Ah, der Gasthof öffnet erst um 15:00 Uhr«, stellte Rumphorst nach einem Blick auf die links der Eingangstür angebrachte Speisekarte bedauernd fest. »Na, dann haben wir ja nur noch eine gute halbe Stunde bis zu Kaffee und Kuchen.«

»Sollten wir nicht besser zu einem Lokal in Rheine fahren?«, fragte Bär hoffnungsvoll. Das Kopfschütteln seines Chefs hätte er voraussagen können. Dabei war das Knurren seines Magens mehr als deutlich zu hören, wurde aber, wie so oft, von Rumphorst geflissentlich ignoriert. Manchmal fragte sich Bär, wovon sein Kollege den Tag über eigentlich lebte. Liebe, Luft und Kaffee? Mehr konnte es eigentlich nicht sein. Seit dem schnellen Brötchen in der Bäckerei eines großen Supermarktes als zweitem Frühstück hatte es heute noch nichts Nahrhaftes gegeben. Er seufzte. Ihm reichte das zweifellos nicht. Sein zugegebenermaßen ein wenig fülliger Körper verlangte nach fester Nahrung. Nach reichlicher und vor allem regelmäßig zugeführter fester Nahrung. Etwas, das Rumphorst auch nach den vielen Jahren gemeinsamer Arbeit noch immer nicht begriffen zu haben schien.

»Wir gehen einige Schritte am Kanal entlang.« Rumphorst gähnte verstohlen. Frische Luft und Bewegung schienen ihm das beste Mittel gegen die zunehmend bleierne Müdigkeit zu sein, Nachwehen der unruhigen letzten Nacht. Zahnende Kleinkinder waren weiß Gott ein Härtetest für die Eltern. Für Bär, den unfreiwilligen Junggesellen, waren zahnende Kinder und durchwachte Nächte seit vielen Jahren böhmische Dörfer. Seine beiden Sprosse aus der gescheiterten Ehe mit Marlies hatten die Pubertät bereits hinter sich und erwarteten von ihm nichts anderes als monatliche Unterhaltszahlungen in passender Höhe.

»Kommst du?« Rumphorst klang ungeduldig.

»Bei dem Wetter sollte man besser drinnen bleiben, da, wo es trocken und warm ist«, nuschelte Bär, schüttelte den Kopf und trottete dann mit einem tiefen Seufzer dem Kollegen hinterher, der bereits das Ortsausgangsschild erreicht hatte, dessen Kopfteil »Venhaus 6 km« verkündete. »Na, hoffentlich ist das nicht unser Ziel«, maulte er und beeilte sich, Rumphorst einzuholen.

Auf der Bergstraße kam ihnen in zügiger Fahrt ein hellgrün lackierter Van entgegen. Als habe er die beiden Spaziergänger gar nicht gesehen, steuerte der Fahrer den Wagen stur an der Fahrbahnkante entlang. Mit einem Fluch wichen die beiden Kommissare auf den Seitenstreifen links des Weges aus.

»Sakra, was für ein rüpelhafter Fahrer! Hast du das Kennzeichen?«

»Rüpelhafte Fahrerin«, präsizierte Rumphorst mit einem bösen Blick auf den in Richtung Rheine entschwindenden Kastenwagen. »An dieser Stelle sollte man besonderen Wert darauf legen, korrekt zu gendern. Und nein, das Kennzeichen hab' ich mir nicht gemerkt. War aber auch nicht nötig, denn das Logo auf der Seitentür sagt schon alles.«

»Logo? Ach, du meinst diesen merkwürdigen schwarzen Blitz? Ist mir noch nie untergekommen. Du kennst dieses Logo?«

»Ja, und du solltest es auch kennen. Die Damen und Herren der *PDD* könnten uns in Zukunft noch häufiger beschäftigen.«

»*PDD*? Ach, ja«, dämmerte es Bär, »*PDD*, die Partei … die *Partei der Deutschen*.«

»Genau, die *Partei der Deutschen*. National, kraftvoll und dynamisch, um den Slogan ihrer Plakate zur Landtagswahl in Thüringen aus diesem September zu zitieren.«

Bärs Gesicht verfinsterte sich. »Kraftvoll und dynamisch, ha! Rassistisch und ganz weit rechts außen, das träfe deren Kern schon eher. Was macht denn ein Reklame-Van der *PDD* hier in Rheine? Will die Partei jetzt etwa auch bei uns antreten?«

»Gut möglich. Diese braune Soße breitet sich doch aktuell überall aus. Und spätestens zur Bundestagswahl wird sie sicher versuchen, auch bei uns im Münsterland Fuß zu fassen.«

Schweigend setzten die Kripobeamten ihren Weg fort. Jeder hing seinen eigenen Gedanken nach. Kurz vor der Altenrheiner Schleuse bog Rumphorst kommentarlos nach links in den Treidelweg ab, der sich schnurgerade am Kanalufer entlangzog. Sie waren erst wenige Meter gegangen, da konnten sie ihren Erfahrungen mit dem Herbstwetter 2024 eine neue Facette hinzufügen. Wie von Geisterhand tat sich mit einem Mal eine blaue Lücke in der zuvor geschlossenen Wolkendecke auf. Die blasse Novembersonne wurde sichtbar, begann an den verbliebenen Nebelresten zu knabbern und schickte wärmende Strahlen in Richtung der beiden kriminalpolizeilichen Wanderer. Selbst Bär vergaß seinen Unmut und den knurrenden Magen und gab sich ganz dem Genuss der goldenen Sonnenstrahlen hin.

»Um noch einmal auf unseren Besuch im Haselweg zurückzukommen«, holte ihn Rumphorst aus seinen Gedanken. »Welchen Eindruck hattest du von den Eltern unseres Mordopfers?«

»Hm, auf mich wirkten sie sehr betroffen.«

»Auf mich auch.«

»Vor allem die Mutter. Als wir ihr das Foto der Toten gezeigt haben, ist sie fast zusammengebrochen.«

Die beiden Ermittler schwiegen. Eine Zeit lang hörte man nur das Knirschen ihrer Schritte auf dem Schotter des Treidelwegs.

»Interessant war, was die Eltern zum Handy ihrer Tochter erzählt haben«, sagte Rumphorst nachdenklich.

»Du meinst, dass es häufig längere Zeit ausgeschaltet war und sie ihre Tochter einfach nicht erreichen konnten? Ja, das klingt schon merkwürdig, wo die Generation Z doch eigentlich permanent auf Instagram, TikTok und Co. unterwegs ist.«

»Ein Social-Media-Junkie scheint Emma Voegt also eher nicht gewesen zu sein. Deine Idee, das Handy der Toten einfach mal von ihren Eltern anwählen zu lassen, war übrigens klasse.« Rumphorst zeigte den nach oben gestreckten Daumen. »Aber es war natürlich zu erwarten, dass die Ansage kam: ›Die Teilnehmerin ist vorübergehend nicht erreichbar‹. Der Täter hat das Handy selbstverständlich direkt ausgestellt, als er die Handtasche der Toten in seinem Wagen entdeckt hat.« Er zückte sein Notizbuch. »Die Mobilfunknummer der Toten finde ich übrigens interessant. Nach Angabe ihrer Eltern lautet sie 0172–9980752.« Der Kommissar schmunzelte. »Na, fällt dir nichts auf?«

»Was sollte mir auffallen?«, fragte Bär.

»Sie ist bis auf eine Ziffer identisch mit deiner privaten Handynummer.«

»Jetzt, wo du es sagst. Liegt wohl daran, dass ich mein privates Smartphone so gut wie nie nutze. Wer sollte mich schon nach Dienstschluss anrufen?« Bär klang ein wenig wehmütig. Seit der Scheidung war sein Bekanntenkreis sehr übersichtlich geworden.

»An der Handynutzung unserer Toten kommt mir so einiges suspekt vor«, sagte Rumphorst rasch, um Tristesse erst gar nicht aufkommen zu lassen. »Wir sollten diesen Punkt im Auge behalten, wenn wir uns im sozialen Umfeld von Frau Voegt umsehen.«

»Spannungen im Vorfeld der Tat scheint es aber mit keinem ihrer Bekannten gegeben zu haben. Zumindest ist den Eltern, laut ihrer Aussage, nichts dergleichen bekannt. Mir drängt sich da jedoch die Frage auf: Was wissen die Eltern einer 24-Jährigen tatsächlich vom aktuellen Leben ihrer Tochter? Sind die Eltern in diesem Alter wirklich noch Vertrauenspersonen, denen man seine Probleme erzählt? Also ich in dem Alter … hm.« Bärs Stimme verriet Skepsis.

»Immerhin hat Frau Voegt noch ein Zimmer im Haus ihrer Eltern, das sie nach Auskunft des Vaters in den Semesterferien regelmäßig für Übernachtungen genutzt hat. Wobei sie während der Vorlesungszeit natürlich hauptsächlich in ihrer WG in Münster lebte, in der …« Rumphorst zog erneut sein Notizbuch zu Rate, »… in der Heisstraße 48. Die Straße müsste grob zwischen Franziskus-Hospital und Bahnhof liegen.«

»Korrekt«, nickte Bär. »Im Stadtviertel Mauritz-West. Wusstest du übrigens, dass sich die Straße mit einem einfachen ›s‹ schreibt? Also nicht etwa ›H-e-i-ß-straße‹?«

»Ach.« In Rumphorsts Gesicht malte sich Erstaunen ab.

»Sie wurde nämlich nach Eduard Heis benannt. Der war im 19. Jahrhundert ein angesehener Mathematiker und Astronom an der Uni in Münster und, soweit ich weiß, schließlich sogar deren Rektor.«

»Wen du alles kennst!«

»Reiner Zufall«, griente Bär. »Meine vorletzte Freundin wohnte in der Heisstraße.«

Bär war seit gut zwei Jahren geschieden und seither auf der Suche nach einer neuen Lebenspartnerin. Die Zahl der getesteten Kandidatinnen lag inzwischen bei sechs, oder waren es sogar sieben? Rumphorst hatte längst den Überblick verloren. Wie auch immer, die Richtige, so hatte Bär erst wenige Tage zuvor gestanden, war bisher noch nicht darunter gewesen. Tinder & Co. versprachen zwar: »Matchen. Chatten. Treffen.« Was in diesem Versprechen jedoch fehlte, waren die Worte »sich längerfristig mögen und vertrauen«. Und genau daran haperte es bei allen Online-Bekanntschaften des Jakob Bär bisher definitiv.

»Das Zimmer der Tochter in Münster haben sich die Eltern angeblich noch nie angesehen, und über ihre Studentinnen-WG scheinen sie generell nicht besonders glücklich zu sein«, nahm Rumphorst den Gedankenfaden wieder auf. »Wobei sie nicht damit herausgerückt sind, was genau sie an den drei Mitbewohnerinnen stört.«

»Wir sollten uns selber ein Bild der Wohngruppe machen. Wer weiß, was hinter verschlossenen Türen in einer Vierer-Frauen-WG so alles abläuft.« Bärs Fantasie trieb an dieser Stelle offenbar wilde Blüten.

»Ist notiert und für morgen auf den Plan gesetzt. Heute steht allerdings zunächst mal der Besuch beim Freund von Frau Voegt auf unserer To-do-Liste.« Rumphorst schaute erneut in seine Aufzeichnungen. »Kai Böticher, 25, arbeitet im Fitnessstudio an der Neuenkirchener Straße in Rheine. Niemand kennt den Seelenzustand ihrer Tochter besser als er, glauben zumindest die Eltern der Toten. Die beiden sind seit dem gemeinsamen Besuch der Oberstufe des Kopernikus-Gymnasiums zusammen.«

»›… sind seit der Schulzeit ein Herz und eine Seele‹ lautete der O-Ton, wenn ich mich recht erinnere.«

»Stimmt. Wenn also jemand etwas über eventuelle Probleme und Feinde unseres Opfers weiß, dann ihr Freund Kai Böticher.«

Die Kommissare hatten die Autobahnbrücke unter der A 30 passiert. Die durch die entlaubten Zweige der Bäume blinzelnde Sonne war längst wieder hinter Wolken verschwunden, und Bär fand, dass es an der Zeit war, den Spaziergang entlang des Kanalufers zu beenden. Schiffe waren ihnen bisher noch keine begegnet. Der Dortmund-Ems-Kanal schien im Winter eine nicht eben stark frequentierte Wasserstraße zu sein.

»Sollen wir uns nicht langsam auf den Rückweg machen?«, schlug Bär vor. »Der Kaffee ruft!«

Wortlos drehte sich Rumphorst um, und die beiden schlenderten zurück in Richtung *Rielmann*.

»Wenn ich mich recht erinnere, kann man Herrn Böticher am besten ab 17:00 Uhr an seiner Arbeitsstätte erreichen.«

»Meinten zumindest die Eltern von Emma Voegt«, nickte Bär.

»Dann sollten wir dem Herrn als letzte Amtshandlung für heute einen Besuch abstatten. Du hast hoffentlich dein Fitnessdress dabei. Falls ja, können wir gleich das Dienstliche mit dem Angenehmen verbinden.«

»Ein interessanter Gedanke«, schmunzelte Bär. »Aber leider wegen aktuell fehlender Sportkleidung nicht umsetzbar.«

»Da serviere ich dir auf dem Silbertablett die Chance, etwas gegen deine Rundungen zu tun, und du greifst nicht zu. Das war es dann wohl mit dem zweiten Stück Kuchen im *Alten Gasthaus Rielmann*.«

»Ein Stück würde mir schon reichen. Es müsste nur groß genug sein! Mein Magen hängt in den Kniekehlen.«

»Na, dann sollten wir nicht trödeln.«

Wie auf Kommando beschleunigten beide ihre Schritte. Wenig später bogen sie im Flughafenschritt, mit dem die Passagiere von Billig-Airlines versuchen, ihr Flugzeug als Erste zu erreichen, um einen der begehrten Fensterplätze zu ergattern, auf die Bergstraße in Richtung Rheine ein.

»Aah!« Bärs rechtes Bein rutschte weg. Er ruderte wild mit den Armen und hatte Mühe, sein Gleichgewicht wiederzufinden.

Rumphorst drehte sich um: »Was ist los, Jakob? Alles in Ordnung?«

»Alles gut, mir ist nichts passiert. Aber fast wäre ich ausgeglitten! Hier liegt irgendwas Glitschiges im Gras.« Bär bückte sich und hob den Gegenstand auf, der die Ursache seines Beinaheunfalls war. »Sieht aus wie ein Portemonnaie.« Ratlos drehte er das speckige braune Etwas in den Händen. »Das liegt sicher schon einige Tage hier, so feucht und voller Matsch, wie es ist.« Seine Finger wischten Erdreste vom Leder und legten dabei ein eingeprägtes »M« frei. »Scheint ein Monogramm zu sein. Ob noch Geld drin ist?« Neugierig wollte Bär das Portemonnaie aufklappen, doch Rumphorst legte ihm die Hand auf den Arm.

»Sollten wir deinen Fund nicht besser in der Gaststätte weiter untersuchen? Da ist es jedenfalls wärmer als hier am Straßenrand. Und es gibt heißen Kaffee. Also pack das Ding ein und ab die Post.«

»Ach, sieh an, mit einem Mal ist dem Herrn Kollegen Koffein wichtiger als Recherche.« Mit einem Feixen ließ Bär seinen Fund in einen Asservatenbeutel gleiten und versenkte diesen in seiner Jackentasche.

»Also schön, an mir soll die Rettung der darbenden Gastronomie-
branche nicht scheitern.«

IM ALTEN GASTHAUS
RIELMANN

Durch einen bleiverglasten Windfang mit großen rot-grünen Blumenmotiven betraten die beiden Kriminalbeamten den Gastraum. Neugierig schauten sie sich um. Das Restaurant war übersichtlich besetzt. Um genau zu sein: Zu dieser nachmittäglichen Stunde waren Rumphorst und Bär die einzigen Gäste.

»Guten Tag.« Der Gruß kam von der jungen Frau hinter dem Holztresen, deren weiße, spitzenbesetzte Schürze sie als Kellnerin auswies. »Was kann ich für Sie tun?«

Aus der Küche, in die die offenstehende Tür hinter dem Holztresen allem Anschein nach führte, drang das Aroma frisch aufgebrühten Kaffees in den Gastraum und kitzelte die Nasen der beiden Gäste. Der olfaktorische Lockruf des schwarzen Goldes!

»Wir hätten gerne einen Kaffee und ein Stück Kuchen. Das ist doch hoffentlich möglich?«

»Aber sicher doch.« Die Kellnerin breitete die Arme aus. »Nehmen Sie Platz, wo immer Sie mögen.«

»Danke. Welchen Kuchen haben Sie heute im Angebot?«

»Gedeckten Apfel und Stachelbeer-Baiser, eine Spezialität unseres Hauses.«

Rumphorst schaute Bär kurz an. »Ich nehme den Stachelbeerkuchen und dazu eine Tasse Kaffee.«

»Für mich den Apfel und ein Kännchen desselben, wenn Sie haben.«

»Aber sicher doch. Mit oder ohne Sahne?«

»Gerne mit.«

Die junge Frau verschwand durch die offenstehende Tür, und die beiden Ermittler hängten ihre Jacken an den Garderobehaken neben der Theke. Mit einem wohligen Stöhnen nahmen sie auf den senfbraunen Polstern der Eckbank Platz.

»Nett hier. Schön verwinkelt. Mit rustikalem Flair und doch gleichzeitig ein Stück modern. Ich mag das.« Bär streckte seine Beine unter dem blank gescheuerten Holztisch aus.

»Wenn der Kuchen auch noch genießbar ist, könnte das unsere Stammgaststätte werden – für den Fall, dass wir erneut in Altenrheine ermitteln müssen.«

»Was schnell genug der Fall sein könnte.« Bär rieb sich die Hände. »Denn noch tappen wir, was unsere Tote aus dem Salinenpark anbelangt, doch weitgehend im Dunkeln, oder sehe ich das falsch?«

Rumphorsts Brummen signalisierte Zustimmung.

»Also vor allem das Motiv macht mir Kopfzerbrechen. Warum erwürgt jemand eine junge Frau, die nach Aussage ihrer Eltern nicht gerade vermögend ist, aber ihr Studium in Münster erfolgreich absolviert? Die in geordneten Verhältnissen lebt, einen langjährigen festen Freund und offenbar keine Feinde hat?« Herausfordernd schaute Bär seinen Kollegen an.

»Oh, mir fielen da auf Anhieb eine Reihe von Motiven ein: Eifersucht, Wut, verletzte Eitelkeit, Neid und Habgier«, zählte Rumphorst auf. »Oder wie wäre es zum Beispiel mit dem Versuch der Vertuschung einer Straftat? Und nicht zu vergessen, weil gerade besonders aktuell: politische Motive und der Hass auf Andersdenkende oder auf Mitglieder einer bestimmten Religionsgemeinschaft. Die Liste ließe sich sicher noch um etliche Mordmotive ergänzen. Solange wir das Umfeld der Toten und ihre Aktivitäten nicht konkreter ausgeleuchtet haben, sollten wir keines davon ausschließen.«

»Okay, okay, ich hab' verstanden: offen bleiben und genau hinschauen. Na, dann hoffen wir mal, dass die Befragung ihres Freundes gleich ein wenig Licht in puncto Umfeld und Beschäftigung der Emma Voegt bringt. Ihre Eltern schienen mir nicht besonders gut informiert zu sein, was die aktuellen Lebensumstände ihrer Tochter anbelangt.«

»Da sagst du was.« Rumphorst nickte bedächtig. »Beim Gespräch mit den Eltern hatte ich sowieso den Eindruck, dass Emma Voegt sich innerlich ziemlich weit von ihrer Familie entfernt hat. Ihr Zimmer im elterlichen Haus scheint sie nur noch als Schlafgelegenheit genutzt zu haben. Intensivere Gespräche etwa zwischen Mutter und Tochter gab es offenbar bereits seit Längerem keine mehr. Sonst wären die Eltern nicht so schmallippig gewesen, als es um den konkreten Freundeskreis und den aktuellen Stand des Studiums ihrer Tochter ging.«

»Dass sie nicht mal in der Lage waren, uns definitiv zu sagen, in welchem Studiensemester sich ihre Tochter befindet, ist tatsächlich mehr als merkwürdig. Da zahlen sie der jungen Frau monatlich siebenhundert Euro und haben angeblich keine Ahnung, ob es bis zum Studienabschluss noch ein, zwei oder fünf Jahre sind. Also ich an ihrer Stelle würde ...«

»Achtung, Jakob, da kommt unser Kaffee.«

Das Tablett mit Kaffeegeschirr in der einen und zwei blumenverzierte Kuchenteller in der anderen Hand näherte sich die Bedienung ihrem Tisch. Mit elegantem Schwung und ohne auch nur einen Tropfen des dunkelbraunen Coffeinum liquidum zu verschütten, servierte sie das Kuchengedeck, dem sich die beiden Männer sodann mit Andacht widmeten. Der empfohlene Stachelbeerkuchen erwies sich als Gedicht, für Rumphorst Anlass zu einer Lobeshymne, die die Kellnerin mit einem leichten Erröten quittierte, als sie die leeren Kuchenteller abräumte.

»Ich hätte gerne noch einen zweiten Kaffee«, orderte der Kommissar. »Und dann möchte ich zahlen. Für uns beide.«

»Sieh an, der Koffeinpegel ist anscheinend doch noch zu niedrig«, schmunzelte Bär. »Ich hab' mich schon gewundert, dass du nur eine Tasse bestellt hast. Danke jedenfalls für die Einladung. Ich revanchiere mich bei passender Gelegenheit.«

»Lass stecken, Jakob. Eine Einladung zu Kaffee und Kuchen ist bei meinem Gehalt gerade noch drin. Auch wenn ich zugeben muss, dass, seit wir zu dritt sind, die Euros bei uns nicht mehr ganz so locker sitzen.« Rumphorst fingerte in der Innentasche seines Sakkos nach dem Portemonnaie. Dabei kam ihm die Geldbörse in den Sinn, die Bär auf dem Weg zur Gaststätte gefunden hatte. »Wollen wir uns deinen Fund von eben nicht noch näher anschauen?«

»Das Portemonnaie mit dem ›M‹, ja klar.«

Während Rumphorst die Rechnung beglich, nahm Bär den Beutel mit der Geldbörse aus seiner Jacke. Trotz des reichlichen Trinkgelds, mit dem der Kommissar den Zahlbetrag aufgerundet hatte, schnellten die Augenbrauen der Kellnerin nach oben, als sie das verdreckte Fundobjekt bemerkte, das Bär in der Hand hielt. »Das schmutzige Ding wollen Sie aber nicht einfach so auf den Tisch legen!« Mit einer vagen Geste deutete sie auf das Portemonnaie. »Da muss ich die Platte ja anschließend wieder scheuern! Warten Sie, es ist besser, ich bringe Ihnen eine Unterlage.«

Die Kommissare, beide erfahrene Ehemänner, nickten ergeben. Die Sorge der Bedienung um die Makellosigkeit der hellen, blank gescheuerten Holztische war angesichts der Erdreste, die dem Fundstück noch immer anhafteten, mehr als verständlich.

»Hier ist ein Handtuch.« Mit einer geschickten Bewegung breitete sie den groben blau-weiß-karierten Leinenstoff auf dem Tisch aus, warf den Männern einen letzten mahnenden Blick zu und verschwand in Richtung Küche.

Bär hatte sich Latexhandschuhe übergestreift und inspizierte das Portemonnaie. Unter dem hellen Licht der Hängelampe wirkte es noch armseliger als im novemberlichen Zwielicht draußen am Straßenrand.

»Zwei Zehn-Euro-Scheine.« Bär zog sie halb heraus und schob sie dann wieder zurück. »Dazu sechzig Cent und ein grauer Knopf im Münzfach. Dann haben wir noch eine abgelaufene Girocard auf den Namen Mirko Munkelfeld und jede Menge Visitenkarten. Ah, die hier ist interessant.« Bär hielt Rumphorst eine kleine weiße Karte hin. »Erinnerst du dich?«

Auf der Karte prangte oben links die scherenschnittartige Darstellung eines verschnörkelten schmiedeeisernen Auslegers, an dessen Spitze eine stilisierte Laterne hing. Darunter stand, erhaben gedruckt, der Schriftzug *Antiquitäten Exquisit – Meisterbetrieb – An-/Verkauf von Antiquitäten, Restaurierung von Möbeln und Gemälden, Echtheitsgutachten.* Unten rechts waren die Adresse *Münsterstraße 28b, Rheine* sowie verschiedene Telefonnummern und eine Mail-Adresse vermerkt. Die Rückseite der Karte war leer.

»Und ob ich mich erinnere«, brummte Rumphorst. »*Antiquitäten Exquisit,* das ist doch das Geschäft, das einem unserer Mordopfer und seinem geschniegelten Kompagnon gehörte.«

»Und aus dem wir diesen Unglücksraben … ähm …«

»Moritz Mey.«

»… ja genau, Moritz Mey gefesselt und geknebelt abholen durften, nachdem die Mörderin ihn wie eine Rinderroulade verschnürt hatte.«

»Immerhin ist er am Leben geblieben, was beim Kontakt mit einer solch abgebrühten Gewalttäterin nicht unbedingt selbstverständlich ist. Vor gut drei Jahren muss das gewesen sein.«

»Das Antiquitätengeschäft liegt in Rheine direkt gegenüber der neuen Emsgalerie, wenn ich mich recht erinnere. Vom Fitnessstudio an der Neuenkirchener Straße sind das nur wenige hundert Meter. Vielleicht können wir das Portemonnaie dort heute Abend noch vorbeibringen.«

Rumphorst bedachte seinen eifrigen Kollegen mit einem leicht amüsierten Blick. »Sofern der Herr Munkelfeld denn wirklich im *Antiquitäten Exquisit* arbeitet und die Visitenkarte nicht nur als Kaufinteressent mit sich herumträgt«, ergänzte er.

»Hm … und sofern wir das denn wirklich wollen. Schau dir das mal an!« Bär hatte die übrigen Visitenkarten aufgefächert und legte sie offen auf das Handtuch. Alle Karten waren hellgrün, enthielten links die Buchstabenkombination *PDD* und einen doppelzackigen Blitz, beides in Schwarz gehalten, und rechts den Text: *Mirko Munkelfeld, Vorsitzender der Ortsgruppe Nordmünsterland.*

»Aha, daher weht der Wind. Herr Munkelfeld ist Mitglied bei den Rechtsaußen und hat in der Partei sogar eine Funktionsstelle.« Rumphorsts Gesichtsausdruck verdüsterte sich und er bekam einen harten Zug um den Mund. »Du hast recht, Jakob, soll er sich sein Portemonnaie doch selber im Fundbüro abholen. Den Service, ihm die verlorene Geldbörse persönlich zurückzubringen, müssen wir einem solchen Kerl wahrlich nicht bieten.«

»Ganz deiner Meinung«, pflichtete ihm Bär bei. »Das wäre es dann, bis auf den Zettel hier. Der steckte im Fach unter den Kartenschlitzen.« Das dem Augenschein nach aus einem Collegeblock gerissene Stück Papier enthielt lediglich einen handschriftlichen Eintrag: die Telefonnummer 0174−909131.

»Eine sehr interessante Handynummer«, sagte Rumphorst nachdenklich. »Sie ist verdammt kurz. In aller Regel haben Mobilfunknummern doch mehr Ziffern, oder?« Er übertrug die Nummer in sein Notizbuch.

»In der Tat«, stimmte Bär ihm zu. »Eine zehnstellige Handynummer ist mir auch noch nicht untergekommen. Normalerweise haben Mobilfunknummern mindestens elf oder zwölf Stellen.«

»Pack alles wieder ein«, bestimmte Rumphorst mit entschiedener Stimme. »Wir geben das Ding morgen im Fundbüro in Rheine ab, oder nein, noch besser, Azra nimmt es auf ihrem Streifgang mit und gibt es im Rathaus ab.«

»Meinst du, eure Kleine kann morgen wieder in die Kita?«

»Meinen? Ganz fest hoffen, würde ich sagen. Sonst haben wir nämlich ein Mega-Problem. Meine Eltern können wir nicht schon wieder fragen. Die bereiten sich auf ihren Andalusien-Urlaub vor und außerdem haben wir sie in letzter Zeit schon x-mal als Babysitter vereinnahmt. Azra kann sich keinen weiteren Tag Sonderurlaub nehmen, sonst drehen die Kollegen durch. Und last but not least hat unsere Aushilfskinderfrau Corona.«

»Verflixt, das Virus gibt es ja auch noch. Seit es aus den Schlagzeilen raus ist, vergisst man, dass es einen immer noch erwischen kann. Na, ich drück euch die Daumen, dass morgen wieder das reguläre Kita-Programm läuft.«

»Dein Wort in der Zahnfee Ohr«, seufzte Rumphorst. »Auch wenn die eigentlich nur für ausgefallene Milchzähne zuständig ist.«

FIT GEHT ANDERS

H erzlich willkommen im *Fitness-Wonder*.« Die warme Stimme der Frau am Empfang hüllte die beiden Ermittler ein wie eine samtweiche Decke. »Bei uns seid ihr hundertprozentig richtig, wenn ihr etwas für eure persönliche Fitness und den Aufbau eurer Muskulatur tun wollt. Auch das ein oder andere Fettpölsterchen verschwindet schon nach wenigen Übungseinheiten.«

Bei den letzten Worten warf die junge Frau einen raschen Seitenblick auf Bärs füllige Körpermitte und lächelte vielsagend. Der Versuch des Kommissars, seine Figur durch Einziehen des Bauchs zu glätten, konnte damit als kläglich gescheitert bezeichnet werden.

»Was also kann ich für euch tun?«

Rumphorst und Bär sahen sich um. Crosstrainer, Stepper, Laufbänder und Kraftstationen, jeweils in langen Reihen aufgestellt und aktuell von einer beträchtlichen Anzahl schwitzender Frauen wie Männer genutzt, bildeten eine stahlglänzende Gerätewelt, die dem Ermittlerpaar bislang verschlossen geblieben war.

»Ich erkläre gerne, was euch hier erwartet.« Die junge Frau nahm das Schweigen der beiden Männer offenbar als schüchternes Interesse. »Also, bei uns beginnt es damit, dass ein Trainer aus unserem Team mit jedem von euch ein persönliches Anamnesegespräch und ein Probetraining durchführt. Dazu gehören ein Sichtbefund, eine Muskelfunktionsprüfung und eine InBody-Messung. Auf Basis eurer ermittelten Körperdaten erstellt der Trainer dann für jeden von euch einen individuellen Trainingsplan und führt mit euch in einem 1-zu-1-Training einen ersten Probelauf an den jeweiligen Geräten durch. Ihr werdet sehen, schon nach wenigen Monaten sind eure Muskeln gewachsen und das überflüssige Fett ist verschwunden.«

Wovon du an deinem drahtigen Körper mit Sicherheit kein einziges

Gramm besitzt, dachte Rumphorst und ließ seinen Blick über die wohlproportionierten Wölbungen der Dame hinter dem Empfangstresen gleiten, die der enge Sportdress mehr betonte als verhüllte.

Die bedachte ihn mit einem strahlenden Marketing-Lächeln: »Training im *Fitness-Wonder* bietet etwas für alle Sinne, auch für Auge und Ohr, sofern ihr Kopfhörer und eure eigene Musik mitbringt. Nur an eurem Outfit müsstet ihr noch arbeiten. Passende Sportkleidung, Sportschuhe und ein Handtuch sind Pflicht. Wir beraten euch gerne, welche Marke zu euch passt …«

An dieser Stelle fand Rumphorst es an der Zeit, das Missverständnis aufzuklären. Mit einer perfekt trainierten fließenden Bewegung zückte er seinen Dienstausweis und hielt ihn der Frau entgegen: »Kriminalhauptkommissar Luke Rumphorst und das ist mein Kollege Bär. Wir würden gerne Herrn Kai Böticher sprechen.«

Das Lächeln der Frau erlosch. Sie schluckte, schaute sich hilfesuchend um, anscheinend ohne den Gesuchten zu entdecken, denn sie zuckte die Schultern.

»Vielleicht könnten Sie ihn ausrufen«, half ihr Rumphorst auf die Sprünge.

Wenig später hallte die blecherne Lautsprecherdurchsage »Kai, dein Typ wird an der Anmeldung verlangt. Und das pronto!« durch die Räume des Fitnessstudios.

Dem jungen Mann, der wenig später mit federnden Schritten auf den Empfangstresen zusteuerte, sah man den regelmäßigen Besuch des Fitnessstudios auf den ersten Blick an. Breite Schultern, muskulöse Oberarme und Beine. Unter dem weißen Shirt mit dem Schriftzug *Fitness-Wonder* ließ sich der Sixpack erahnen. Was die Harmonie der Erscheinung ein wenig störte, waren ein breiter Schmiss auf der rechten Wange und mehrere parallele Schrammen am Hals, die auch das locker um den Nacken gelegte weiße Handtuch nur unzureichend verdeckte. Sie alle leuchteten dunkelrot und waren erkennbar das Ergebnis einer intensiven Einwirkung spitzer Fingernägel auf ungeschützte Hautpartien. Kratzwunden also, und relativ frische dazu.

»Mensch, Gaby, diese Durchsage, muss die sein. Ich geb' gerade meine Einführungsstunde ins Hanteltraining und Frau Albrecht ist not amused, weil wir schon zweimal unterbrochen worden sind. Also, wer bitte verlangt nach mir?«

Die Frau hinter dem Tresen wies stumm auf die beiden Kripobeamten.

»Ja?« Ungeduldig tappte Böticher mit der Fußspitze auf den Boden. »Wollen Sie sich für einen meiner Kurse anmelden? Oder worum geht es sonst?«

»Hauptkommissar Luke Rumphorst, Kripo Greven«, stellte sich Rumphorst mit ruhiger Stimme vor. »Der Herr neben mir ist mein Kollege, Kriminaloberkommissar Bär. Und nein, wir wollen uns nicht für einen Ihrer Kurse anmelden.«

Auch wenn regelmäßiges Training im Fitnessstudio vielleicht gar nicht so schlecht wäre. Aber die Überstunden, die weite Fahrt ... und vor allem der verdammte innere Schweinehund, dachte Bär und musste grinsen.

»Wir sind wegen Emma Voegt hier. Das ist doch Ihre Freundin?«

Ein Schatten huschte über das Gesicht des Mannes. »Emma war meine Freundin, würde ich sagen, und das im doppelten Sinne.«

»Sie wissen also schon, dass Frau Voegt heute Morgen verstorben ist«, stellte Rumphorst erstaunt fest.

»Ja«, sagte er gedehnt. »Emmas Mutter hat mich angerufen, nach Ihrem ... Hausbesuch in Altenrheine.«

»Ich möchte Ihnen mein herzliches Beileid aussprechen.«

Bötichers Gesicht nahm einen verschlossenen Ausdruck an.

»Über die Umstände des Todes von Frau Voegt hat Sie die Mutter bereits informiert?«, fragte Rumphorst.

»Grob, würde ich sagen. Ihre Mutter war am Telefon nicht besonders gesprächig. Sie wusste allerdings noch nichts vom ... vom vergangenen Freitag.« Er fuhr sich mit der Hand über den Kratzer auf seiner Wange und zuckte zusammen, als er den Schmerz spürte.

Rumphorst hob die Brauen. Das Gespräch schien sich in eine andere Richtung zu entwickeln als erwartet.

»Gibt es einen Raum, in dem wir uns ungestört unterhalten können?«

Böticher überlegte kurz. »Der Personalaufenthaltsraum«, schlug er dann vor.

Rumphorst nickte Einverständnis.

»Gaby, informierst du bitte Frau Albrecht, dass ich einige Minuten raus bin. Sie soll die letzte Übung wiederholen. Aber sag' ihr das bitte persönlich und nicht als Durchsage über Lautsprecher.«

»Hätte ich sowieso gemacht«, antwortete die Frau am Empfang schnippisch. Ihr Blick verriet anderes.

»Kommen Sie.«

Der Aufenthaltsraum besaß den Charme einer Bahnhofswartehalle. An der Wand, die der Eingangstür gegenüber lag, standen blecherne Spinde aneinandergereiht. Die linke Seitenwand war durch ein Fenster unterbrochen, die rechte war weiß und kahl. Um den schmucklosen Tisch in der Mitte des Raumes gruppierten sich vier Holzstühle. Neben der Eingangstür standen auf einem niedrigen Holzregal eine Pad-Kaffeemaschine, ein Wasserkocher und eine Reihe bunter Tassen.

»Setzen Sie sich doch. Möchten Sie Tee oder Kaffee?«

»Danke, nein. Wir wollen Ihre kostbare Zeit nicht mehr als nötig in Anspruch nehmen.«

»Ach, Frau Albrecht wird's verschmerzen, wenn sie mal 'ne halbe Stunde alleine an sich arbeiten muss. Sie ist eh nur darauf aus, möglichst oft und an möglichst vielen Körperpartien von mir angefasst zu werden«, schnaubte Böticher. Er verdrehte die Augen. »Ja nun, was soll's, ist halt mein Job.«

Bevor Böticher weitere sicherlich spannende Details aus seinem Leben als Fitnesstrainer enthüllen konnte, kam Rumphorst auf den

Grund ihres Kommens zu sprechen. »Sie haben erst durch den Anruf der Mutter von Frau Voegt vom gewaltsamen Tod ihrer Freundin erfahren?«, hakte er nochmals nach.

»Ja, hab' ich. Und meine Freundin, das war sie vielleicht mal, ist sie aber seit letztem Freitag definitiv nicht mehr!«, stieß Böticher heftig hervor und schien diese Aussage im gleichen Augenblick zu bereuen. Er holte tief Luft und rang sich ein gequältes Lächeln ab. »Nicht, dass ich ihr Böses gewünscht hätte, aber das hier«, er zeigte auf die Kratzer auf seiner Wange und an seinem Hals, »hat mir gereicht. Das brauche ich kein zweites Mal.«

»Was ist am vergangenen Freitag passiert?« Erwartungsvoll schwebte der Kugelschreiber über der noch weitgehend leeren Seite in Rumphorsts marineblauem Notizbuch, die die Überschrift »Befragung Kai Böticher« trug.

»Wir hatten eine … nun, nennen wir es intensive Aussprache.«

»Intensive Aussprache? Worum ging es denn da?«

»Meinungsverschiedenheiten.« Böthers muskulöse Hände kneteten das weiße Handtuch, das er um seinen Hals gelegt hatte.

»Die kommen in der besten Beziehung vor, führen aber nur selten zu solchen Verletzungen.« Rumphorst deutete auf die Strieme in Böthers Gesicht. »Also, etwas detaillierter darf es schon sein. Was war der konkrete Anlass und wie kam es zu den Handgreiflichkeiten?«

Böticher druckste herum. Schließlich gab er sich einen Ruck und es sprudelte aus ihm heraus: »Emma und ich sind zwar seit der Oberstufe zusammen, aber seit letzten Freitag dämmert mir, dass ich sie eigentlich nicht wirklich gekannt habe. Emma ist … war ein richtiges Energiebündel, immer für eine spontane Aktion gut. Im Sommer hat sie mich zum Beispiel während einer Gartenparty überredet, mit ihr nackt im Offlumer See schwimmen zu gehen. Und zu Halloween haben wir orangefarbene Kürbis-Smileys auf Laternenmasten an der Neuenkirchener Straße gesprüht. Emma war einfach eine verrückte Nudel, hab' ich immer gedacht. Und genau das habe ich an ihr geliebt.«

Er legte eine pietätvolle Pause ein. »Am letzten Freitag haben wir gemeinsam bei mir zu Hause gekocht. Rote-Bete-Eintopf und zum Nachtisch selbst gemachte Fruchtgrütze mit Vanillesoße. Nach dem Essen haben wir dann über unseren Traumurlaub geredet. Die Malediven, Südafrika, die Karibik. War eigentlich klar, dass wir uns so was gar nicht leisten können. Da kam Emma mit der Idee, wir könnten unser Urlaubsbudget doch dadurch aufbessern, dass ich meinen Kundinnen und Kunden im Studio teure Luxusartikel zu ungewöhnlich niedrigen Preisen aufschwatze. Exklusive Marken oder limitierte Auflagen der neuesten Sneakers zum Beispiel. Crazy! Sie würde mir die Artikel besorgen, bei denen es sich selbstredend nicht um echte Ware, sondern um Fake-Produkte handeln würde.« Böticher holte tief Luft.

»Und bei dem Betrug wollten Sie nicht mitmachen«, stellte Rumphorst fest.

»Wollte ich nicht. Aber Emma hat nicht lockergelassen. Es war wie eine fixe Idee. Und schließlich hat sie gedroht, mich bei der Studioleitung zu verpfeifen, wenn ich nicht mitspiele.« Böticher Hände kneteten erneut das Handtuch um seinen Hals, so als wollte er es erwürgen. Er schluckte schwer und schwieg.

»Was hatte Frau Voegt gegen Sie in der Hand?«, fragte Bär schließlich aus dem Hintergrund.

»Ich hab' so was schon mal gemacht, mit gepanschten Proteindrinks, vor drei Jahren, bei meiner ersten Stelle in Düsseldorf«, murmelte er tonlos. »In einer schwachen Minute hab' ich Emma davon erzählt. Wahrscheinlich ist sie dadurch überhaupt erst auf die durchgeknallte Idee mit den Fake-Klamotten gekommen.«

»Soweit, so gut, das erklärt aber noch nicht die Kratzspuren in Ihrem Gesicht. Die stammen doch von Frau Voegt, oder?«

»Wie schon gesagt: Emma ist sehr …«

»Impulsiv«, half ihm Rumphorst aus.

»Ja, impulsiv. Leidenschaftlich. Temperamentvoll. Stürmisch. Das alles trifft es – und trifft es doch wieder nicht voll. Emma ist wie ein

Vulkan, gerade noch still und vermeintlich berechenbar, dann kommt wie aus dem Nichts, krawumm, der Ausbruch!«

Rumphorst nickte wissend. Er kannte dieses Phänomen von seiner Tochter Elisa.

»Als ich ihr klipp und klar gesagt habe, dass ich bei ihrer Betrügerei nicht mitmache und sie mich sonst was kann, selbst wenn sie mich bei der Studioleitung verpfeift, hat sie so richtig aufgedreht. Schimpfworte kennt sie, mein lieber Schwan, da kann man nur noch rot werden.« Böticher wischte sich über die Stirn, auf der Schweißperlen glitzerten. »Tja, dann hab' ich, glaube ich, einen Riesenfehler gemacht. Ich hab' nämlich versucht, sie aus meiner Wohnung zu werfen. Und da sind ihr die Sicherungen durchgebrannt. Mit dem Ergebnis …«, er deutete auf die Kratzspuren in seinem Gesicht, »… nun, mit dem werde ich noch einige Zeit meinen Spaß haben. Ich kann nur hoffen, dass sich die Schrammen nicht entzünden, meint der Doc. Sonst gibt das unschöne Narben.«

Nachdenklich musterte Rumphorst den Fitnesstrainer. »Seit Freitag sind Sie nicht besonders gut auf Emma Voegt zu sprechen, nehme ich an«, sagte er.

Böticher machte ein Geräusch, das man sowohl als Bejahung als auch als Verneinung deuten konnte.

»Wo waren Sie heute Morgen zwischen sieben und acht Uhr?« Gespannt beugte sich der Kommissar vor.

»Ich … Ist Emma zu dieser Zeit … ist sie da umgebracht worden?«

»Wo waren Sie heute Morgen zwischen sieben und acht?«, wiederholte Rumphorst seine Frage mit deutlicher Schärfe in der Stimme.

Wie zur Abwehr hob Böticher die Hände und ließ sie wieder sinken. »Da … da habe ich noch geschlafen. Im Moment bin ich in der Abendschicht und die geht bis zwölf.« Er schwieg. »Deshalb schlafe ich morgens lange«, setzte er ein wenig hilflos hinzu.

»Zeugen haben Sie dafür wahrscheinlich keine«, ließ sich Bär vernehmen.

»Ich wohne alleine«, erklärte Böticher, so als sei das bereits die Antwort.

»Kein besonders überzeugendes Alibi«, schnaubte Bär.

»Wozu benötige ich überhaupt ein Alibi?« Böticher presste seine Lippen zusammen. »Ist doch normal, dass ein im Schichtbetrieb arbeitender Mensch um diese Zeit schläft. Und außerdem: Hätte ich Emma etwas antun wollen, dann wäre am Freitag bei unserem Streit die Gelegenheit dazu gewesen. Wir waren schließlich allein in meiner Wohnung. Ist doch absurd, dass ich damit bis Montag warte und mir dann noch einen lausekalten Morgen und einen Parkplatz irgendwo in der Pampa aussuche, um das zu tun, was ich vorher viel einfacher hätte erledigen können.« Böticher holte tief Luft. Er nahm das Handtuch und tupfte sich den Schweiß von der Stirn, der sich dort bereits wieder gesammelt hatte. »Außerdem bin ich kein gewalttätiger Mensch. Nur wegen so'n paar Schrammen bringe ich doch niemanden um. Das Kapitel ›Emma Voegt‹ war für mich am Freitag abgeschlossen. Ende, aus, Mickymaus! Mann, so dolle war unsere Freundschaft nicht, als dass ich nicht damit klarkäme, dass sie vorbei ist. Ich komme hier im Studio jeden Tag mit so vielen Frauen zusammen, also an Gelegenheiten, 'ne neue Freundin zu finden, mangelt's mir bestimmt nicht. Mit Emmas Tod hab' ich nichts, aber auch gar nichts zu tun. Punkt!« Er schwieg erschöpft.

»Welchen Wagen fahren Sie?«, fragte Rumphorst kühl, ohne auf die Verteidigungsrede des Fitnesstrainers einzugehen.

»Wagen?« Böticher war irritiert. »Also … ich fahre einen Opel Corsa.«

»Benziner oder Elektro?«

»Benziner. Der Benziner mit der 1,2-Liter-Maschine und gut neun Jahre alt, wenn Sie es genau wissen wollen. Ein Elektroauto kann ich mir bei meinem Gehalt nicht leisten.«

Rumphorst schaute Bär kurz an. Beide dachten dasselbe: *Nach einem turboschnellen Auto mit Kickstart-Fähigkeiten hört sich das eher nicht an.*

Der Kommissar räusperte sich. »Eine ganz andere Frage: Sagt Ihnen das Datum 31. März 1945 etwas?«

Böticher schaute verwundert. »1945, das ist aber verdammt lang her. Da waren meine Eltern noch nicht mal geboren.« Er schüttelte den Kopf. »Nein, das Datum 31. März '45 sagt mir nichts.«

»Hat Emma Voegt dieses Datum eventuell einmal erwähnt?«

»Nicht, dass ich mich erinnere. Aber … jetzt, wo Sie es sagen, fällt mir etwas ein: In der letzten Woche waren wir zusammen in der Stadtbibliothek. Ich hab' wie immer die Krimi-Abteilung nach Neuerscheinungen durchforstet und Emma hat sich mit der Dame an der Rezeption unterhalten. Ich hab' nur mit halbem Ohr hingehört, aber wenn mich nicht alles täuscht, ging es in dem Gespräch um den Bücherbestand der Bibliothek zum Zweiten Weltkrieg. Das passt doch, denn ging der nicht 1945 zu Ende?«

»Hat Frau Voegt sich Bücher zu diesem Thema ausgeliehen?«

»Hat sie nicht. Zumindest nicht an dem Tag, an dem wir zusammen in der Bücherei waren. Sie suchte wohl was Spezielles, vielleicht irgendein Buch, das damals gerade ausgeliehen war.«

Rumphorst vermerkte *Buch II. Weltkrieg – Bücherei nachfragen!* in seinem Notizbuch.

»Kann ich jetzt weiterarbeiten?«, fragte Böticher hoffnungsvoll. »Frau Albrecht dürfte inzwischen ganz schön verschnupft sein, so lange, wie sie schon warten musste.«

»Nur eine letzte Frage noch, die kennen Sie sicherlich aus den Kriminalromanen, die Sie ja gerne lesen, wie Sie uns eben verraten haben: Hatte Frau Voegt Feinde? Gibt es jemanden, dem Sie zutrauen würden, Ihre Freundin umzubringen?«

»Ex-Freundin«, sagte Böticher dumpf. Dann zögerte er mit der Antwort. Rumphorst hatte den Eindruck, dass er überlegte, was genau er sagen und wie viel er preisgeben sollte. »Also ich an Ihrer Stelle würde mich mal in Emmas WG in Münster umsehen«, sagte der Fitnesstrainer schließlich gedehnt. »Aber von mir haben Sie das nicht.«

»Gut, fürs Erste wären das unsere Fragen. Sollte sich ein neuer Sachstand ergeben, melden wir uns. Und sollte Ihnen noch etwas einfallen, das uns bei der Aufklärung helfen könnte, können Sie mich jederzeit unter dieser Nummer erreichen.« Er reichte Böticher seine Visitenkarte.

Der Fitnesstrainer lächelte schief. »Versprochen«, sagte er und straffte seinen Rücken.

ZU HAUSE

Luke Rumphorst kramte in seiner Jackentasche nach dem Haustürschlüssel. Auf seinem Heimweg nach Emsdetten hatte ihn der Kollege Bär an der Brückenstraße in Elte abgesetzt. Von dort waren es nur wenige Schritte nach Hause. Schritte, die Luke nur zu gerne ging. Vor der Eingangstür drehte sich der Kommissar noch einmal um und warf einen Blick die Franz-Josef-Straße entlang. Wie still und friedlich es hier war, genau der richtige Ort, um Kinder großzuziehen, ging es ihm durch den Kopf. Mit einem Lächeln auf den Lippen schloss er die Haustür auf. Im gleichen Augenblick stürmte ein Wildfang mit schokoladenverschmiertem Mund in rasender Geschwindigkeit auf ihn zu.

»Papa!«

Der juchzende Jubler seiner Tochter hatte die Wirkung eines Jungbrunnens. Aller Ballast des Dienstes fiel in Sekundenschnelle von ihm ab. Er war zu Hause.

Als eineinhalb Stunden später Elisas Puppe für die Nacht versorgt, das Abendbrot gegessen und ein letztes Bilderbuch ausgelesen war, wusste Luke wieder, wie anstrengend und zugleich erfüllend das Elternsein sein konnte. Elisa war zu den Klängen ihrer Lieblingsspieluhr, einer himmelblauen Eule, eingeschlafen und Luke stahl sich leise aus dem Kinderzimmer.

»Möchte der Supervater eventuell ein Bier?«, fragte ihn Azra mit einem verschmitzten Lächeln.

»Eigentlich steht mir der Sinn nach etwas ganz anderem«, murmelte der und küsste sie auf den Hals.

»Ach, dem Herrn Hauptkommissar reicht heute Abend ein türkischer Tee?«, neckte ihn seine Frau.

»Türkisch passt, Tee ist falsch«, lachte Luke.

Azra fuhr ihm durch sein Haar, legte ihre Hand in seinen Nacken und drückte seine Stirn an ihre. Sanft streichelte sie ihm die Wangen.

»Schläft Elisa auch wirklich?«

»Großes Kommissar-Ehrenwort«, versicherte er.

»Dann könnte man …«

»Frau wäre mir lieber.«

»Dann könnte also Frau über ein Rendezvous im Kiefernzimmer nachdenken.«

Mit einem leisen Jubelschrei hob er Azra in die Höhe, wirbelte sie einmal im Kreis und grinste dabei wie ein Lausbub.

Als sie später atemlos nebeneinander in ihrem Kiefernbett lagen, kam Luke wieder einmal zu Bewusstsein, wie viel Glück er in den vergangenen Jahren gehabt hatte. Azra hatte ihn geheiratet. Azra, diese unerschütterliche, selbstbewusste Frau mit den herrlich braunen Augen, in deren Tiefe man sich verlieren konnte. Dass sie schon im siebten Monat schwanger war und Luke der Vater ihres ungeborenen Kindes, hatte bei den Eltern alles andere als Begeisterung ausgelöst. Für Lukes und erst recht für Azras Eltern war dies die völlig falsche Reihenfolge. Erst kam die Hochzeit, dann die Schwangerschaft. Dass der angehende Ehemann ihrer Tochter ein Deutscher war, machte die Sache für Emre und Büşra Ceylan nicht besser. Konsequenterweise waren sie nicht zur Hochzeit erschienen. Nach vier Jahrzehnten in Deutschland lebten sie heute wieder in ihrem Heimatdorf im Osten der Türkei. Ihre Erinnerungen an die »Gastarbeiterjahre« in Deutschland waren nicht nur positiv. Das Enkelkind Elisa, geboren an einem frostigen Januartag im Jahr 2023, hatten sie bis heute nur auf Fotos und in Videos gesehen. Was zweifellos ein Trauerspiel war. Denn die erfrischende Fröhlichkeit, die quirlige Unbeschwertheit und das ihren Eltern geschenkte bedingungslose zwischenmenschliche Vertrauen der kleinen Erdenbürgerin konnten Fotos und Videos nur unzureichend wiedergeben.

Ein weiterer Glücksfall war, dass genau in dem Moment, als Azra und Luke ein Heim für ihre wachsende Familie suchten, ein Hausbesitzer in Elte sich entschied, seinen Altersruhesitz auf die Kanaren zu verlegen. Und Glücksfall Nummer drei schließlich, dass Azra über den Bruder des Auswanderwilligen, einen ihrer Kollegen auf der Polizeiwache in Rheine, frühzeitig vom geplanten Hausverkauf erfahren hatte. So entfielen die Maklerkosten. Der Preis, der für das Haus in der Franz-Josef-Straße verlangt wurde, war zudem mehr als fair, auch wenn die Finanzierung angesichts der damals gerade drastisch gestiegenen Bauzinsen nicht ganz einfach gewesen war. Sie würden in den kommenden Jahren in jedem Fall ihre beiden Gehälter benötigen, um über Wasser zu bleiben. Dafür war das Haus solide gebaut, der Renovierungsstau gering und die Lage schlicht perfekt. Herrlich ruhig war es hier. Dazu gab es direkt vor der Haustür Natur in Hülle und Fülle.

Einen Wermutstropfen allerdings gab es: Azra musste ihren Plan, sich für den Dienst bei der Kriminalpolizei zu bewerben, vorerst begraben. Sie hatte sogar ihre Arbeitszeit reduziert, um eine Passung mit den Betreuungszeiten der Kita zu erreichen.

»Woran denkst du?«, fragte Azra, nachdem sein Schweigen einige Atemzüge lang gedauert hatte.

»Wie viel Glück ich mit dir habe«, sagte er und küsste sie zärtlich. Nach einem Moment der Überraschung erwiderte Azra seine Küsse und ihr Herz begann schneller zu schlagen.

Eine Ewigkeit später löste sich Luke aus ihren Armen. »Ich hol mir nur rasch ein Glas Wasser. Magst du auch eins?«

Ein wohliges Brummen signalisierte Zustimmung.

Auf dem Weg zur Küche blieb er einen Augenblick am Flurfenster stehen. Der Garten lag still und verlassen. Im kalten Licht des fast vollen Mondes wirkten die entlaubten Äste des Apfelbaums wie dürre gen Himmel gestreckte Gliedmaßen eines Saurierskeletts. Luke fröstelte. Ohne es zu wollen, musste er an die junge Frau denken, deren

Körper leblos und starr in einer der stählernen Kühlkammern der Rechtsmedizin am UKM in Münster lag. So jung zu sterben, hatte niemand verdient! Aber warum hatte die Frau sterben müssen? Im Gespräch mit ihrem Freund, diesem Fitnesstrainer, war immerhin ein erstes Motiv zutage getreten. Emma Voegt schien keineswegs die friedfertige, gesetzestreue Person gewesen zu sein, die man auf den ersten Blick in ihr hätte vermuten können. Gewalttätigkeit schien ihr ebenso wenig fremd gewesen zu sein wie Geldgier und Betrug. Was mochte noch an weiteren Überraschungen in der Persönlichkeit dieser Frau schlummern? Und wem war sie mit ihren Eskapaden möglicherweise kräftig auf die Füße getreten? So kräftig, dass er sie mit bloßen Händen erwürgt hatte? Ihre Eltern waren bei den Ermittlungen jedenfalls keine große Hilfe gewesen. Sie schienen ihre Tochter gar nicht wirklich zu kennen. Erst recht nicht, was deren Studium und Leben in Münster anbelangte. Auch Jakob hatte bei ihrem Spaziergang am Kanal …

Ah, da war ja noch was! Luke verließ den Platz am Fenster und steckte den Kopf durch die Schlafzimmertür. »Azra, mir ist gerade etwas eingefallen.«

»Ja?« Ihre Stimme klang erwartungsvoll.

»Könntest du morgen auf deinem Streifengang durch die Innenstadt im Fundbüro vorbeischauen und etwas abgeben? Ein Portemonnaie, über das wir heute am Kanal in Altenrheine gestolpert sind? Gehört anscheinend einem Mann, der in einer dieser rechtspopulistischen Parteien aktiv ist. Zumindest deuten die Visitenkarten, die in den Kartenfächern stecken, darauf hin.«

»Mach ich«, versprach Azra. »Aber komm endlich zurück ins Bett. Alleine unter der Decke ist es einfach zu kalt.«

Luke lachte leise. »Ich schau nur noch kurz nach Elisa.«

Ihre Tochter im Kinderzimmer schlief tief und fest. Neben dem kleinen Puppenwagen stand ein Gebilde aus Duplo-Steinen, das Elisa am Nachmittag gebaut hatte. Ein Turm? Ein Baum? Ein Mensch? Für den Außenstehenden war es kaum möglich zu erkennen, was sie hier hatte darstellen wollen. Bunt und wahllos schienen die Steine übereinandergesetzt zu sein.

»So wie aktuell die Fakten im Fall Emma Voegt«, ging es Luke durch den Kopf. Leise schloss er die Kinderzimmertür.

NULLNUMMER

Im grellen Licht der Arbeitsleuchte wirkte die braune Handtasche auf dem Werktisch deplatziert. So, als gehörte sie nicht hierher. Was tatsächlich auch der Fall war. Denn eigentlich hätte die Tasche in Emmas Schrank liegen müssen. Oder in der Garderobe ihrer WG. Jedenfalls nicht auf dieser schäbigen Werkbank. Doch wer sollte dagegen Einwände erheben? Ihre Besitzerin jedenfalls nicht – denn die war tot. Ihr Tod war nicht beabsichtigt gewesen, eher eine Verkettung unglücklicher Umstände. Shit happens, dumm gelaufen. Aber verdient hatte den Tod das Miststück allemal.

Seine langfingerige Hand, die sich tastend in das dunkle Innere der Tasche senkte, steckte in einem Latexhandschuh. Nur für alle Fälle. Denn Fingerabdrücke zu hinterlassen, war gewiss keine gute Idee. Die Handtasche schien gut gefüllt zu sein. Nach und nach kamen ihre verborgenen Schätze ans Licht.

Zunächst das Smartphone, schon vor Stunden mit wenigen Handgriffen ausgeschaltet und damit nicht mehr in der Lage, eine Verbindung aufzubauen – und geortet zu werden. Behutsam schälten es die behandschuhten Finger aus seiner leuchtend gelben Plastikhülle, öffneten die hintere Abdeckung, entnahmen den Akku. Nur um ganz sicherzugehen.

Dann eine Geldbörse. Der Personalausweis zeigte ihr Foto, das Bild einer zierlichen brünetten Frau mit einem zarten, freundlichen Gesicht, der man kaum zutrauen würde, so abgezockt zu sein, wie sie es in Wirklichkeit war. Die hellgrünen Augen verliehen ihrer Erscheinung etwas Katzenhaftes. Das Geburtsdatum: 18. Juni 2000. Die Adresse: Haselweg 65, 48429 Rheine. Ein Führerschein, der seiner Inhaberin das Führen von Krafträdern bis 35 kW Leistung erlaubte. Eine EC-Karte, zwei Kreditkarten, Mastercard und Visa, alle auf die gleiche

Person ausgestellt. Im Scheinfach vierhundert Euro in Hundert-Euro-Scheinen. Das Geld wurde beiseitegelegt. Der Rest war Plunder, der entsorgt werden musste.

Genauso wie das, was seine Finger nun zutage förderten: ein Kosmetiketui von … ja, von Gucci, das Doppel-G und das unverwechselbare Rhomben-Design ließen keine Zweifel zu. Offenbar kein Fake, sondern sündhaft teuer. Beim Ausschütten purzelte der Inhalt wild durcheinander auf den Tisch: Lippenbalsam, Rouge und Lippenstift, Handcreme, Deo, zwei Tampons, ein Blister mit Antibabypillen, Kopfschmerztabletten, Pflaster und eine Packung Tempotücher.

Die Hand durchkämmte ein weiteres Mal den jetzt weitgehend leeren Innenteil der Tasche, ertastete eine Tüte Pfefferminzbonbons und eine Packung Kaugummi. Das war's.

Enttäuschung. Das Gesuchte fehlte! Hektisch fuhren die forschenden Finger über das seidige Futter der Seitenteile und des Bodens, ertasteten eine Innentasche, durch einen Reißverschluss gesichert. Kurz keimte Hoffnung auf, zipp, abgelöst von Frustration. Ein Reinfall. In der Innentasche steckten lediglich sechs Kondome: gefühlsecht, mit Noppen, gerippt, schwarz mit Tutti-Frutti-Aroma, extra-dünn und extra-lang. Wozu hatte sie so viele verschiedene Präservative gebraucht? Erst recht, wo sie doch offenbar die Pille nahm?

Nun blieb nur noch das Futter selbst. Mit kräftigen Schnitten durchtrennte er den seidigen Stoff, zerfaserte ihn bis auf die lederne Außenhülle. Doch da war nichts, absolut nichts.

Krachend sauste seine Faust auf den Tisch. Das schmerzte, brachte ihn aber gleichzeitig dazu, innezuhalten. Verdammter Mist, sie hatte ihn geleimt! Das ganze Gesäusel, von wegen »hab' ich dabei, ist hier in der Tasche« – alles nur Lüge. Wo, verdammt, hatte sie den Rest versteckt? Und wer hatte alles Zugriff darauf?

Durchatmen und ruhig bleiben. Es war jetzt fundamental, einen kühlen Kopf zu bewahren. Als Erstes musste der ganze Krempel hier entsorgt werden und zwar so, dass er unauffällig und für alle Ewigkeit verschwand. In die eigene Mülltonne stopfte man das Ganze besser nicht. Viel zu riskant! Zum einen, weil die Tonne erst in einer Woche geleert werden würde. Zum anderen, weil man mit der Handtasche samt Inhalt für jeden auch nur mäßig begabten Ermittler eine perfekte Indizienspur legen würde, eine Indizienspur zu sich selbst. In jedem dritten *Tatort* unterlief dem Täter solch ein Schnitzer. Ihm nicht.

Vielleicht musste man etwas mehr an Zeit investieren. Die Idee, die in seinem Kopf Gestalt annahm, zauberte ihm ein Lächeln auf die Lippen. Ja, so müsste es gehen. Die App des Abfallentsorgers hatte er auf dem Handy … perfekt!

Die Uhr zeigte bereits weit nach Mitternacht, als eine dunkel gekleidete Gestalt die einsame Nebenstraße in Mesum entlangradelte. Sie trug einen flauschigen Kapuzenpullover und darüber eine dicke schwarze Steppjacke. Die Kapuze des Hoodies hatte sie sich über den Kopf gezogen. An einigen der am Straßenrand auf ihre Leerung wartenden Restmülltonnen verhielt sie kurz und ließ unauffällig ein oder zwei Gegenstände aus einer dunkelgrauen Einkaufstasche in das teils übelriechende Innere der Tonnen gleiten. Der Abfallbehälter auf Höhe der letzten Querstraße nahm dabei ein Bündel fein zerschnittener Lederlappen auf, die einmal eine Handtasche gewesen waren. Eine nicht ganz billige, um genau zu sein.

Zweifelsohne eine erfolgreiche Mülltrennung, wenn auch sicher nicht im Sinne des Gesetzes.

VIERTER TEIL

Rheine, Dienstag, 19. November 2024

WIDERWILLIGE PLANUNG

Als Moritz Mey die Kühlschranktür öffnete, flatterte der gelbe Zettel zu Boden. Er bückte sich mit leichtem Stöhnen und hob das Papier auf. *19. November, 15 Uhr!!* Der Termin war von Anna mit rotem Filzstift vermerkt worden. Das doppelte Ausrufezeichen unterstrich die Dringlichkeit. Seufzend befestigte Moritz den Zettel mit einem der Kühlschrankmagneten auf dem glänzenden Stahl der Tür, bevor er dem Kühlschrank Kaffeesahne, Butter und Marmelade entnahm. Der Smiley auf der Vorderseite des Magneten schien ihn hämisch anzugrinsen.

Selbstverständlich hätte er sich auch ohne diese Notiz an den Nachmittagstermin erinnert. Schließlich lag ihm Tante Luisa seit Wochen mit nichts anderem so oft in den Ohren wie mit diesem Date. »Du holst mich doch pünktlich hier ab?« Mit dem *hier* war das St. Josefshaus gemeint, das Altenheim, in dem Luisa seit gut drei Monaten lebte. »Beim Notar darf man nicht zu spät kommen!« Erst recht nicht, wenn es um den Verkauf eines Hauses für fast 500.000 Euro ging. Ihres Hauses, in dem sie und Onkel Gerhard viele glückliche Jahrzehnte verbracht hatten. Ihr Mann war im letzten Mai gestorben. Mit leichtem Schaudern erinnerte sich Moritz an die makabre Szene am offenen Grab. Spökenkiekerei hatte Großcousine Emma den Ausruf »Im Sarg liegen zwei!« genannt, obwohl natürlich jedem aus der Trauergemeinde klar gewesen war, dass im Sarg nur Onkel Gerhard lag und sonst niemand …

»Na, träumt da mal wieder einer von unendlichen Kühlschranktiefen?«, spöttelte Anna und nahm Moritz die Kaffeesahne aus der Hand, die er schon eine halbe Ewigkeit fest umklammert hielt. »Komm endlich und bring den Kaffee mit.«

»Ah, mach ich.« Moritz griff nach dem Holztablett, das sie im vergangenen Jahr als Souvenir aus dem Allgäu mitgebracht hatten, und füllte es mit Butterschale, Marmelade und Zuckerdose. Spökenkiekerei – das war doch purer Humbug, hatte er gedacht. Doch jetzt war Emma tot. Er konnte es immer noch nicht fassen. Gestern Abend hatte Bernd, ihr Vater, angerufen und von der grauenvollen Ermordung Emmas an der Saline berichtet. War es möglich, dass Tante Luisa ihren Tod tatsächlich am Grab vorausgesehen hatte? Ein grässlicher Gedanke. Moritz nahm die Thermoskanne und stellte sie mittig auf das Tablett. So ließ es sich fraglos am besten tragen. Könnte also doch etwas dran sein an Luisas Spökenkiekerei? Man müsste sie fragen, ob sie nach der Beerdigung weitere Visionen gehabt hatte. Oder ob sie ihren damaligen Blick in die Zukunft inzwischen präzisieren konnte. »Hm, beim Notartermin heute Nachmittag werde ich das Gespräch dezent in diese Richtung lenken«, nahm er sich vor. »Schauen wir mal, was dabei herauskommt.«

»Wenn du weiterhin so trödelst, versäumst du noch dein Interview.« Anna nahm ihm das Tablett aus den Händen und platzierte dessen Inhalt auf dem Frühstückstisch.

»Ach ja, das Interview.« Übergangslos bekam Moritz schweißnasse Hände. Es gab Tage, da jagte ein unschöner Termin den nächsten! Heute Nachmittag der Notartermin und heute Morgen … ach ja.

Gestern hatte ihn Alois Nickel, seines Zeichens Chefredakteur der *RAZ*, der *Rheiner Allgemeinen Zeitung*, für die Moritz seit Jahren gegen eher dürftiges Entgelt als freier Mitarbeiter tätig war, zu sich in die Redaktion bestellt.

»Du bist doch ein erfahrener Journalist.« Allein diese Eröffnung ihres Gesprächs hatte Moritz hellhörig gemacht. Wenn Nickel ihm Honig um den Bart schmierte, war etwas im Busch. Eine Tasse Kaffee und drei Dominosteine später – Nickel naschte diese würfelförmigen Kalorienbomben das ganze Jahr über, mit durchaus sichtbaren Auswirkungen auf seinen Hüftumfang –, drei Dominosteine später also war der Redaktionsleiter endlich auf den Anlass ihres Treffens zu sprechen gekommen.

»Du hast sicher schon von der *PDD* gehört, der *Partei der Deutschen*.« Moritz hatte genickt und gleichzeitig gehofft, dass sein Gesicht die Aversion, die er gegen die Rechtspopulisten hegte, deutlich genug zum Ausdruck brachte.

»Die Partei möchte bei der kommenden Bundestagswahl auch im Münsterland antreten. Aus diesem Grunde ist sie gerade dabei, hier bei uns, wie auch bundesweit, Parteistrukturen aufzubauen. Rheine ist als Standort der *Ortsgruppe Nordmünsterland* vorgesehen. Zu deren Gründung kommt morgen die Generalsekretärin der *PDD*, Konstanze Dietzdorf, nach Rheine. Sie hat uns ein Exklusivinterview angeboten und ich habe zugesagt.« Nickel hatte einen Augenblick geschwiegen und Moritz erwartungsvoll angeschaut, so als erhoffe er sich Applaus für diesen Coup. Als Moritz stumm blieb, fuhr er fort: »Bei der Frage, wer dieses Interview führen soll, habe ich an dich gedacht. Du hast das nötige Fingerspitzengefühl und diplomatische Geschick. Na, was hältst du davon?«

Moritz hatte ihn entgeistert angesehen. Als er gerade seine Ablehnung formulieren wollte, bot ihm Nickel einen weiteren Kaffee und die doppelte Entlohnung für das Interview an. »Wegen der politischen Brisanz«, wie er rasch nachschob.

Warum genau, wusste Moritz bis heute nicht, aber nach zwei weiteren Dominosteinen hatte er zugesagt. Und damit einen Termin an der Backe, den er aus tiefstem Herzen verabscheute. Gegen 9:30 Uhr sollte er sich im *Boten Veit* mit Frau Dietzdorf zu einem »Frühstück mit Dialog«, wie Nickel hochtrabend formuliert hatte, treffen.

»Dieses verflixte Interview. Mensch, warum kann ich nie nein sagen?«, stöhnte Moritz.

»Zum Ersten, weil du einfach ein lieber Mensch bist, zum Zweiten, weil es dir schmeichelt, für so etwas angefragt zu werden, und zu guter Letzt auch, weil du Angst hast, etwas Spannendes zu verpassen«, dozierte Anna und biss dann herzhaft in ihr mit Orangenmarmelade bestrichenes Brötchen.

»Du hast ja recht, wie immer«, seufzte Moritz und goss sich Kaffee ein. »Was mich aber interessieren würde, ist, warum Nickel für dieses vermaledeite Interview gerade auf mich gekommen ist. Normalerweise nehmen Lautbach, Stöppler oder auch unser lieber Chefredakteur einen solchen Exklusiv-Termin doch gerne selber wahr.«

»Das wirst du schon rausbekommen, wenn du diese Frau Dietzdorf nur hartnäckig genug mit Fragen löcherst.« Anna schob das benutzte Geschirr zusammen und stand auf. »Ich muss jetzt allerdings los. Mein Leistungskurs Mathematik lechzt nach kniffeligen Klausuraufgaben. Räumst du den Tisch noch ab?«

»Na klar, mal wieder ich«, grummelte Moritz. »Aber mach ich natürlich.«

»Ach, es ist doch schön, einen Mann zu haben, der nicht nein sagen kann«, flötete Anna und war im nächsten Moment aus dem Zimmer verschwunden.

FRÜHSTÜCK MIT DIALOG

E inen wärmenden Schal um den Hals, trat Moritz Mey wenig
später aus der Haustür. So wie schon gestern war es draußen
auch heute dunkel und trübe. Kurze Tage, trostloses Wetter, kahle
Bäume, selbst Ignoranten konnten es nicht mehr leugnen: Das war
der Herbst.

Dem studierten Deutschlehrer kam ein Gedicht von Friedrich
Trautzsch in den Sinn:

Blühensmüde ruht die Erde
In der trüben Herbstluft Weh'n,
Denn die Welt hat sich besonnen,
Dass es Zeit zum Schlafengehn.

Blühensmüde – auf die *PDD* traf das wohl kaum zu. Die Rechtspopulisten standen im Begriff, sich bundesweit zu etablieren, hofften
auf einen kometenhaften Aufstieg in der Wählergunst. Die Partei
wähnte sich eher im Frühling denn im Herbst. Moritz rang sich ein
gequältes Lächeln ab. Leider war dem wohl auch so, wie die Wahl-
ergebnisse im Osten erst jüngst gezeigt hatten. Es war zum Haareraufen, wenn man bedachte, wie wenig Substanz im Parteiprogramm der
PDD steckte. Zur Vorbereitung auf das Interview hatte er das fünf-
seitige Papier intensiv studiert, dabei aber, außer einigen Tippfehlern,
nur wenig entdecken können, was aus seiner Sicht für die Wahl dieser
Partei gesprochen hätte.

Der Autoverkehr auf der Salzbergener Straße war heute besonders
dicht. Angesichts des Wetters hatten offenkundig viele auf das Fahrrad verzichtet und den Weg zur Arbeit mit dem Auto angetreten.
Die Fußgängerampel an der Einmündung der Neuenkirchener Straße zeigte rot. Während er wartete, beobachtete Mey die Insassen der
vorbeifahrenden Autos. Die meisten Wagen waren nur mit ein oder

zwei Personen besetzt. Wer von ihnen mochte als Wähler der *PDD* infrage kommen? Die junge Frau mit der wilden Haarmähne im Mercedes? Das ältere Ehepaar im derzeit in Deutschland so beliebten Wohnmobil? Der seriös aussehende Mann im Kompakt-SUV? Die Mutter mit zwei Kindern auf dem Rücksitz?

Die Ampel zeigte grün und Moritz konzentrierte sich auf den Rest seines Weges.

Im *Boten Veit* hatte Konstanze Dietzdorf einen Platz am Fenster auf der Empore direkt gegenüber dem Eingang des neuen Rathauses gewählt. Sie stand auf und reichte ihm die Hand. »Herr Mey, nehme ich an.« Ihr Handschlag war fest und kühl. »Ich habe mir erlaubt, schon zu bestellen. Das große Frühstück für zwei Personen, samt Prosecco. Sie sind doch einverstanden, oder?« Das klang, als betrachtete sie sich als eingeladen. Moritz krauste die Stirn. Er konnte nur hoffen, dass die *RAZ* die Spesenrechnung übernehmen würde.

»Schön haben Sie es hier in Rheine.« Mit einer weit ausholenden Armbewegung deutete Dietzdorf auf den im herbstlichen Morgendunst fast menschenleeren Borneplatz. Das Wasser des metallenen Brunnens mit den Motiven aus der Geschichte der Stadt Rheine war in Erwartung der ersten Herbstfröste abgestellt worden.

Aus dem Augenwinkel registrierte Moritz, dass die Fingernägel der Generalsekretärin unlackiert waren. Ihr dunkles Haar hatte sie streng nach hinten gekämmt und zu einem Dutt eingedreht. Ihre blauen Augen taxierten ihn kalt. »Aber setzen wir uns doch. Sie sind gebürtiger Rheiner?«

»Rheinenser«, korrigierte Moritz automatisch.

»Wie bitte?«

»Ähm, die Bürger in Rheine nennen sich Rheinenser.«

»Ach ja? Rheinenser also. Sind Sie nun oder sind Sie nicht?«

»Ich bin.« Auch Moritz konnte kurz angebunden sein.

»Dann kennen Sie sicherlich die Geschichte, die hinter dem merkwürdigen Namen dieses Restaurants steckt, in das mich Ihr Chefredakteur zum Interview gebeten hat.«

Was sollte das werden, ein Test in Heimatkunde? Meine Güte, die Sage vom Boten Veit kannte jeder Rheinenser seit Grundschultagen. Moritz nickte kurz und zeigte ein verbindliches Lächeln.

»Sehr schön, dass diese Geschichte auch hierin enthalten ist.« Dietzdorf klopfte auf die Speisekarte, die vor ihr auf dem Tisch lag. »Eine Speisekarte mit Bildungsteil, genial. Und eine sehr gute Möglichkeit, Gäste von nah und fern mit der lokalen Geschichte einer solch traditionsreichen Stadt wie Rheine vertraut zu machen.«

Dietzdorf wurde unterbrochen. Die Bedienung servierte das reichhaltige Frühstück. Schinken, Käse und Rührei sahen verlockend aus, der Kaffee duftete verführerisch und in zwei schlanken Gläsern perlte glitzernd der Prosecco.

Hastig ergriff die Parteisekretärin eines der Gläser, prostete Moritz kurz zu und leerte es in zwei schnellen Zügen. »Ah, das weckt die Lebensgeister. Was wäre das Leben ohne die kleinen prickelnden Sünden.« Sie lachte kurz und schrill, stellte das leere Glas an den Rand des Tisches und schaute die Kellnerin auffordernd an.

»Ähm, möchten Sie noch ein Glas Prosecco?«, fragte diese verdutzt.

»Sehr gerne. Er darf aber ein wenig kälter sein als der Sekt, den Sie uns gerade serviert haben.« Mit einem knappen, huldvollen Kopfnicken war die Kellnerin entlassen. »Die Sage vom, ähm, vom Boten Veit ist köstlich. Diese Idee, eine Nachricht vom Feind in den eigenen Mauern durch seinen Hund nach Münster bringen zu lassen und damit den Entsatz der Stadt in die Wege zu leiten – ein Glanzstück! Hier werden urdeutsche Tugenden beschworen: Erfindungsreichtum, Mut und Treue. In einer Gaststätte, die bereits im Namen auf solche Werte setzt, schmeckt einem Deutschen das Frühstück gleich noch um einiges besser. Reichen Sie mir bitte einmal das Salz.«

Moritz schaute irritiert. Den Ablauf des Interviews hatte er sich eigentlich anders vorgestellt, strukturierter, gradliniger und klar an seinem vorbereiteten Fragenkatalog orientiert. Im Moment schien es sich eher in Richtung eines lockeren Kaffeeklatsches zu entwickeln.

»Ich würde Ihnen gerne einige Fragen …«

»Sicher, sicher, aber erst nachdem wir dieses köstliche Frühstück genossen haben. So lange müssen Sie sich schon gedulden. Sie essen ja gar nichts? Keinen Appetit?«

»Danke, ich habe schon zu Hause gefrühstückt.« Zögerlich nippte Moritz an seiner Tasse. Der Kaffee war gut. Er nahm einen zweiten Schluck und blickte auf den sich langsam belebenden Borneplatz, während Konstanze Dietzdorf in bewundernswerter Geschwindigkeit ein mit Schinken belegtes Brötchen verzehrte und sich nach einem kurzen fragenden Blick auch über das Rührei hermachte, das ursprünglich Moritz zugedacht gewesen war. Über den Borneplatz zog in diesem Moment eine Kindergartengruppe, jedes Kind mit einer gelben Kappe und einer Leuchtweste versehen. *Eine gute Idee, die Kleinen so auszustaffieren,* dachte Moritz. *Erhöht die Sicherheit im Straßenverkehr und erleichtert es den Erzieherinnen, die quirligen Kinder im Blick zu behalten. Hätte ich mir für unsere drei Wildfänge damals auch gewünscht.*

»So, ich wäre dann so weit.«

Moritz schreckte auf und brauchte einige Sekunden, um seine Gedanken zu sortieren.

»Sie können jetzt mit dem Interview beginnen«, drängelte Dietzdorf. »Ich habe schließlich nicht ewig Zeit.«

Moritz griff in seine Umhängetasche und förderte einen Stoß Karteikarten zutage, auf denen die Fragen notiert waren, die er zusammen mit Anna am Abend zuvor ausgetüftelt hatte. »Wären Sie einverstanden, wenn ich das Diktiergerät des Handys zur Aufzeichnung unseres Interviews mitlaufen lasse?«

»Das wäre in Ordnung.«

»Gut.« Moritz schaltete sein Smartphone an. »Zunächst einmal möchte ich mich für Ihre Bereitschaft zu einem Interview mit der *RAZ* bedanken.« Er schaute kurz auf die erste Karteikarte. »Der Name

Ihrer Partei lautet ›Partei der Deutschen‹. Wer sind im Sinne Ihrer Partei ›die Deutschen‹?«

»Deutscher ist, wer deutscher Volksangehöriger ist. Deutscher Volksangehöriger ist, wer Teil einer deutschen Sippe ist und eine rein deutsche Ahnenreihe besitzt«, zitierte Dietzdorf aus dem Parteiprogramm der *PDD*, das sie aufgeschlagen vor sich liegen hatte.

»Heißt das, alle Menschen mit Migrationshintergrund sind aus Sicht Ihrer Partei keine Deutschen, auch wenn sie hier geboren sind und einen deutschen Pass haben?«

»Korrekt.«

»Alle diese Menschen müssten, wenn ich Ihr Parteiprogramm richtig verstanden habe, Deutschland verlassen, sobald Sie die Regierung stellen.« *Was Gott verhüten möge*, fügte er in Gedanken hinzu.

»Den deutschen Volkskörper in jedem Fall. Möglich wäre natürlich in einzelnen Fällen eine befristete Duldung, zum Beispiel bis ein aufnehmendes Gastland gefunden ist.«

»Das bedeutet: Ein hoher Prozentsatz der Menschen etwa in den Pflegeberufen oder in der Ärzteschaft müssten Deutschland verlassen.«

»Ja, das wäre so. Sie werden eben durch deutsche Volksangehörige ersetzt.«

»Wir haben aktuell bereits einen Pflegenotstand in Deutschland. Ein solches Vorgehen dürfte die Krise in der Pflege und der medizinischen Versorgung noch verschärfen …«

»Unsinn. Solche Horrorszenarien sind lediglich Erfindungen der Systempresse. Der Fachkräftemangel in Deutschland ist nicht durch Migration, sondern nur durch eine Verbesserung der Arbeitsbedingungen zu lösen. Also durch bessere Bezahlung und eine erhöhte Wertschätzung, etwa der Pflegeberufe.«

»Beides ist als Ansatz zur Verbesserung der Arbeitssituation in der Pflege sicher positiv zu bewerten, die Zahl der Fachkräfte erhöht sich dadurch jedoch nicht. Angesichts des demografischen Wandels …«

»Papperlapapp, demografischer Wandel. Alles nur Geschwätz, um das Nicht-Handeln der Altparteien in der Migrationsfrage zu rechtfertigen. Wir haben in Deutschland ein großes ungenutztes Reservoir an deutschen Arbeitskräften. Diese müssen lediglich geschult und qualifiziert werden, dann lässt sich die Personalsituation etwa in der Pflege schnell und effizient verbessern.«

Na prima, dachte Moritz. *Vom Philosophen zum Facharbeiter und von der Schuhverkäuferin zur Altenpflegerin. Klingt total simpel. Aber nur auf dem Papier.* Laut merkte er an: »Das Problem der abnehmenden Zahl der Arbeitskräfte in Deutschland ließe sich auf diese Weise aber nicht lösen.«

»Zugegeben. Das geht nur durch mehr Kinder. Wir Deutschen müssen uns wieder verstärkt fortpflanzen. Vergleichen Sie nur die Zahl der Kinder bei den Migranten und bei uns Deutschen. Ein Skandal ist das, dass wir Deutschen im eigenen Land zur Minderheit werden! Dagegen gibt es nur ein Rezept: Kinderreichtum als urdeutsche Tugend! Die kinderreiche Familie muss für uns Deutsche wieder ein erstrebenswertes Ziel werden.«

Ob Anna und ich mit unseren drei Sprösslingen wohl den Fortpflanzungszielvorgaben der PDD entsprechen?, ging es Moritz durch den Kopf. Er hegte da Zweifel. Und wie war es eigentlich um die Kinderzahl der Generalsekretärin selber bestellt? Natürlich hatte Moritz im Vorfeld des Interviews zu Konstanze Dietzdorf recherchiert. Doch die Informationen im Internet wie auch auf den Flyern der Partei waren eher dünn: 41 Jahre alt. Studierte Ethnologin, Angestellte am Museum für ostasiatische Kunst in Köln bis 2022. Seit diesem Jahr Generalsekretärin der *PDD* mit dem Wohnsitz Basel in der Schweiz, hm, als Erstwohnsitz nicht unbedingt passend für die leitende Funktionärin einer Partei der Deutschen. Tja, und das war es auch schon. Einen Ehering, er warf einen raschen Blick auf die Hand seiner Interviewpartnerin, trug Dietzdorf nicht, aber das musste nichts heißen.

Moritz hob die Augen und räusperte sich. Die Frage, die ihm in den

Sinn kam, hatte weniger mit Politik als mit Sportsachverstand zu tun. »In der erfreulicherweise bei der EM und den Olympischen Spielen wieder sehr erfolgreichen deutschen Fußballnationalmannschaft spielen viele Top-Spieler, die allein von der Hautfarbe her …«

»Ich weiß schon, welche Frage Sie stellen wollen. Auf Ihre Frage gibt es nur eine Antwort: Die Nationalmannschaft spielt nicht nur in Weiß, ihre Spieler müssen auch weiß sein. Es gibt wahrlich genug gute deutsche Spieler, man muss sie lediglich ausbilden, fördern und in die Mannschaft berufen.«

Für Moritz klang das nicht gerade nach fundierter Fußballkompetenz. Das pink-lilafarbene Auswärtstrikot schien die Parteisekretärin zudem geflissentlich zu ignorieren.

Eine halbe Stunde später waren seine Fragen abgearbeitet. Dietzdorf hatte die Forderungen ihrer Partei nach einem Migrationsstopp und einer drastischen Einschränkung des Asylrechts erläutert und zudem den Austritt Deutschlands aus der EU gefordert. »Wir sollten die Gründung eines neuen Verbundes souveräner europäischer Staaten anstreben, in dem jedes Mitglied die volle Souveränität über sein staatliches Handeln hat«, hatte sie zwischen dem dritten und vierten Prosecco schwadroniert, und im nächsten Satz eine Überprüfung aller Zahlungen an Nicht-Deutsche verlangt. »Kein hart erarbeitetes deutsches Steuergeld für die Ukraine, für Flüchtlinge oder für Entwicklungshilfe irgendwo auf der Welt.« Moritz' Einwände, dass die Einbindung in das internationale Geflecht der Staaten für Deutschland als Exportnation von elementarer Wichtigkeit sei, wurden von Dietzdorf ebenso als »Humbug« abgetan wie Moritz' gravierende Bedenken hinsichtlich eines Dexits, des Austritts Deutschlands aus der EU.

»Den haben die Briten mit ihrem Brexit schließlich auch hinbekommen«, erklärte Dietzdorf kategorisch.

Hinbekommen haben sie den Brexit tatsächlich, irgendwie. Aber ohne ihn wären die meisten Briten heute besser dran, dachte Moritz.

Im Verlauf des Interviews hatte er bei mehr als einer der Antworten Dietzdorfs innerlich die Augen gerollt und an sich halten müssen, ihr nicht scharf zu widersprechen. Der Eindruck, dass Konstanze Dietzdorfs wirtschaftliche und soziale Kompetenz äußerst überschaubar war und dass, sollte die *PDD* jemals an den Schalthebeln der Macht sitzen, dies eine Katastrophe für Deutschland wäre, verfestigte sich von Antwort zu Antwort. Fast atmete Moritz auf, als er zur letzten der vorbereiteten Fragen kam: »Frau Dietzdorf, herzlichen Dank für dieses Gespräch. Eine abschließende Frage hätte ich allerdings noch.«

»Ja, bitte?«

»Sie gelten als interviewscheu …«

»Und das hat seinen Grund!«, polterte Dietzdorf. »Sie glauben gar nicht, wie oft mir von Mitgliedern der Systempresse schon das Wort im Mund umgedreht wurde. Daher begrüße ich es ausdrücklich, dass Sie dieses Interview professionell aufgezeichnet haben. Womit sichergestellt sein müsste, dass ich korrekt zitiert werde.« Der letzte Satz klang weniger wie eine Feststellung denn wie eine Drohung.

Moritz hüstelte verlegen, griff zur Kaffeetasse, nur um zu bemerken, dass diese leer war. Mit einem leisen Klirren stellte er sie zurück auf den Unterteller. »Mich würde interessieren«, sagte er schließlich, »warum Sie der *RAZ* dieses Interview gewährt haben.«

»Sie befinden sich da im Irrtum. Ich habe das Interview nicht der *Rheiner Allgemeinen Zeitung* gewährt, sondern Ihnen.«

»Aber … bis vor gut einer Stunde kannten Sie mich doch noch gar nicht?«

»Es gibt jemanden, der für Sie gebürgt hat.«

Moritz verschlug es die Sprache und ohne dass er es wollte, rutschte ihm ein »Wer?« heraus.

»Der neue Vorsitzende unserer Ortsgruppe Nordmünsterland, Ihr Cousin Mirko Munkelfeld.«

Nur langsam sickerte in seinen Verstand, was Dietzdorf gerade gesagt hatte. Sein Cousin Mirko war in dieser unsäglichen Partei aktiv, ach was, aktiv, er war einer der führenden Köpfe der *PDD* im Münsterland. Fassungslos starrte Moritz sein Gegenüber an. Irritiert wich Dietzdorf seinem starren Blick aus. Sie schob das benutzte Geschirr zusammen.

Einige Atemzüge später fand Moritz seine Sprache wieder. »Ich habe das doch richtig verstanden: Mirko ist der neue Vorsitzende Ihrer Partei im Münsterland?«

»Im Nordmünsterland, um korrekt zu sein.« Dietzdorf räusperte sich. »Herr Munkelfeld setzt sich hier seit Monaten mit großem Engagement für die Ziele unserer Partei ein. Zudem besitzt er die beste Empfehlung für diesen Posten, die man sich denken kann: eine lupenreine deutsche Biografie.«

»Lupenreine deutsche Biografie?«, echote Moritz ungläubig.

»Er ist Mitglied einer urdeutschen Familie – so wie auch Ihre Frau – und Träger eines großen Namens. Sein Vater war ein engagierter deutscher Arbeiter und sein Großvater, ja, sein Großvater«, Dietzdorf geriet ins Schwärmen, »war ein hochdekorierter deutscher Soldat, gefallen für sein Vaterland in den letzten Tagen des Zweiten Weltkriegs. Ach, aber was erzähle ich Ihnen das alles, Sie sind mit den Details der Familiengeschichte Ihrer Frau sicherlich besser vertraut als ich.«

Moritz nickte automatisch, doch sein Blick war in weite Ferne gerichtet. Wo immer er mit seinen Gedanken gerade war, der Ort schien weder im Hier noch im Jetzt zu liegen.

FAMILIENGESCHICHTEN

Auf dem Heimweg hatte Moritz am Markt noch rasch eine Tüte gemischte Brötchen beim Lohner Landbäcker erstanden. Jetzt deckte er in Gedanken versunken den Tisch. Wegen seines Interviewtermins gab es heute Mittag nur kalte Küche: Butter, einen schon gestern vorbereiteten nordischen Nudelsalat mit geräuchertem Lachs, Zwiebeln und Schnittlauch, dazu Frischkäse und Tomaten als Auflage für die Brötchen, die herrlich duftend im Brotkorb lagen. In der Thermoskanne wartete der heiße Kaffee. Wer fehlte, war nur noch Anna.

Die kam, ein pralles Paket Oberstufenklausuren in der Umhängetasche, ein wenig gehetzt aus der Schule. »Hallo Schatz, ich mache mich nur eben frisch, dann kann's losgehen.«

»Hast du heute Nachmittag Unterricht?«, fragte Moritz zwischen zwei Bissen Nudelsalat.

»Non. Aber die Fachkonferenz Biologie tagt und da weiß ich nicht, ob mir das lieber ist. Ich darf das Protokoll schreiben.«

»Oha!« Moritz wusste nur zu gut, dass das Schreiben von Konferenzprotokollen zu den unbeliebtesten Tätigkeiten in Annas Aufgabenportfolio gehörte.

»Aber wie war dein Interview? Erzähl!«

»Eigentlich wie erwartet. Weiter rechts außen als diese Partei kann man meiner Meinung nach kaum stehen. Nationalistisch, völkisch, einfach grauenhaft. Zudem hat sich die Generalsekretärin ihr Frühstück von mir bezahlen lassen, samt Prosecco.«

»Das … das gibt es doch nicht! Die Spesen stellst du Nickel aber in Rechnung«, empörte sich Anna.

»Ja, ja, mache ich. Ich denke, die wird er auch übernehmen. Weißt du übrigens, warum gerade ich dieses Interview führen durfte? Weil wir aus guten deutschen Familien kommen. Oder genauer gesagt: Weil du aus einer guten deutschen Familie kommst.«

Annas Augenbrauen schnellten nach oben.

»Die Begründung passt doch zu solch einer Partei, findest du nicht?« Moritz lächelte hintergründig.

»Wie kann sich diese Frau erdreisten, meine Familie … also, das schlägt dem Fass den Boden aus.« Anna legte ihr halbes Brötchen zurück auf den Teller und wischte sich die Hände an der Serviette ab. Der Appetit war ihr vergangen.

Moritz hob die Hände. »Moment, im Grunde war es nicht Dietzdorf, die mich vorgeschlagen hat, sondern dein lieber Cousin Mirko.« Er machte eine dramatische Pause. »Der neue Vorsitzende der Rheiner Ortsgruppe der *PDD*.«

Anna schaute verblüfft. Das war tatsächlich ein Ding. Ihre Mundwinkel zuckten, doch sie sagte nichts.

»Na, hat dir diese Neuigkeit die Sprache verschlagen?«, fragte Moritz spöttisch. »Ja, und das ist noch nicht alles. Weißt du, warum Mirko diesen Posten in der Partei bekommen hat? Aus demselben Grund, aus dem ich das Interview führen durfte: seiner hervorragenden deutschen Abstammung wegen.«

Anna schwieg noch immer.

»Dabei führt Dietzdorf an vorderster Stelle deinen Großvater an, einen hochdekorierten deutschen Soldaten des Zweiten Weltkriegs. Von dem hast du mir noch nie erzählt.« Der letzte Satz klang beinahe vorwurfsvoll.

»Opa Hans? Was sollte ich dir von dem erzählen? Ich habe ihn doch nie kennengelernt. Er ist lange vor meiner Geburt gestorben.«

»Aber er war während des Zweiten Weltkriegs Soldat und hat einige hohe Orden bekommen?«

»Kann schon sein. So ganz genau weiß ich das nicht. Bei uns in der Familie waren Opa Hans und seine Zeit beim Militär nie ein Thema.«

»Offenbar war das bei den Eltern von Mirko anders.«

Anna überlegte einen Moment. »Mirkos Vater war erst zwei Jahre, als Opa Hans starb«, sagte sie dann langsam. »Es kann schon sein, dass ihn die verklärenden Erzählungen der Oma wesentlich mehr beeindruckt haben als seine älteren Brüder.«

»Verklärende Erzählungen?«

»Ach herrje, die Oma hat in ihrem Mann immer eine Art Helden gesehen, im ehrenvollen Kampf gefallen für Volk und Vaterland. Sein Tod hat sie hart getroffen. Ich glaube, sie brauchte diese Sicht, um mit ihrer frühen Witwenschaft klarzukommen. Immerhin hat er sie mit vier kleinen Kindern allein gelassen. Geheiratet hat sie nie wieder.« Anna kaute auf ihrer Lippe. »Ich fand ihre Erzählungen allerdings eher verstörend. Genau zugehört habe ich ihr nie«, gab sie schließlich zu.

»Onkel Alexander, Mirkos Vater, offenbar schon und daraus hat er dann die Geschichte einer völkisch-deutschen Musterfamilie gestrickt, was Mirko jetzt für den Vorsitz in der Ortsgruppe der *PDD* qualifiziert.«

»Gerade Mirko, der bisher kaum etwas auf die Kette gekriegt hat«, staunte Anna.

»Arbeitet er immer noch im Antiquitätengeschäft auf der Münsterstraße?«

Anna nickte. »Als Mädchen für alles. Einen qualifizierenden Berufsabschluss hat er ja nicht.« Dann leuchteten ihre Augen auf. »Ich hab' da eine Idee: Wenn du dich plötzlich so sehr für meinen Großvater interessierst, dann frag doch einfach jemanden aus der älteren Generation, der ihn noch gekannt hat.«

»Deine Großmutter lebt leider nicht mehr …«

»Stimmt, aber Großtante Luisa kann dir sicher auch weiterhelfen. Und die …«

»… treffe ich ja gleich beim Notartermin zum Verkauf ihres Hauses. Klingt perfekt.«

»Ist perfekt!« Anna stand auf. »So, auch wenn es spannend ist, mit dir über unsere Familiengeheimnisse zu plaudern – ich muss los.«

Ein hastiger Blick zur Uhr. »Oh, so spät ist es schon.« Auch Moritz klang mit einem Mal gehetzt. »Ich muss mich noch für den Notartermin umziehen.«

»Mach dich nicht zu schön. Notar Roggensack hat zwei ledige, hübsche Assistentinnen in der Anmeldung. In deren Beuteschema könntest du schon passen. Sieh dich also vor, denn du gehörst mir!«, lachte Anna und gab Moritz einen langen Kuss auf den Mund.

EIN VERSUCH

S ich in ein Auto ohne Standheizung zu setzen und auf den richtigen Moment zu warten, konnte getrost als Schnapsidee bezeichnet werden. Zumindest für den November 2024 in Rheine. Denn
der war verteufelt frostig. Vor Mund und Nase bildete die Atemluft
kleine weiße Wölkchen. Zwar hielt die dicke schwarze Steppjacke
die Körperwärme, doch Hände, Beine und Füße kühlten aus. Zum
wiederholten Male hauchte er sich in die kalten Hände und rieb sie
aneinander, um die Finger beweglich zu halten. Denn die würden ihre
Beweglichkeit brauchen, wenn, ja, wenn das Warten endlich ein Ende
hatte. Was hoffentlich bald der Fall war. Herrschaftszeiten, warum
musste es auch gerade heute so furchtbar kalt sein!

Ein quietschendes Geräusch schreckte ihn auf. Das Garagentor
des Zielobjekts im Haselweg 65 schwang offen. Endlich! Eine alters-
schwache Mercedes-Limousine der 123er-Baureihe, ein echter Oldtimer, tuckerte langsam aus der Garage und stoppte in der Einfahrt.
Der Fahrer stieg aus und schloss das Tor. »Beeil dich, Bernd, wir haben
den Termin in Münster doch schon um 14:00 Uhr!«, klang es aus dem
Wageninneren.

»Ja, ja, das passt schon«, brummte der Fahrer und stelzte behäbigen
Schrittes zurück zum Wagen.

Der im eiskalten Auto wartende Mann in der schwarzen Steppjacke
grinste. »Danke für die präzise Zeitangabe«, murmelte er und zog sich
den wärmenden Schal über das Kinn. Vom Gesicht war kaum noch
etwas zu erkennen. Langsam zählte er bis sechzig, dann stieg er aus. Mit
dem Paket unter seinem Arm hätte ihn jeder zufällige Beobachter für
einen der vielen Zusteller gehalten, die inzwischen zu jeder Tageszeit
an die Haustür kamen, für Premiumkunden sogar mehrmals am Tag.
Schnellen Schrittes ging er auf den Hauseingang der Nummer 65 zu

und drückte den Klingelknopf. Wie erwartet öffnete niemand. Er stellte das Paket auf die oberste Treppenstufe. Ein kurzer Blick zurück. Keine Menschenseele zu sehen. Ein Schlüsselbund glitt aus der Jackentasche. Mit klammen Fingern probierte er einen um den anderen. Der fünfte schien zu passen, drohte dann aber in der Drehung abzubrechen. Himmel noch mal, im Wilsberg-Krimi dauerte so etwas immer nur wenige Sekunden! Wahrscheinlich lag es an der mangelnden Übung. Immerhin war dies seine Einbruch-Premiere. Vielleicht war eine der anderen Türen leichter zu knacken. Ein Blick über die Schulter. Noch immer kein Spaziergänger in Sicht. Drei rasche Schritte und der Mann verschwand lautlos hinter dem Kirschlorbeer an der Stirnseite des Hauses. Das Paket auf dem Treppenabsatz hatte er schlicht vergessen.

Es dämmerte bereits, als das Ehepaar Voegt, umhüllt von Trauer, aus Münster zurückkehrte. Die Identifizierung des Leichnams ihrer Tochter im UKM hatte sie emotional aufgewühlt. Dass der Tod zum Leben dazugehört, wie oft war dieser Satz nicht schon in Gesprächen oder Trauerreden gefallen? Im Inneren berührt hatte er sie bisher nie. Jetzt tat er es, und ihnen wurde schmerzhaft bewusst, dass sie fortan mit dem Tod ihres einzigen Kindes würden leben müssen, heute und für den Rest ihres Lebens.

»Lag da nicht ein Päckchen vor unserer Haustür?«, fragte Regina Voegt, als sie ihren Mantel aufhängte. »Hast du etwas bestellt, Bernd?«

»Mit Sicherheit nicht. Ich habe gerade anderes im Kopf, als im Internet zu shoppen«, knarzte ihr Mann.

»Ich schau trotzdem mal nach.« Schlurfende Schritte. Dann eine Haustür, die ins Schloss fiel. »Du, dieses Paket hab' ich vor unserer Eingangstür gefunden.«

Neugierig betrachteten die Voegts den Karton, der jetzt in aller Unschuld auf dem Küchentisch lag.

»Das Adressenschild ist abgerissen. Kein Wunder, dass der Bote das Päckchen falsch zugestellt hat«, brummte der Ehemann.

»Der Karton ist auch schon geöffnet«, staunte Regina Voegt. »Ich schau mal rein. … Hm, da ist … nichts drin … nur Verpackungsmaterial.« Sie zog zwei durchsichtige Polstermappen aus dem Karton und entdeckte auf dem Boden des Päckchens eine Broschüre für Möbelpolituren. »Liebes Lieschen, wer benutzt denn heute noch so was?«

»Wir auf jeden Fall nicht«, grummelte ihr Mann. »Die Schachtel enthält doch nur Plunder. Scheint's, da hat sich jemand einen Scherz mit uns erlaubt. Dafür hab' ich gerade aber so was von gar keine Nerven. Also weg damit. Wirf das Ding zum Altpapier.«

»Ich mache uns mal einen guten Tee«, schlug Frau Voegt beschwichtigend vor, während sie den Karton in die Altpapierablage verfrachtete.

»Gerne, schön stark bitte«, brummte ihr Ehemann. »Den brauche ich jetzt.«

»Wenn du magst, kann ich einen Schuss Rum hineingeben. Holst du die Flasche? Sie steht im Wohnzimmer, links im Sideboard.«

»Sag mal, Regina, seit wann lässt du den Kellerschlüssel auf dem Wohnzimmertisch liegen?«, fragte Bernd Voegt, als er mit der Rumflasche in die Küche zurückkam.

»Den Kellerschlüssel? Aber der ist doch hier, an meinem Schlüsselbund.«

»Ich meine doch den Einzelschlüssel, den wir für Notfälle in der alten rostigen Gießkanne neben dem Kellereingang deponiert …« Langsam begann es ihm zu dämmern. »Du hast den Kellerschlüssel gar nicht benutzt? Wer bitte war das dann?«

Eine halbe Stunde später hatten die Voegts das Haus von oben nach unten durchsucht. Einen Eindringling entdeckt hatten sie dabei nicht. Alle Räume schienen während ihrer Abwesenheit unberührt. Natürlich konnte man sich nicht absolut sicher sein, was die Inhalte der Schränke und Kommoden anging. Wer erinnert sich schon daran, wie er etwas vor einigen Wochen in eine der Schubladen gepackt hat? Das Schnappschloss der Kellertür jedenfalls war ordnungsgemäß zugezogen und eingerastet. Für die Voegts war damit klar, dass niemand im Haus gewesen war.

Was blieb, war allein das Mysterium des Kellerschlüssels.

»Eigentlich habe ich nur eine Erklärung«, seufzte Bernd Voegt. »Das ist die Altersvergesslichkeit. Wir werden langsam senil.« An einem solchen Tag war dies weiß Gott keine beruhigende Erkenntnis.

IM KK 11

L uke Rumphorst stöhnte. Sein Bauch spannte. Auf die dritte Portion Sütlac hätte er gestern Abend doch besser verzichtet. Dabei liebte er den türkischen Reispudding aus dem Ofen wie kaum eine andere Nachspeise. Ganz besonders, wenn Azra ihn nach dem Rezept ihrer verstorbenen türkischen Großmutter zubereitete, mit echter Vanilleschote und gehackten Pistazien. Der perfekte Mitternachtssnack. Und der perfekte Dickmacher, wenn man nicht wusste, wann man aufhören musste. Heute Morgen lag die Anzeige der Badezimmerwaage ein halbes Kilo über dem Soll. Grund genug, statt des Aufzugs die Treppe zu nehmen.

Der Kommissar hielt die Klinke der Bürotür noch in der Hand, als das Telefon auf seinem Schreibtisch klingelte.

»Luke Rumphorst, Kriminalkommissariat 11«, meldete er sich etwas atemlos.

»Ach, der Herr Hauptkommissar ist heute mal wieder im Dienst und nicht in der Kinderbetreuung.«

Das wohlwollende Frotzeln der vertrauten Stimme mit dem rauchigen Timbre ließ Rumphorst erleichtert ausatmen. »Ach, Sie sind es, Doktor.«

»Wen haben Sie denn um diese Zeit am Telefon erwartet? Den Bundestrainer? So wie Sie japsen, würde der Sie wohl kaum in den Nationalmannschaftskader aufnehmen.« Doktor Nottendorf, seines Zeichens Leiter des Institutes für Rechtsmedizin am Universitätsklinikum Münster, lachte glucksend.

»Der Obduktionsbericht ist fertig?«, fragte Rumphorst hoffnungsvoll, ohne auf den feinen Spott des Doktors einzugehen.

Schweigen in der Leitung, dann das Anreißen eines Streichholzes, ein Indiz dafür, dass Nottendorf seine geliebte Pfeife entzündete. Das anschließende nuckelnde Schmatzen verriet, dass der Doktor, wie meist bei Telefonaten, das Angenehme mit dem Nützlichen verband. Fast glaubte Luke, den würzigen Rauch des Auenland-Tabaks, den der Rechtsmediziner bevorzugte, in seiner Nase zu spüren.

»Ich muss Sie enttäuschen, Herr Hauptkommissar, tatsächlich harrt der Obduktionsbericht noch seiner Erstellung.« Bedächtig saugte Nottendorf an seiner Pfeife. »Ihnen ist schon klar, dass Ihre Leiche erst seit gestern Mittag auf meinem Tisch liegt.« Der Doktor hustete leise. »Der gestrige Abend war der Vorbereitung auf meinen neuen Lebensabschnitt vorbehalten. Und des Nachts, nun, des Nachts pflege ich gemeinhin zu schlafen. Demzufolge werde ich mich erst im Verlauf des heutigen Vormittags der Abfassung meines schriftlichen Berichts widmen können.«

Mit kriminalistischem Gespür entschlüsselte Rumphorst den Begriff »Vorbereitung auf meinen neuen Lebensabschnitt«. Er grinste. »Ich vermute, Sie hatten gestern Abend ein Treffen Ihres Bridge-Clubs.«

Seit er vor zwei Jahren die 6oer-Grenze überschritten hatte, bereitete sich Doktor Nottendorf auf den Ruhestand vor. Ein Projekt des eingefleischten Junggesellen war dabei die Intensivierung der Mitgliedschaft in zwei renommierten Münsteraner Clubs, dem Zwei-Löwen-Klub, dessen Clubhaus am Kanonengraben an der Promenade mitten in Münster lag, und dem Bridge-Club am Aasee. In Letzterem traf man sich an jedem dritten Montag zum Club-Abend, wie Rumphorst sich erinnerte. Darin also hatte die Vorbereitung des Doktors auf den neuen Lebensabschnitt bestanden.

»Ich hoffe, das Kartenglück war Ihnen hold.«

»Ich bitte Sie!« So klang blankes Unverständnis. »Beim Bridge sind logisch-mathematische Fähigkeiten verlangt. Es geht um die Berechnung von Wahrscheinlichkeiten. Nur Ignoranten wie Sie mögen vermuten, dass Gewinnen und Verlieren bei diesem Spiel mit dem Begriff ›Kartenglück‹ in Verbindung stehen könnte«, brummte der Doktor pikiert.

»Geschenkt. Ich gebe zu: Beim Bridge bin ich Dilettant und werde mich daher bei diesem Thema in Zukunft jeglichen Kommentars enthalten.«

»Immerhin. Selbsterkenntnis ist der erste Weg zur Besserung«, räumte Nottendorf generös ein und zog schmatzend an seiner Pfeife.

»Einen Moment, Doktor.« Rumphorst legte den Telefonhörer neben die Computertastatur und schälte sich unter Verrenkungen aus seiner Winterjacke, die er über die Rückenlehne des Drehstuhls hängte. Ihm war heiß geworden. Im Büro lief die Heizung auf Hochtouren. »Sie rufen aber sicher nicht an, um mit mir über Bridge zu fachsimpeln«, vermutete er, den Hörer wieder am Ohr. »Was also ist so brisant, dass Sie es mir vor der offiziellen Überstellung des Obduktionsberichts mitteilen möchten?«

»Mitteilen möchte ich Ihnen gar nichts, sondern Sie vielmehr einladen.«

»Sie geben doch nicht etwa schon Ihren Ausstand?« In Rumphorsts Stimme schwang ein Hauch Erschrecken mit. Nottendorf war bereits als Rechtsmediziner am UKM tätig gewesen, bevor Rumphorst seinen Dienst im KK 11 in Greven angetreten hatte. Der Forensiker war damit eine feste, unverrückbare Größe im beruflichen Alltag des Hauptkommissars. Ohne dessen fundierte Expertise und spöttische Kommentare auskommen zu müssen – ein schrecklicher Gedanke.

»So rasch werden Sie mich nicht los, Herr Hauptkommissar.« Ein glucksendes Lachen drang aus dem Hörer. »Bis zu meiner Pensionierung dauert es noch einige Jahre. Dennoch sollten Sie sich mit Ihrem Besuch hier im UKM beeilen, denn das, was ich Ihnen zeigen möchte, könnte bald den Flammen des Krematoriums zum Opfer fallen. Die Leiche von Frau Voegt soll nämlich in Kürze eingeäschert werden, wussten Sie das?«

Die Tür des Büros wurde aufgerissen und mit einem fröhlichen »Moin, moin!« schneite Jakob Bär ins Büro. Erschrocken schlug er die Hand vor den Mund. »Oh, entschuldige, du telefonierst.«

Rumphorst legte einen Zeigefinger auf die Lippen. Bär nickte und nahm dann fast geräuschlos auf seinem Bürostuhl Platz.

»Ich glaube, ich habe Sie verstanden, Doktor. Wäre Ihnen unser Besuch kurz vor der wohlverdienten Mittagspause recht? Sagen wir so gegen halb zwölf?«

»Er wäre mir recht. Aber seien Sie pünktlich. Dum differtur, vita transcurrit.« Im Hörer ein Klicken. Nottendorf hatte aufgelegt, derweil der Kommissar noch an der Übersetzung des Seneca-Spruches kaute. »Während man es aufschiebt, eilt das Leben vorüber«, murmelte er schließlich. Ganz umsonst war das Latinum also doch nicht gewesen.

»Was wollte der Doktor?«, fragte Bär, nachdem der Hörer auf dem Telefon lag.

»Der Obduktionsbericht für Frau Voegt ist noch nicht fertig. Es gibt aber irgendeine Besonderheit bei der Leiche, und die will er uns nicht telefonisch mitteilen, die sollen wir uns heute Mittag selber anschauen.«

»Ach? Der Doktor macht's ja spannend.«

»Du kennst doch Nottendorf. Der Mann liebt Überraschungen und hasst Langeweile.«

»Ja, ja, alles wie immer – nur nicht nach Schema F. Passt denn der Besuch im UKM in unseren Tagesplan?«, fragte Bär wenig begeistert. Ihn kostete es jedes Mal große Überwindung, die Rechtsmedizin aufzusuchen, und das nicht nur des penetranten Geruchs wegen.

»Passt schon. Heute Nachmittag steht ein Gespräch mit den Mitgliedern der WG der Toten in der Heisstraße an. Wir sind also eh in Münster.«

»Na dann, in Gottes Namen«, seufzte Bär. Schnuppernd sog er die Luft ein. »Kein Kaffeeduft – der Service in diesem Hause wird immer schlechter.«

»Du hast recht, ich rieche auch nichts«, lachte Rumphorst. »Bin aber gerade mal zwei Minuten vor dir hier angekommen und hatte noch keine Gelegenheit, eine Beschwerde über das Dienstpersonal auf den Weg zu bringen.«

»Okay, okay, hab' schon verstanden.« Bär stand auf. »Hier werden die Aufgaben streng nach Dienstgrad verteilt, und Kaffeekochen fällt in den Kompetenzbereich der unteren Chargen.«

»Gut kombiniert, Watson.«

Als Edgar Faltermeyer um kurz nach neun seine Brille putzend durch die Tür kam, war der Luft im KK 11 bereits wieder das obligatorische Kaffeearoma beigemischt.

»Im Winter ist Brille tragen Mist«, beklagte sich Faltermeyer. »Kommst du von draußen in die Wärme, beschlägt das Teil. Trägst du eine Maske, beschlägt es auch draußen. Man ist dauernd damit beschäftigt, seine Brillengläser zu putzen.« Er goss sich einen Kaffee ein und fuhr den Rechner hoch. »Uiuiui, ist der heiß! Hab' mir fast den Mund verbrannt.«

»Ja, wer zu gierig ist, der verbrennt sich die Zunge.« Bärs Mitleid hielt sich in Grenzen.

»Wie geht es deiner Freundin?«, fragte Rumphorst rasch, bevor die beiden Kollegen weitere Frotzeleien austauschen konnten. »Hat sie den Schock gestern Morgen gut überstanden?«

»Ich hoffe.« Faltermeyer rieb sich die Nase. »Wir haben lange miteinander geredet. In ihrem Ehrenamt als Schöffin hat Marie ja des Öfteren mit Gewalttaten zu tun. Aber es ist doch noch etwas anderes, brutale Gewalt so hautnah mitzuerleben. Sie hat letzte Nacht jedenfalls nicht besonders gut geschlafen.«

»Mir fällt dazu nur ein Gegenmittel ein: Wir müssen den Täter möglichst rasch dingfest machen! Also an die Arbeit, Kollegen.« Rumphorst goss sich Kaffee nach. »Hier zunächst mal für dich, Edgar, ein kurzer Überblick über das Ergebnis unserer Befragungen.« Mit knappen Worten schilderte der Kommissar ihren Besuch bei den Eltern der Toten und das anschließende Gespräch mit ihrem Freund.

»Den man besser als Ex-Freund einstufen sollte«, präzisierte Bär.

»Korrekt. So, das alles werden wir beide«, Rumphorst deutete auf den Kollegen und auf sich selbst, »jetzt zügig zu Papier bringen.«

Bär verdrehte die Augen.

Rumphorst, der das gesehen hatte, grinste. »Schon klar, Jakob, präzise formuliert muss es natürlich heißen: ›zügig in den Computer eingeben‹. Dauert aber, so oder so.«

»Was kann ich in der Zeit machen? Ich war doch bei den Befragungen nicht dabei«, erkundigte sich Faltermeyer.

»Für dich habe ich auch eine Aufgabe: Schau in der KTU vorbei. Ich hab' Jürgen gestern Abend die Handynummer der Toten durchgegeben. Wäre interessant, ob und vor allem wo das Handy nach der Tat nochmals aktiv war. Er wollte sich drum kümmern und auch um diesen ominösen Papierfetzen, den du in der Hand der Toten gefunden hast.«

»Was ist mit ihrem Wagen?«

»Der steht in der Werkstatt der KTU. Die Kollegen dort checken ihn durch, aber großartig Erhellendes erwarte ich davon nicht.«

GERUCHSINTENSIV

Die KTU war zwar im selben Gebäude untergebracht wie das KK 11, doch lagen ihre Arbeitsräume auf einer anderen Etage. Genauer gesagt lagen sie im Kellergeschoss. Der Aufzug war mal wieder defekt, also stiefelte Edgar Faltermeyer mit grimmigem Gesichtsausdruck die Treppen hinunter. Auch wenn sich seine abklingende Long-Covid-Erkrankung im Alltag nur noch selten bemerkbar machte, Treppensteigen fiel ihm immer noch schwer. Vor der Tür mit dem Namensschild *Jürgen Brenner* standen kniehohe gelbe Gummistiefel, von denen ein infernalischer Geruch ausging. Unwillkürlich hielt sich Faltermeyer die Nase zu. »Boah, das stinkt ja fürchterlich«, murmelte er und klopfte.

»Reinkommen und die Tür sofort wieder schließen«, klang es dumpf von drinnen.

»Moin, Jürgen. Wo um Himmels willen hast du dich denn herumgetrieben? Deine Gummistiefel muffeln ja bestialisch.«

»Hab' mich nirgends rumgetrieben«, knurrte Brenner und machte eine unwirsche Handbewegung. »Die Stiefel da draußen sind mir zugeflogen. Gehören dem Norbert. Der hatte einen Einsatz in Emsdetten. Dort ist auf 'nem Bauernhof ein Mann ins Güllebecken gestürzt und dabei fast zu Tode gekommen.«

»Alter Schwede, wie ist das denn passiert? Güllegruben sind doch normalerweise gut gesichert. Außerdem kennen die Bauern die Gefahr, die von den Güllefaulgasen ausgeht.«

»Genau da sind wir dran. Präziser: Da ist der Norbert dran.« Brenner verzog sein Gesicht zu einem schiefen Grinsen. »Und in seine Ermittlungen mische ich mich grundsätzlich nicht ein, besonders wenn sie so geruchsintensiv sind.«

»Was untersucht ihr?«

»Die Absicherung der Grube, die Beschaffenheit der Fläche, auf der der Mann angeblich ausgerutscht ist, und das Profil seiner Gummistiefel.«

»Aha, draußen vor der Tür stehen also Beweismittel.«

»Die hoffentlich zügig abgearbeitet werden, sobald der Kollege Schultheis aus der Zigarettenpause zurück ist«, grollte Brenner.

»Asservate so einfach vor die Tür zu stellen, ist das nicht etwas leichtsinnig?«

»Ha, ha, ha! Wer die Dinger klaut, der muss geruchsblind sein. Außerdem würde er auf jeden Fall nach kurzer Zeit gefasst werden. Die Stiefel riecht man doch hundert Meter gegen den Wind. Aber du bist wohl kaum hier, um mit mir über Stiefelfragen zu diskutieren. Also, was kann ich für dich tun?«

»Es geht um den Fall Voegt, du weißt schon, die Tote aus dem Salinenpark in Rheine. Habt ihr Neues zu ihrem Handy?«

»Zum Handy von Frau Voegt? Das haben wir doch gar nicht … ach, du meinst zur Mobilfunknummer, die mir Luke durchgegeben hat. Okay, da habe ich überprüft, ob sich das Smartphone mit der genannten Nummer seit gestern Morgen irgendwo eingewählt hat. Hat es aber nicht. Das Handy war bis gestern etwa 8:10 Uhr an verschiedenen Funkmasten in Rheine eingeloggt, was dafür spricht, dass der Täter mit dem Auto unterwegs war und kreuz und quer durch die Stadt gefahren ist.«

»Sieht so aus, als wäre er ziemlich durch den Wind gewesen. Was wiederum dafür spricht, dass es keine geplante, sondern eine eher spontane Tat war«, überlegte Faltermeyer laut.

Brenner zuckte die Schultern. »Kann schon sein. Um …«, er tippte einen Begriff in die Suchmaske auf seinem Laptop, »um exakt 8:13 Uhr wurde das Gerät plötzlich ausgeschaltet und seither hat es sich an keinem Sendemast in Deutschland mehr eingeloggt.«

»Das heißt, es ist seither ausgeschaltet.«

»Oder es ist zerstört worden. Vielleicht hat man es aber auch auf die

Fidschis verschickt oder sonst was damit angestellt.« Brenner zuckte die Schultern. »Auf jeden Fall ist es seit gestern 8:13 Uhr tot.«

»So wie seine Besitzerin. Habt ihr in ihrem Wagen irgendwas Interessantes entdeckt?«

»Jede Menge Fingerabdrücke, die meisten von Frau Voegt.«

»Wen wundert's!«

»Die übrigen Abdrücke befinden sich vor allem auf der Beifahrerseite. Sie sind bisher nicht zuordenbar, können von jedem stammen, der irgendwann mal im Wagen mitgefahren ist.«

Faltermeyer brummte Zustimmung.

»Ansonsten nichts wirklich Außergewöhnliches: Betriebsanleitung und Eiskratzer im Handschuhfach, Hustenbonbons und ein Scheibenputztuch in der Türablage – das Übliche eben. Wird alles in unserem Bericht stehen, wenn er denn fertig ist. Aber eine Sache hätte ich doch.« Brenner öffnete einen der neben dem Laptop liegenden Asservatenbeutel und schüttete den Inhalt polternd auf die Schreibtischplatte. »Das hier lag im Kofferraum, der ansonsten bis auf Warndreieck und Erste-Hilfe-Tasche leer war.«

Verwundert betrachtete Faltermeyer das auf der Schreibtischplatte liegende Werkzeug. »Was bitte soll denn das sein?«

»Sag du es mir.«

Ein birnenförmiger Griff aus Buchenholz umschloss einen geschmiedeten Eisenkern, der in einer V-förmigen, klauenartig gebogenen Doppelspitze endete. Das ganze Werkzeug besaß eine Länge von vielleicht zwanzig Zentimetern.

»Das Ding sieht aus wie ein ... Miniatur-Kuhfuß«, fand Faltermeyer.

»Mein Reden. Mit ziemlicher Sicherheit ist das hier ein Nagelheber, mit dem man Nägel aus dem Holz zieht. Allerdings eher die kleinen Exemplare. Hat eure Tote eventuell etwas mit einem holzverarbeitenden Betrieb zu tun?«

»Nicht, dass ich wüsste. Frau Voegt studierte Germanistik und Geografie an der Uni in Münster.« Faltermeyer ließ seinen Eindruck der

Leiche Revue passieren. »Hm, wenn ich an ihre manikürten Hände denke, dann kann ich sie mir kaum in einer Schreinerei oder Möbelfabrik vorstellen. Möglicherweise gehört das Teil ja einem ihrer Bekannten.«

»Wie dem auch sei«, Brenner packte das Werkzeug zurück in den Beutel. »Das zu klären ist nicht meine, sondern eure Aufgabe.«

»Was ist mit dem Zettel, den die Tote in der Hand hielt?«

»Du meinst dieses kleine Papierdreieck.« Brenner drehte sich zur Seite, griff nach einem der durchsichtigen Asservatenbeutel und hielt ihn gegen das Licht der Schreibtischlampe. »Hm, das ist durchaus interessant. Wie das Datum, das darauf getippt ist, schon nahelegt, dürfte dieses Papier aus den Vierzigerjahren des vergangenen Jahrhunderts stammen. Keine optischen Aufheller, auch die Papierzusammensetzung passt. Zudem ist die Druckfarbe alt. Das Farbband, mit dem das Datum getippt wurde, war allerdings schon reichlich abgenutzt.«

»Die Drucktypen sind etwas ungewöhnlich, oder?«

»Du meinst, weil es sich um Kursivschrift handelt?«

Faltermeyer nickte.

»Ihr habt Glück, dass sich die Kollegin Franziska Timmermann auf Schreibmaschinen spezialisiert hat.«

»Ach, wusste ich gar nicht.«

»Ist ihr Hobby. Sie fährt alle möglichen Flohmärkte ab und kauft alte Schreibmaschinen auf. Dann restauriert sie die. Zu Hause hat sie schon zwei Dutzend stehen, angeblich alle funktionstüchtig.« Brenner kratzte hörbar über die Bartstoppeln an seinem Kinn. »Na ja, um es kurz zu machen: Franziska hat vom Schriftbild her gleich auf eine *Adler Modell 7* getippt. Die Zahlen sind etwas größer als üblich, was wohl ebenfalls für die *Adler* spricht, behauptet jedenfalls die Expertin. Das *Modell 7* war die erste Schreibmaschine aus deutscher Produktion, die auch international ein Renner wurde. Und das, obwohl sie absolut nicht billig war. Sekunde.« Mit flinken Fingern bearbeitete Brenner die Tastatur seines Laptops. »Ah, hier haben wir das Bild einer *Adler*

7.« Er drehte den Laptop ein wenig, sodass Faltermeyer die schwarz lackierte mechanische Schreibmaschine erkennen konnte, auf deren Abdeckung ein goldfarbener Raubvogel mit ausgebreiteten Schwingen glänzte. In seinen Fängen hielt er ein Rad. Darunter stand in fetten, gleichfalls goldenen Lettern der Schriftzug »Adler«.

»Das Rad sieht aus wie … das Vorderrad eines Fahrrads«, stellte Faltermeyer erstaunt fest.

»Gut erkannt, Herr Kollege. Die Adlerwerke haben ursprünglich tatsächlich Fahrräder hergestellt und sind erst später in die Produktion von mechanischen Schreibmaschinen eingestiegen. Der goldfarbene Adler mit dem Rad soll wohl den Ursprung der Firma als Fahrradwerke betonen, behauptet zumindest die Kollegin Timmermann.«

»Und mit dieser Maschine konnte man kursiv schreiben?«

»Man konnte. *Adler 7* mit dieser Schriftart sind zwar selten, aber es gibt sie.«

»Aus welchem Jahr die Schreibmaschine stammt, mit der man das Datum eingetippt hat, kann eure Expertin wohl nicht sagen?«

»Bedaure, leider nein.« Brenner starrte auf den Bildschirm. »Gebaut wurde die Maschine jedenfalls von 1899 bis 1936/37, also fast vierzig Jahre lang. Und genutzt wurden auch die älteren Exemplare sicherlich bis weit nach dem Krieg. Wegwerfen war damals keine Option, stattdessen hieß es pflegen und reparieren. Sollte man heute besser auch machen, schon aus Umweltgründen.«

»Das Papier macht für mich den Eindruck, als handele es sich um ein offizielles Dokument.«

»Könnte sein. Das Ding schaut schon so aus wie die Papiere, die man damals in den deutschen Amtsstuben benutzt hat.« Brenner fuhr sich mit der Hand über die Oberlippe. »Aber festlegen würde ich mich darauf nicht. Dafür ist der Schnipsel einfach zu klein.«

»Danke. Hast du sonst noch was für uns?«

»Meinen schriftlichen Bericht«, antwortete Brenner trocken. »Doch den gibt es erst heute Nachmittag.«

EINE JAGDSZENE

Nachdem Faltermeyer die Glastüren und anschließenden Diebstahlschutzportale durchquert hatte, empfing ihn die Stadtbibliothek Rheine mit dem kühlen Charme einer Gewerbehalle. Die Weitläufigkeit des Raumes überraschte ihn immer wieder aufs Neue. Bücherregale und Möblierung wirkten darin fast ein wenig verloren. Die unverkleideten Decken erlaubten den freien Blick auf nackte Betonelemente und Rohrsysteme.

Das spartanische Ambiente war der Tatsache geschuldet, dass die angestammten Räumlichkeiten der Bücherei wegen der Umbaumaßnahmen im Rheiner Rathauszentrum aktuell nicht genutzt werden konnten. Seit August 2022 war die Bibliothek daher in den Räumlichkeiten eines ehemaligen Baumarkts an der Osnabrücker Straße untergebracht. Für Faltermeyer ein Tatbestand mit Licht und Schatten. Positiv waren selbstredend die vielen kostenfreien Parkplätze direkt vor dem Gebäude. Parkplatznot gab es hier selten, anders als am regulären Standort im Rathauszentrum. Dafür hatte sich sein Weg zur Bibliothek mehr als verdoppelt. Von seiner Wohnung an der Unterstraße war der Weg zum Rathauszentrum am Borneplatz ein kurzer, den Faltermeyer in aller Regel zu Fuß zurückgelegt hatte. Nun brauchte er für den Bibliotheksbesuch das Fahrrad, und das musste er, bevor er in die Pedale treten konnte, zunächst einmal mühevoll aus dem Keller ans Tageslicht hieven.

Es kam eher selten vor, dass Faltermeyer die Stadtbibliothek in Rheine während seiner Dienstzeit besuchte. Der heutige Besuch hing mit einem Anruf der Eltern von Emma Voegt im KK 11 zusammen. Es habe sich ein neuer Aspekt ergeben, hatte der Vater behauptet, Aufregung in der Stimme. Den würden er und seine Frau den Ermittlern gerne persönlich erläutern. Nein, nicht am Telefon, sondern vor Ort in Altenrheine. Ja, heute, 15:00 Uhr würde passen. Da die Kollegen Rumphorst und Bär bereits für ihren Besuch in der Rechtsmedizin in den Startlöchern standen, war der Termin bei den Eltern der Toten Faltermeyer zugefallen. Die Fahrt nach Rheine ging schneller über die Bühne, als der Kommissar erwartet hatte. Es war erstaunlich wenig Verkehr. Selbst nach dem Verzehr eines Schlemmerbrötchens in *Schollis Drive In* blieb ihm bis zum Termin in Altenrheine noch reichlich Zeit, und so hatte Faltermeyer einen Zwischenstopp in der Stadtbibliothek eingelegt.

Der Papierschnipsel in der Hand der Toten ließ ihm keine Ruhe. Was war am 31. März 1945 in Rheine geschehen? Welches der damaligen Ereignisse war so einschneidend, dass seine Auswirkungen bis ins Heute reichten? Und worin lag die Verbindung zwischen jenem Ereignis in den verhängnisvollen Endtagen des Zweiten Weltkriegs und dem brutalen Mord im Salinenpark? Fragen über Fragen, deren Beantwortung jedoch nach Faltermeyers Überzeugung den Schlüssel für die Lösung des Mordfalls liefern konnte. Also suchte der Kommissar im Bestand der Bibliothek nach Büchern zum Kriegsende in Rheine.

Faltermeyer musste lächeln. Er hatte sich beim Betreten der Bücherei automatisch nach rechts orientieren wollen. Dort standen die Krimis und damit das Lesefutter für seine schlaflosen Nächte und die verregneten Wochenenden. Die vor den Krimi-Regalen stehenden Drehsessel waren verwaist. Offenbar hatte sich so mancher Leser durch das nasskalte Novemberwetter vom Bibliotheksbesuch abhalten lassen.

Hinter sich hörte Faltermeyer eilige Schritte. Er schaute sich um. Ein junger Mann, blaue Winterjacke, gelber Schal, dunkle Hautfarbe, hastete durch die Eingangstür. Als er die farbenfrohe Mütze abnahm, glänzte das krausgelockte schwarze Haar schweißnass. Der Mann musste schnell gelaufen sein. Unsicher wandte er sich nach rechts, dem Krimi-Bestand zu, überlegte es sich dann offensichtlich anders und ging schnellen Schrittes am Informationstresen vorbei nach links in den Bereich der Sach-, Kinder- und Jugendbücher.

Wirkt ein bisschen wie getrieben. Scheint sich hier zudem nicht besonders gut auszukennen. Kategorie ›Zufallsbesucher‹, ging es Faltermeyer durch den Kopf. Erneut musste er lächeln. Menschen bei der ersten Begegnung in Kategorien einzuordnen, war eine der Berufskrankheiten vieler Kriminalbeamter. Er trat an den langgezogenen Tresen, hinter dem zwei junge Bibliotheksangestellte damit beschäftigt waren, Daten in nebeneinanderliegenden Listen zu vergleichen. Eine der beiden Frauen schaute auf, als der Kommissar sich näherte.

»Wie kann ich Ihnen helfen?« Sie lächelte und ihr Gesicht hellte sich auf, als sie Faltermeyer erkannte. »Ah, Herr Kommissar. Schön, Sie zu sehen. Benötigen Sie neues Lesefutter? Bei diesem trüben Wetter kann man wirklich nichts Besseres tun als lesen.« Um ihre Augen bildeten sich Lachfältchen. »Oder möchten Sie sich wieder über die lausige Schilderung der kriminalpolizeilichen Arbeit in einem unserer Münsterland-Krimis beschweren?« Ihr Lächeln vertiefte sich.

Auch Faltermeyer musste schmunzeln. Vor einigen Wochen hatten sie sich intensiv über die Realitätsferne der Beschreibung kriminalpolizeilicher Ermittlungsarbeit in einem der von Faltermeyer gelesenen Regionalkrimis ausgetauscht und über die dichterische Freiheit von Krimi-Autoren diskutiert. »Nein, keine Beschwerde diesmal. Sie können mir allerdings bei einer Recherche helfen. Ich suche Bücher zum Ende des Zweiten Weltkrieges im Münsterland und speziell im Raum Rheine. Die haben Sie doch sicher im Bestand.«

»Sekunde.« Die Bibliothekarin kontaktierte den Rechner auf dem Tresen.

Hinter Faltermeyer öffnete sich die automatische Eingangstür. »Links? Rechts?«, schnaubte jemand.

»Rechts. Du bleibst hier stehen. Wir suchen.«

»Aber könnten wir nicht besser alle drei …«

»Blödsinn. Systematisch denken, Mann, wann kapierst du das endlich.« Die raue Stimme hatte einen befehlsgewohnten Klang.

In Faltermeyers Kopf formte sich ein Bild des Sprechers, das in

Richtung Rockerszene tendierte. Neugierig drehte er sich um. Und war enttäuscht. Auf den ersten Blick schienen die drei jungen Männer unauffällig. Mittelgroß, bartlose Gesichter, legere warme Kleidung – die drei wären in keiner Einkaufspassage aufgefallen. Ins Auge fiel allenfalls der markante Button, den sie alle trugen: hellgrün mit einem schwarzen doppelzackigen Blitz.

»Herr Kommissar!«, rief sich in diesem Moment die Bibliotheksangestellte in Erinnerung. »Bücher zum Ende des Zweiten Weltkrieges im Münsterland haben wir im Bestand. Eine ganze Reihe sogar. Kommen Sie, ich zeige Ihnen, wo sie stehen.«

»Danke. Sehr freundlich.« Erwartungsvoll folgte der Kommissar ihr in die Sachbuchabteilung.

Das Heft aus der Reihe *Rheine – gestern heute morgen*, das sie ihm als Erstes zeigte, schien äußerst ergiebig. Es stammte, wie Faltermeyer beim Durchblättern feststellte, aus dem Jahr 1995 – natürlich die fünfzigjährige Wiederkehr der deutschen Kapitulation – und enthielt eine Reihe von Augenzeugenberichten zum Kriegsende in Rheine. *Augenzeugen, von denen viele heute bereits nicht mehr leben dürften*, grübelte Faltermeyer und nickte der Bibliothekarin zu.

»Im nächsten Regal gibt es weitere Publikationen zum Kriegsende in Westfalen. Die …«

Aus der Tiefe der Sachbuchabteilung drangen mit einem Mal laute Stimmen. Es klang, als würde dort ein Streit eskalieren. Faltermeyer legte das Heft, das er gerade durchblätterte, in eine der Lücken zwischen den Buchreihen und hob entschuldigend die Hände. »Einen Moment bitte.« Mit raschen Schritten umrundete er drei Regale und blieb abrupt stehen. Der Anblick, der sich ihm bot, ließ seinen Blutdruck in die Höhe schnellen. Vor Reiseführern und opulenten Bildbänden zu den unterschiedlichsten Staaten Afrikas stand der Farbige, der Faltermeyer beim Betreten der Bibliothek aufgefallen war, umringt von den drei jungen Männern mit den hellgrünen Buttons.

»Ich möchte … hier wirklich nur lesen. Nur lesen«, stieß der Dunkelhäutige angstvoll hervor.

»Ach, du kannst sogar lesen. Ich dachte, Leute wie du trommeln ihre Briefe noch«, höhnte der Wortführer der drei Buttonträger, begleitet vom gehässigen Lachen seiner beiden Kompagnons. »Und Verkehrsregeln kennst du auch nicht, was? Uns auf dem Bürgersteig beinahe überfahren und sich dann einfach aus dem Staub machen, ha, wo leben wir denn?!«

»Sie sind auf dem Bürgersteig zu dritt nebeneinander …«, wagte der Dunkelhäutige einzuwenden.

»Genau, damit Kaffer wie du schön langsam fahren. So schützen wir die deutschen Omas und die deutschen Mütter mit ihren Kinderwagen vor schwarzen Rasern wie dir.«

»Aber ich bin auf dem Fahrradweg gefahren und so schnell war ich …«

»Hey, da wird einer unverschämt!«, bellte der Wortführer. »Komm uns nicht so, du Wildsau! Ob einer wie du zu schnell unterwegs ist oder nicht, das bestimmen immer noch wir.« Drohend trat er einen Schritt auf sein Opfer zu. »Du bist hier in Deutschland«, zischte er, »und da gelten Regeln. Regeln, sag ich! Da, wo du herkommst, kennt man dieses Wort wahrscheinlich noch nicht mal!«

»Ich komme aus Rheine.«

»Aber deine Familie nicht! Sonst wärst du nicht pechschwarz. Und das zählt. Die Familie!«

»Ich bin Deutscher, wie Sie. Ich habe einen deutschen Pass …«

»Scheiß drauf, Kanake. Was ist schon so'n Papier. Damit wird aus einem Bastard wie dir noch lange kein richtiger Deutscher!«

»Meine Familie lebt seit sechzig Jahren in Rheine …« Der Mann versuchte, das Zittern in seiner Stimme zu verbergen.

»Ey, hör' sich das einer an! Der Typ hier ist auf Krawall gebürstet!« Die Stimme des Anführers der Buttonträger war jetzt schneidend kalt. »Okay, den kannst du haben!« Provozierend rempelte er den jungen Mann an, schubste ihn in Richtung seiner Begleiter.

»Ich möchte doch nur … lassen Sie mich bitte in Ruhe!« Der Farbige versuchte, die Hand, die ihm einen Stoß versetzt hatte, wegzuschieben.

»Hey, du packst mich nicht an! Pfoten weg, sag ich!«, giftete der Buttonträger. Er schubste sein Gegenüber erneut, dieses Mal mit beiden Händen, sodass der junge Mann rückwärts gegen einen seiner zwei bislang stummen Begleiter taumelte.

»Ey, Mann, was soll denn das? Ich hau dich um, du Arsch!«, blaffte der und boxte dem Farbigen in den Rücken.

Faltermeyer hatte mehrfach dazu angesetzt, sich in die Auseinandersetzung einzumischen, doch waren die jungen Männer so auf ihren Streit konzentriert, dass sie ihn gar nicht wahrnahmen. Jetzt donnerte er: »Stopp das Ganze!«

Abrupt hielt der Wortführer inne und sein Kopf schnellte zur Seite.

»Hey, was willst du denn? Das hier ist unsere Sache. Halte dich da raus.«

»Das sehe ich anders.« Faltermeyer zog seinen Ausweis aus der Innentasche der Jacke und streckte ihn den Männern entgegen. »Edgar Faltermeyer, Kripo Greven.«

»Scheiße, Polente.« Der Jüngste der drei Buttonträger wandte sich hastig um und verschwand schnellen Schrittes in Richtung Ausgang. Auf halbem Weg schlug ihm das Heulen eines Martinshorns entgegen.

»Ich hab' gesagt, halt dich da raus!«, blaffte der Wortführer. »Also: Verpiss dich, Bulle.« Die rechte Hand zur Faust geballt, machte er einen drohenden Schritt auf Faltermeyer zu und kam damit in die Reichweite seiner Arme. Die rechte Hand des Kommissars packte den Mann am Handgelenk, wirbelte ihn herum, drehte ihm den Arm auf den Rücken und presste ihn mit dem Gesicht gegen das Bücherregal. Polternd flogen einige Bildbände zu Boden. »Au, verdammt, Sie tun mir weh.«

»Das hast du dir selber zuzuschreiben, Bürschchen!«, zischte ihm Faltermeyer ins Ohr, während er die Handschellen aus der Tasche seiner Jacke nestelte und sie dem Mann anlegte. Erst dann schaute er auf. Und war überrascht. Nur wenige Schritte entfernt stand der dritte Buttonträger in ganz ähnlicher Position vor dem Bücherregal, stöhnend, den Arm auf dem Rücken im eisernen Griff des Farbigen.

»Jiu Jitsu«, grinste der breit.

Als die beiden jungen Männer wenig später kleinlaut und in Handschellen dem Büchereieingang entgegenstolperten, kam ihnen eine Polizistin entgegen.

»Azra, schön, dich zu sehen.« Faltermeyer strahlte. »Aber wie kommt es, dass du hier bist?«

»Eine der Bibliothekarinnen hat einen Notruf abgesetzt: Randale in der Stadtbibliothek. Wir fuhren gerade Streife am Emstorplatz, als der Notruf einging, waren also nahe dran und damit als Erste vor Ort. Aber inzwischen warten draußen noch zwei weitere Streifenwagen. Genügend Platz also für diese beiden Randalierer.« Azra Ceylan packte die Männer recht unsanft am Arm.

»Aua, nich' so grob. Ich bin doch kein Möbelstück«, beschwerte sich der vormalige Wortführer. Vergebens.

»So, die beiden sind versorgt. Jetzt erzähl mal, Edgar. Was war hier eigentlich los?«

»Ich denke, das sollte besser dieser junge Mann machen.« Faltermeyer nickte dem Farbigen zu. »Schließlich war er es, der angegriffen wurde.«

Der Farbige gab seinen Namen mit Gustav Schröder zu Protokoll, Krankenpfleger am Mathias-Spital. »Gustav, nach meinem Großvater väterlicherseits«, erläuterte er. »Der war Bundeswehroffizier, so wie mein Vater auch.«

Die Mutter hingegen hatte Mitte der Sechzigerjahre mit ihren Eltern aus Nigeria fliehen müssen. Damals drohte das ölreiche Land in der Mitte Afrikas im Chaos zu versinken. Ein Militärputsch, dem kurz darauf ein Gegenputsch und ein grauenvoller Bürgerkrieg um die Region Biafra folgten, trieb viele Menschen aus dem Land.

»Die Eltern meiner Mutter hatten in ihrer Heimat keine Chance, am Leben zu bleiben. Sie wären verhaftet und umgebracht worden.

Deshalb haben sie alles zurückgelassen und sind zuerst nach Großbritannien und dann nach Deutschland geflohen. Viele unserer Verwandten in Nigeria sind bei den Unruhen umgekommen.«

Ceylan und Faltermeyer schwiegen pietätvoll. »Wie ist es nun zu dem Vorfall hier in der Bibliothek gekommen?«, fragte die Polizistin schließlich.

Schröder räusperte sich. »Ich kam mit dem Fahrrad aus der Innenstadt und wollte zur Stadtbibliothek. Auf Höhe der Basilika kamen mir die drei Männer entgegen. Sie gingen nebeneinander und nahmen so den gesamten Fußweg und den Radweg ein. Ich habe geklingelt, aber sie haben keinen Platz gemacht. So bin ich scharf links an ihnen vorbeigefahren.«

»Kam es zu einem Zusammenstoß?«

»Nein, ich habe keinen von denen berührt. Ehrlich! Trotzdem haben die hinter mir her gebrüllt, so was wie Wildsau, Bastard und Hammelfresser. Als ich mich umgeschaut hab', sah ich, dass die drei hinter mir herliefen. Also bin ich so schnell ich konnte zur Bücherei geradelt. Aber dorthin sind sie mir dann auch gefolgt und haben mich zwischen den Regalen mit den Geografiebänden angepöbelt. Der eine hat mich schließlich sogar attackiert, obwohl ich ganz ruhig geblieben bin.«

»Was ich bezeugen kann«, schaltete sich Faltermeyer ein. »Die Personalien der drei habt ihr?«

»Haben wir«, bestätigte Ceylan. »Drei Rheinenser, allesamt Mitglieder der *PDD*.«

»Ah, daher der Button«, schlussfolgerte Faltermeyer.

»Den tragen jetzt alle Parteimitglieder, hat uns Siegfried Koslowski erklärt, der Wortführer der drei. Die saßen kaum im Streifenwagen, da haben sie schon nach rechtlichem Beistand geschrien. Angeblich hat sie der Vorsitzende der *PDD*-Ortsgruppe Nordmünsterland zusammen mit etlichen Gesinnungsgenossen auf Patrouille geschickt, damit sie auf deutschen Bürgersteigen für Recht und Ordnung sorgen.«

»Na, das sind mir die Richtigen. Statt Recht und Ordnung Pöbelei und Handgreiflichkeiten. Das nenne ich mal den Bock zum Gärtner machen«, regte sich Faltermeyer auf.

»Die Herren werden schnell feststellen, dass in Deutschland Polizeiarbeit allein Aufgabe des Staates ist.« Azra Ceylans Stimme wurde hart. »Im öffentlichen Raum kann und darf es keine selbsternannte Privatpolizei geben.«

»Du sprachst vom Vorsitzenden der *PDD*-Ortsgruppe Nordmünsterland. Wer bitte soll denn das sein?«, hakte Edgar nach.

»Der Mann heißt Mirko Munkelfeld und betreibt angeblich ein Antiquitätengeschäft in der Münsterstraße.«

»Das Antiquitätengeschäft in der Münsterstraße kenne ich«, meldete sich Gustav Schröder zu Wort. »Das ist das Geschäft mit der Laterne.«

»Ja, ja, unter der Laterne ist es am dunkelsten«, zitierte Edgar ein polnisches Sprichwort. »Poetischer kann man eine brutale Wahrheit kaum aussprechen.«

EIN FUND

Regina Voegt stellte die bauchige gläserne Teekanne auf das Porzellanstövchen und setzte sich zu ihrem Mann auf das Sofa. Das Teelicht im Stövchen flackerte im Luftzug.

»Der Tee muss noch eine Minute ziehen, Kluntjes und Sahne nehmen Sie sich bitte selber.«

»Danke.« Mit der Zuckerzange, einem zu jeder klassischen ostfriesischen Teezeremonie gehörenden Werkzeug, das Faltermeyer seit Jahren nicht mehr in der Hand gehabt hatte, fischte sich der Kommissar zwei der weißen Kandisbrocken aus der Zuckerdose und ließ sie in die vor ihm stehende Teetasse aus dünnem Bone-China-Porzellan fallen.

Frau Voegt nahm den Einsatz mit den Teeblättern aus der Kanne und goss Faltermeyer als Erstem ein. Mit leisem Knistern zersprang der Kandis.

»Nehmen Sie doch Sahne«, drängte ihn die Gastgeberin, während sie sich und ihrem Mann die Teetassen füllte. »Und bitte auch einen der Kekse. Sie sind selber gebacken, mit Vanille und Sanddorn. Das Rezept stammt noch von meiner Urgroßmutter.« In ihrer Stimme schwang Stolz mit. »Die kam gebürtig von Norderney.«

Mit dem gebogenen Sahnelöffel ließ Faltermeyer langsam Sahne vom Tassenrand in den Tee gleiten. Ihm schien, die Sahnewolke wies die Form eines Blitzes auf. Behutsam nahm er den ersten Schluck und gleich noch einen zweiten. Die Sahne war kühl, der Tee kräftig und herb, der angeschmolzene Kandis herrlich süß. Perfekt.

In den karminroten Sesseln genossen das Gastgeberehepaar und der Kommissar schweigend ihren Tee.

»Noch eine Tasse?«

»Gerne.« Faltermeyer goss Sahne nach und räusperte sich. So gemütlich die Teestunde auch war, langsam wurde es Zeit, auf den Grund seines Besuches zu sprechen zu kommen. »Frau Voegt«, begann er und sah, wie sich die in ihrem Schoß liegenden Hände der Gastgeberin verkrampften. Die Frau stand erkennbar unter Spannung. »Sie haben sich bei meinem Kollegen gemeldet, weil Sie etwas entdeckt haben, das uns eventuell bei unseren Ermittlungen weiterhelfen könnte?«

»Sicher sind wir uns da nicht …«, knarzte Voegt senior.

»Aber Bernd, so einen Brief, den bekommt man doch nicht einfach so …«

»Unsinn, wir können nicht einfach jemanden da hereinziehen …«

Faltermeyer wurde die kryptische Unterhaltung zu bunt. »Bitte, könnte ich zunächst einfach nur die Fakten hören«, stöhnte er.

»Die Fakten.« Die Eheleute schauten sich kurz an, dann übernahm Frau Voegt das Reden. »Als wir gestern aus der … ähm, Gerichtsmedizin nach Hause kamen, lag der Ersatzschlüssel für die Kellertür im Wohnzimmer. Normalerweise bewahren wir den in einem Geheimversteck im Garten auf.«

»Und vor der Haustür lag ein leeres Paket …«

»Aber das tut doch nichts zur Sache, Bernd. Lässt du mich bitte jetzt erzählen.«

»Ja, ja, schon recht«, grummelte Herr Voegt.

»Wir haben gedacht, dass jemand den Schlüssel benutzt haben könnte, um bei uns einzusteigen. Also haben wir die Räume durchsucht, vom Dachgeschoss bis in den Keller. Aber da war alles in bester Ordnung, nichts anders als sonst. Also haben wir uns gedacht, jemand von uns habe den Schlüssel aus Vergesslichkeit …, nun, wir werden älter …, Sie verstehen?«

»Wer kennt das Versteck des Schlüssels?«

»Emma kannte es natürlich.« Frau Voegt wischte sich über die Augen.

»Auch unsere Nachbarn kennen das Versteck«, setzte Bernd Voegt den Bericht fort. »Und einige der Freunde von Emma.«

»Das stimmt doch so nicht. Wir haben Emma eingeschärft, das Versteck möglichst keinem weiterzusagen. Eigentlich kennt es nur einer ihrer Freunde: Kai Böticher, der ist ...«

»Aber das können wir doch gar nicht genau sagen«, fiel der Mann ihr ins Wort. »Wer weiß, wem Emma ...«

»Unfug, ich habe noch vorige Woche mit Emma darüber gesprochen, ob sie für den Kai, also das ist ihr ... war ihr erster fester Freund, einen eigenen Schlüssel braucht. Und da hat sie gesagt, sie habe ihm schon das Schlüsselversteck gezeigt. Deshalb brauche er keinen eigenen Schlüssel.«

»Aha, na ja, wusste ich nicht. Mir sagt ja mal wieder keiner was«, grantelte Herr Voegt.

»Kai Böticher ist also der Einzige, der für die Benutzung des draußen versteckten Zweitschlüssels infrage kommt?«

»Ja«, erklärte Regina Voegt fest. »Die Nachbarn haben wir gefragt. Die waren es nicht.«

»Gut. Aber warum sollte der Freund Ihrer Tochter heimlich bei Ihnen einsteigen?«

»Darum!«, sagte Frau Voegt und zog aus der Schublade des Couchtisches einen Briefumschlag hervor. »Den haben wir unter dem doppelten Boden in Emmas Kleiderschrank gefunden.«

»Da hat sie immer alles Wertvolle deponiert«, ergänzte Herr Voegt.

»Ich bin mir sicher, den hat derjenige gesucht, der bei uns eingedrungen ist. Und zum Glück hat er ihn nicht gefunden.«

Wenn es diesen Eindringling denn überhaupt gibt, ergänzte Faltermeyer in Gedanken.

»Lesen Sie«, drängte Frau Voegt.

Faltermeyer streifte Gummihandschuhe über – was eigentlich überflüssig war, denn der Brief war inzwischen sicherlich von einer ganzen Reihe von Personen angefasst worden, deren Identität nicht mehr lückenlos zu klären sein dürfte – und schaute sich das Beweisstück an. Ein normaler weißer Briefumschlag ohne Fenster, die 85-Cent-Briefmarke abgestempelt am ... hm, am Montag vor gut einer Woche

im Briefzentrum Greven. Die Anschrift aufgedruckt. Eine Absender-
angabe, Faltermeyer drehte den Umschlag um, nein, eine Absender-
angabe gab es nicht. Der Umschlag war an der Oberkante mit einem
scharfen Gegenstand aufgeschlitzt worden, wahrscheinlich einem
Brieföffner mit schmaler Klinge. Behutsam zog der Kommissar den
Umschlag auseinander und entnahm den darin liegenden Brief-
bogen. Einfaches weißes A4-Kopierpapier, kein Wasserzeichen, keine
Datumsangabe und lediglich ein kurzer Text:

Mach das nicht noch einmal mit mir, Emma.
Mach das nie wieder mit mir!
Ich schwöre dir, du wirst es sonst bitter bereuen!!!
K.

Kein Zweifel, dies war ein Drohbrief.
»Wie sagten Sie noch, heißt der Freund Ihrer Tochter?«
»Kai. Kai Böticher.«

DAS TRISKELENMOTIV

Als Rumphorst und Bär den Sektionssaal am UKM in Münster betraten, erwarteten sie weiß gekachelte Wände und grelles Neonlicht. Matt glänzendes Obduktionsbesteck lag sauber aufgereiht in den Ablageschalen am Kopf der blank polierten Edelstahltische. Auf dem ersten dieser Tische lag Emma Voegt. Ihr schlanker Körper war bis zum Halsansatz von einem grünen Tuch bedeckt. Ihr halblanges brünettes Haar umrahmte das zarte Gesicht wie ein im Abendlicht glänzender Heiligenschein. Ihren schlanken Hals allerdings verunzierten noch immer die gut erkennbaren Würgemale.

Sie liegt da wie ein schlafender Engel, dachte Rumphorst.

Zum Termin im UKM hatte er Bär mitgenommen. Faltermeyer, der sich einst um jede Obduktionsteilnahme gerissen hatte, ja der sogar überlegt hatte, den Beruf zu wechseln, Medizin zu studieren und Gerichtsmediziner zu werden, war seit seiner Long-Covid-Erkrankung außen vor. Der intensiv süßliche, leicht faulige Geruch in der Rechtsmedizin war für ihn unerträglich geworden. Nicht, dass er es nicht versucht hätte. Zweimal hatte er sich zu einer Teilnahme an Obduktionen gedrängt. Beide Male stand er in deren Verlauf am Rande einer Ohnmacht. Seither hatte er eine tiefe Scheu vor diesen Räumlichkeiten, eine Scheu, die Rumphorst respektierte.

Durch die Seitentür betraten Dr. Nottendorf und zwei Sektionsassistenten den Raum. »Guten Tag, die Herren.« Der Forensiker deutete eine knappe Verbeugung an. »Ausgezeichnet, dass Sie es einrichten konnten, vorbeizukommen. Ich denke, in wenigen Minuten werden Sie mir zustimmen, dass sich dieses Kommen gelohnt hat. Sind Sie bereit?«

Meine Güte, dachte Rumphorst. *Eine Präsentation wie in einer Zaubershow. Nottendorf als großer Zampano. Boerne lässt grüßen.* Er runzelte die Stirn. *Ein bisschen zu viel Theatralik für meinen Geschmack.*

»Wohlan denn!« Der Rechtsmediziner gab den beiden Assistenten ein Zeichen.

Der jüngere der beiden zog das grüne Tuch weg. Auf dem Oberkörper der Toten war von beiden Schlüsselbeinen schräg zum Brustbein und dann senkrecht bis zum Schambein der mit groben Stichen vernähte Y-förmige Schnitt erkennbar, zentrales Element der inneren Leichenschau, die Nottendorf bereits vorgenommen hatte. Auf ein Kommando des älteren der beiden Sektionsassistenten hin hoben diese den Leichnam an und drehten ihn nach rechts, sodass die Tote auf dem Bauch zu liegen kam.

»Ignorieren Sie die Totenflecken«, ließ sich Nottendorf vernehmen. »Interessant ist vielmehr das hier.« Der Doktor wies auf den Rücken und den Po der Leiche. »Nun, wofür halten Sie das, meine Herren?« Herausfordernd schaute der Rechtsmediziner die beiden Ermittler an. Seine Augen funkelten.

»Spuren stumpfer Gewalt«, stellte Rumphorst lakonisch fest.

»Sieht aus wie … Striemen«, ergänzte Bär. »So als sei Frau Voegt … hm.«

»Ah, die Herren trauen sich nicht, konkreter zu werden? Nun, dann lassen Sie es *mich* klar und unverblümt aussprechen: Unsere Tote wurde in den Tagen, ja ich würde sogar sagen in den Monaten vor ihrem Ableben mehrfach heftig geschlagen. Nach meinem Dafürhalten hat man dabei ihre Rückenpartie und das Gesäß mit einer Peitsche und einem Rohrstock bearbeitet. Einige der Schläge haben sogar zu Narben geführt.« Nottendorf wies auf feine Linien im Po-Bereich hin.

Rumphorst brauchte einen Moment, um diese Aussage einzuordnen. »Wenn ich Sie recht verstehe, Doktor«, sagte er dann vorsichtig, »dann denken Sie, dass Frau Voegt Sexualpraktiken frönte, die dem Bereich des Sadomasochismus zuzuordnen sind. Und zwar durchaus nicht nur einmalig und nicht in der harmlosesten Variante.«

»Präzise. Und das ist noch nicht alles. Hier, oberhalb des rechten Knöchels gibt es ein, zugegeben, recht kleines Tattoo.« Nottendorf reichte Rumphorst eine Lupe, die neben dem Obduktionsbesteck auf der stählernen Ablage platziert war.

»Hm, das Tattoo hat entfernte Ähnlichkeit mit dem Yin-und-Yang-Zeichen. Ein Kreis … innen ein Rad mit drei gebogenen Speichen … und in jedem der drei Felder ein Punkt … ach, und rechts neben dem Kreis noch ein …«, Rumphorst justierte die Lupe, »ich würde sagen, ein Schirm. Allerdings ist der nur schemenhaft erkennbar.« Er reichte die Lupe an Bär weiter.

Bär beugte sich über den Knöchel der Toten. »Ein Schirm, da stimme ich dir zu. Offenbar hat man aber versucht, dieses Tattoo durch eine Laserbehandlung zu entfernen«, murmelte er.

»Keiner der Herren hat eine Idee, was das eintätowierte Zeichen bedeutet?«

Rumphorst und Bär schüttelten gleichzeitig den Kopf.

»Nun, bei diesem Zeichen handelt es sich um das BDSM-Emblem«, dozierte Dr. Nottendorf. »Vor allem in Großbritannien und den USA ist dies ein Insider-Erkennungszeichen aus dem Bereich der SM-Szene. Seine Ausgestaltung basiert auf der Schilderung eines Rings, den die Hauptperson im klassischen BDSM-Roman *Geschichte der O* trägt.«

»Unsere Tote scheint ja ein ausgefallenes Sexualleben gehabt zu haben«, stellte Rumphorst stirnrunzelnd fest.

Bär schaute ein wenig ratlos. »Auch wenn ich mich an dieser Stelle als Nichtwissender oute: Doktor, klären Sie mich auf, was verbirgt sich hinter dem Kürzel BDSM?«

Nottendorf hob die Augenbrauen. »Eklatante Wissenslücken im dienstlichen Bereich, würde ich sagen.« Er schüttelte den Kopf und fuhr mit blasierter Stimme fort. »Nun, bei BDSM handelt es sich um Sexualpraktiken, die Fesselspiele, spielerische Bestrafung und insbesondere das Spiel von Dominanz und Unterwerfung beinhalten. Reicht Ihnen das?«

»Danke, Doktor.«

»Es war mir ein Vergnügen. Ich bin es ja seit Jahren gewohnt, meinen Beitrag zur Fortbildung der Kriminalpolizei zu leisten.«

»Ist alles mit Ihrem Gehalt abgedeckt«, bemerkte Rumphorst trocken.

»Hat das Schirmtattoo auch etwas mit der BDSM-Szene zu tun?«, wollte Bär wissen.

»Soviel mir bekannt ist, nein.« Nottendorf wiegte den Kopf. »Ein Schirmtattoo ist mir bei meinen Kunden bislang noch nicht untergekommen. Aber auch in diesen heiligen Hallen erblickt der Fachmann gelegentlich die eine oder andere ihm unbekannte Exzentrizität.«

»In Ihrem wohlverdienten Ruhestand sollten Sie ein Buch darüber schreiben, Doktor«, schlug Bär vor.

Über Nottendorfs Gesicht huschte ein Schatten. Der Kommissar hatte einen wunden Punkt getroffen. »Ich würde es begrüßen, Herr Kriminaloberkommissar, wenn Sie weitere Anspielungen auf mein fortgeschrittenes Alter unterlassen würden«, sagte er scharf.

Bär schwieg verstimmt. Dass der Rechtsmediziner seiner in wenigen Jahren anstehenden Pensionierung mit Horror statt mit freudiger Erwartung entgegensah, war ihm noch immer unbegreiflich.

»Die Frage aber ist doch, welche Bedeutung Ihre Befunde für unsere Arbeit haben«, lenkte Rumphorst den Blick zurück auf ihre Ermittlungen. »Stammt der Täter eventuell aus der SM-Szene? Ist möglicherweise ein SM-Spiel im Auto an der Saline aus dem Ruder gelaufen?«

»Das zu klären, ist Ihre Aufgabe. Ich leiste lediglich einen bescheidenen Beitrag zur Ermittlung der Faktenlage.« Nottendorf gab den beiden Assistenten ein Handzeichen, woraufhin diese eine stählerne Rollbahre an den Sektionstisch schoben und die Tote darauf betteten. Wenig später lag der Leichnam wieder in einer der Kühlkammern an der Stirnwand des Sektionssaals.

»Die übrigen Obduktionsergebnisse …«, begann Rumphorst.

»… finden Sie wie immer in meinem Bericht, der bereits in Arbeit ist. Zusammenfassend nur so viel: Frau Voegt war bei ihrem Ableben in bester gesundheitlicher Verfassung. Ihr Tod wurde ursächlich hervorgerufen durch beidhändige Kompression der Halsvenen, des Larynx und der Trachea.«

»Des Kehlkopfs und der Luftröhre«, übersetzte Rumphorst automatisch. »Frau Voegt wurde also erwürgt, so wie wir es vermutet haben.«

»Korrekt. Und der Täter, den Sie suchen, dürfte große und kräftige Hände haben.«

HEIZKOSTENVERTEILER

Ein wenig atemlos riss Jennifer Weinheim die Etagentür auf. Als es schellte, war sie gerade im Bad gewesen, um mit Augenbrauenstift, Mascara und farbigem Lippenbalsam ihr Make-up zu vervollständigen. Den Weg zur Tür hatte sie in ihren neuen hochhackigen Pumps zurücklegen müssen, die sie heute ausnahmsweise in der Wohnung trug, um sie einzulaufen. Wahrlich keine optimale Voraussetzung für einen Sprint durch die Diele.

»Ja?«

Vor der Tür stand ein Mann im grauen Kittel, auf dessen linker Brustseite der Schriftzug ISTA aufgestickt war. In der rechten Hand hielt er einen metallenen Werkzeugkasten.

»Wohnen hier Theresa Mond, Jennifer Weinheim, Wilma Börnenfurt und Emma Voegt?«, las er von einem Zettel in seiner Linken ab.

»Ähm, ja, wir vier haben eine Wohngemeinschaft.«

»Ich müsste dann mal bei Ihnen die Heizkostenverteiler kontrollieren.« Die Nase des Mannes zuckte, als müsse er niesen. Auf dem rechten Nasenflügel saß eine dicke Warze, und die rechte Schläfe zierte ein breites braunes Pflaster.

Weinheim starrte dem Mann ins Gesicht. Eine Schönheit war der Monteur wahrhaftig nicht. Als sie sich ihres Starrens bewusst wurde, überzog Röte ihr Gesicht. Peinlich berührt senkte sie den Blick.

»Aber … eigentlich kommt mir das jetzt sehr ungelegen. Ich hab' gleich einen Termin. Gab es denn einen Aushang?«

»Es geht nur um eine Überprüfung, nichts Großes. Laut Ihrem Vermieter sollen im neuen Jahr die Heizkostenverteiler durch Wärmemengenzähler ersetzt werden. Da müssen wir vorher die Gegebenheiten kontrollieren. Geht aber ganz fix.«

»Ich müsste noch ins Bad. Und mein Termin … Ist es denn notwendig, dass ich dabei bin?«

»Wenn Sie mir die Räumlichkeiten kurz zeigen, mache ich den Rest alleine. Geht, wie gesagt, ganz fix.«

Weinheim stöhnte, hob resignierend die Schultern und machte eine einladende Geste in Richtung des Wohnungsinneren. »Dann kommen Sie schon herein. Hier im Flur gibt es keine Heizung, da vorne links ist die Küche, die hat natürlich einen Heizkörper. Hier rechts im ersten Zimmer …«

Als der Monteur eine gute Viertelstunde später aus dem Zimmer von Emma Voegt kam, war die junge WGlerin perfekt geschminkt und hatte ihre hochhackigen Pumps gegen bequeme Schuhe getauscht. »Ist alles in Ordnung?«, fragte sie.

»Alles im Soll. Ich habe mir die Heizkörper und die Heizkostenverteiler angesehen. Da gibt es nix zu bemängeln. Der Tausch kann über die Bühne gehen. Wenn Ihr Vermieter bei seiner Planung bleibt, sehen wir uns Anfang des nächsten Jahres wieder.«

»Muss ich nichts unterschreiben?«

»Nö. War ja nur ’ne einfache Überprüfung. ’nen schönen Tach noch.«

»Ähm, Ihnen auch.« Der Monteur trat in den Flur, und Weinheim schloss die Etagentür. Ein wenig schnell kam ihr dieser Abgang schon vor. *Der hat doch hoffentlich nichts mitgehen lassen,* dachte sie kurz. Doch bevor sie den Gedanken weiterspinnen konnte, schellte es erneut an der Tür.

SO VERDIENT MAN SEIN GELD!

Münster galt als eine der lebenswertesten Städte Deutschlands. Eine Einschätzung, der Rumphorst und Bär gerne zugestimmt hätten, gäbe es da nicht das leidige Problem des Parkens. In der Heisstraße einen Parkplatz zu finden, hatte sich für die beiden Kripo-Beamten als unmöglich herausgestellt. Nachdem sie zehn Minuten lang versucht hatten, im Karree von Sternstraße, Heisstraße, Sophien- und Wolbecker Straße eine freie Parkbucht auszumachen, gaben sie auf. Mit einem resignierenden Seufzer steuerte Rumphorst den Dienstwagen in das Parkhaus am Bremer Platz auf der Rückseite des Hauptbahnhofs. Von dort waren es knapp zehn Minuten bis zu dem rot geklinkerten Mehrstock in der Heisstraße 48, in dem Emma Voegt in einer Studentinnen-WG gelebt hatte. Ihren Besuch hatte Rumphorst telefonisch angekündigt. Er war gespannt darauf, was sie im Zimmer der Toten erwartete.

Auf dem Schild neben der obersten Klingel standen vier Namen, darunter auch der der Verstorbenen.

»Die WG-Wohnung von Frau Voegt scheint direkt unter dem Dach zu liegen«, bemerkte Bär. »Das bedeutet Treppensteigen. Denn einen Aufzug gibt es in diesem Altbau bestimmt nicht.«

Sein Finger lag bereits auf dem Klingelknopf, als die Haustür von innen geöffnet wurde und ein Mann im grauen Kittel, einen Werkzeugkasten in der Hand, heraustrat. Das Auffälligste an ihm war die Warze auf dem rechten Nasenflügel. »Moin«, grüßte er kurz und verschwand schnellen Schrittes in Richtung Sternstraße.

Mit einem raschen Reflex verhinderte Bär das Zufallen der Eingangstür. »Nur immer herein in die gute Stube!« Der Kommissar machte eine einladende Geste, und die beiden Ermittler betraten das Treppenhaus. 48 Treppenstufen später standen sie, ein wenig außer Atem, vor der sauber lackierten Etagentür der Dachgeschosswohnung.

Auf dem polierten Messingschild waren in fein geschwungener Schrift die Namen der WG-Bewohnerinnen eingraviert.

»Eine solche Tür würde zu einer Arztpraxis passen«, merkte Bär an.

»Oder zu einer Anwaltskanzlei«, sagte Rumphorst nachdenklich und drückte den Klingelknopf.

»Haben Sie etwas vergessen … oh, ich dachte, das wäre noch mal der Monteur.« Die junge Frau, geschmackvoll gekleidet, mit perfektem Make-up, lächelte zaghaft. »Sie müssen Kriminalhauptkommissar Rumphorst und Kriminaloberkommissar Bär sein. Bitte kommen Sie herein.« Die Frau trat zur Seite.

Die Wohnung war groß. Sie nahm das gesamte Dachgeschoss ein. Von einem langen Flur gingen Türen in die verschiedenen Zimmer der WG ab. An den Wänden hingen farbenfrohe Gemälde in edlen Holzrahmen. Abstrakte Motive, die frisch und freundlich wirkten. Mehrere Bodenlampen sorgten für ein angenehm weiches Licht. Über jeder Tür war ein andersfarbiger Lampion angebracht.

»Ich bin Jennifer Weinheim und in unserer WG die älteste Bewohnerin. Darf ich Ihnen etwas zu trinken anbieten? Ein Glas Wasser, Kaffee oder Tee?«

Rumphorst fragte sich, leicht verwundert, ob sie sich in einer polizeilichen Befragung oder in einem Verkaufsgespräch befanden. »Danke. Wir sind eigentlich hier, um uns einen Eindruck von den Lebensverhältnissen von Frau Voegt zu verschaffen und uns ihr Zimmer anzuschauen.«

»Älteste Bewohnerin?«, hakte Bär nach. »Heißt das, Sie sind vom Alter her das älteste WG-Mitglied? Oder heißt das, dass Sie am längsten von Ihnen allen in dieser Wohnung leben?«

»Beides.« Das strahlende Lächeln der jungen Frau war entwaffnend, erstarb jedoch, als sie den ernsten Ausdruck auf den Gesichtern der Kripo-Beamten bemerkte. »Ähm, ich zeige Ihnen dann mal Emmas Zimmer. Sie hat das Eckzimmer am Ende des Flurs bewohnt. Das Zimmer ist noch so, wie … ähm, wie sie es verlassen hat. Wenn Sie mir bitte folgen würden.«

Wieder hatte Rumphorst das Gefühl, nicht als Polizeibeamter, sondern als Kunde durch die Räumlichkeiten geführt zu werden.

Weinheim öffnete die Tür unter dem roten Lampion – und prallte zurück. Ihre Gesichtszüge entgleisten. Das Zimmer, in das sie blickte, befand sich in einem chaotischen Zustand. Die Möbel, alle von erkennbar hochwertiger Qualität, standen zwar unverrückt an ihren Plätzen. Doch Bücher und Accessoires lagen kreuz und quer in den Regalen. Auf dem Boden war der Inhalt des Kleiderschranks zu einem gigantischen Wäschehaufen aufgetürmt worden. Pullover und Hosen, Blusen und Kleider bildeten ein wirres Durcheinander.

»Das … das gibt es doch nicht. Als ich heute Mittag das letzte Mal hier drin war, war das Zimmer noch absolut aufgeräumt! Ich … ich kann mir … mir das nicht erklären«, stotterte Weinheim. Sie trat ins Zimmer, hob ein rotes Chiffonkleid mit gewagt tiefem Ausschnitt auf, das direkt neben der Tür lag, und wollte dieses zurück in den Kleiderschrank hängen.

Aber Rumphorst hielt sie zurück. »Das lassen Sie bitte uns machen«, wies er sie an. Auch ohne Durchsuchungsbeschluss bot sich hier die Chance, die Zimmereinrichtung der Ermordeten unauffällig in Augenschein zu nehmen. Wortlos übergab ihm die junge Frau das Kleid. Es war erstaunlich leicht, kaum mehr als ein Hauch, und wirkte doch edel und elegant. »Aus welchem Material ist das?«, fragte er Weinheim.

»Ich denke: aus Seide. Emma hasst Kunststoffe und liebt Seide.« Weinheim schluckte. »… liebte«, verbesserte sie sich leise.

Im Hintergrund pfiff Bär durch die Zähne. Aus seiner Zeit als Ehemann wusste er noch sehr genau, zu welch horrenden Preisen Seidenkleider gehandelt wurden, erst recht solch luxuriöse Designerstücke wie das rote Kleid, das Rumphorst soeben auf den Bügel hängte.

Eine halbe Stunde später hatten Rumphorst und Bär das Zimmer durchsucht. Bis auf die Tatsache, dass das Todesopfer über eine Menge hochwertiger Textilien verfügt hatte, wie die Etiketten belegten, war die Erkenntnisausbeute mager. Allerdings war die Unterwäsche, die sie in zwei tiefen Laden einer Holzkommode entdeckt hatten, nicht nur von allerbester Qualität, sondern darüber hinaus äußerst ausgefallen und gewagt. Viele der knappen Höschen, der Büstenhalter und Bustiers zierten feine Spitzen. Alles in allem eine Wäscheausstattung, die nicht recht zu einer Studentin passen wollte, deren Zuwendungen sich laut Auskunft ihrer Eltern auf deutlich unter tausend Euro beliefen.

Als die beiden Kriminalbeamten Jennifer Weinheim suchten, fanden sie die junge Frau in der Küche, in der Hand eine Tasse Kaffee. »Möchten Sie vielleicht jetzt einen Kaffee oder Cappuccino?«, bot sie ihnen freundlich an.

»Einen Kaffee«, baten Rumphorst und Bär unisono und mussten im gleichen Moment lachen.

»Das kann nur dieser Monteur gewesen sein«, behauptete Weinheim, als sie zu dritt um den Küchentisch saßen.

»Welcher Monteur?«, fragte Rumphorst und ahnte im gleichen Moment die Antwort. »Ah, Sie meinen den Mann im grauen Kittel mit dem ISTA-Schriftzug?«

»Genau. Der war kurz vor Ihnen hier in der Wohnung und hat die Heizungen kontrolliert. Dabei war er auch einige Zeit alleine in Emmas Zimmer. Aber woher kennen Sie den?«

»Der Mann kam gerade aus der Haustür, als wir bei Ihnen schellen wollten«, erklärte der Hauptkommissar. Er zückte sein Notizbuch. »Können Sie uns den Monteur beschreiben?«

»Er war … ähm, ein Mann … mit einer Warze auf der Nase, hier vorne.« Sie zeigte auf den rechten Nasenflügel. »Und er hatte ein Pflaster rechts oben, an der Schläfe.« Weinheim überlegte. »Also, an mehr erinnere ich mich nicht. Irgendwie war der Mann sonst sehr … unauffällig.«

Rumphorst und Bär schauten sich kurz an. Der Hauptkommissar nickte. So hätte auch er den Mann beschreiben können, genauer aber eben auch nicht. Als Zeuge behielt man vor allem die ins Auge fallenden Absonderlichkeiten im Kopf, wie etwa eine Warze oder eine auffällige Narbe. Solche Skurrilitäten lenkten allerdings den Blick vom

Rest ab. Ob also die Haare braun oder schwarz waren, das Kinn rund oder eckig, all solche Details gingen in der Erinnerung verloren, da sich die Wahrnehmung einzig auf die augenfällige Abnormität konzentrierte. Dabei musste diese nicht einmal echt sein. Mit Schminke und Modellierwachs ließen sich eine Warze oder Narbe problemlos auftragen und waren im Anschluss ebenso leicht wieder zu entfernen. In Zeugenaussagen war die Beschreibung von Personen mit ungewöhnlichen Körpermerkmalen erfahrungsgemäß kaum brauchbar – selbst wenn der Zeuge ein Hauptkommissar war.

»Die entscheidende Frage ist, was der Mann im Zimmer von Frau Voegt gesucht hat«, meldete sich Bär zu Wort.

»Und ob er das Gesuchte gefunden hat«, ergänzte Rumphorst. »Können Sie sich vorstellen«, wandte er sich an die junge Frau, »wonach der Mensch gesucht haben könnte?« Sein Stift schwebte erwartungsvoll über dem Notizbuch.

Doch Weinheim schüttelte den Kopf. »Ich habe keine Idee. Im Zimmer befinden sich nur Emmas persönliche Gegenstände, Kleidung und Bücher, na solche Dinge eben. Kein Geld oder Schmuck. So was kann doch für einen Einbrecher keinen Wert haben.«

»Sie erwähnten eben die Bücher. Frau Voegt studierte doch Germanistik und Geografie. Wie wir bei unserer Durchsicht eben feststellen konnten, enthält ihr Bücherbestand aber im Wesentlichen nur Romane und Liebesgeschichten. Was schon ein wenig merkwürdig ist, würde ich sagen.« Gespannt schaute der Kommissar Weinheim an.

Die schluckte und schluckte ein zweites Mal. »Ich … ich weiß nicht so genau …« Sie schluckte ein drittes Mal und schwieg.

»Im Gespräch mit den Eltern von Frau Voegt haben wir erfahren, dass diese ihrer Tochter das Studium finanzieren.«

»Finanzieren ist zu viel gesagt. Sie haben ihr siebenhundert Euro im Monat überwiesen. Das reicht gerade mal für Emmas Anteil an der Wohnungsmiete und das tägliche Essen.«

»Immerhin haben sie ihre Tochter unterstützt, damit diese ihr Studium absolvieren und erfolgreich zu Ende bringen konnte. Von einem Abschluss war Frau Voegt aber noch weit entfernt, oder?«

Verlegenes Lächeln und Schulterzucken.

»Waren die Eltern einmal hier und haben Frau Voegt besucht?«

»Soweit ich weiß, nein. Emma hat … hatte ein eher distanziertes Verhältnis zu ihren Eltern.«

Rumphorst fuhr sich mit dem Finger über die Lippen. Die Tote wurde ihm mehr und mehr zu einem Rätsel.

»Besaß Frau Voegt eigentlich auch Schmuck?«, ließ sich Bär vernehmen. »Wir haben in ihrem Zimmer keinen entdecken können.«

»Ich hab' doch schon gesagt, dass Emma in ihrem Zimmer nur Alltagsdinge wie Kleidung und Bücher verwahrt hat«, antwortete Weinheim gereizt.

»Sie besaß aber Schmuck«, hielt Rumphorst fest. »Wo bewahrte sie den auf?«

»Wir haben für unsere Wertgegenstände einen Safe«, gab Weinheim widerwillig zu.

»Ist Ihr Schmuck so kostbar, dass man ihn im Tresor lagern muss?«, wunderte sich Rumphorst.

»Schon, schließlich sind wir hier vier Mädels.« Weinheim schien kurz zu überlegen, wie viel sie preisgeben sollte. »Da kommen schon einige tausend Euro an Wert zusammen«, schloss sie lahm.

»Aha. Ihre tausend Euro für Juwelen hat sich Frau Voegt sicherlich vom Mund abgespart. Ebenso wie das Geld für die teure Kleidung, die in ihrem Schrank hängt und in ihrer Kommode liegt«, bemerkte der Hauptkommissar sarkastisch.

Weinheims Wangen färbten sich rot. »Emma hatte einen … Job«, sagte sie schließlich zögernd.

Rumphorst wurde unvermittelt einiges klar. »Frau Voegt hat gar nicht mehr studiert«, erklärte er mit Bestimmtheit.

»Nein«, gab Weinheim kleinlaut zu. »Das mit dem Studium war nur noch Fassade.«

»So wie vermutlich auch bei den anderen Mitgliedern Ihrer WG, Sie selber eingeschlossen.«

»Stimmt. Wir sind zwar alle noch an der Uni eingeschrieben, aber nur, um einige Vorteile zu behalten, die man als Studentin hat, wie das Semesterticket.« Weinheim schwieg einen Augenblick. Dann räusperte sie sich. »Eigentlich waren wir vier immer klamm bei Kasse. Die Miete hier frisst schon das Meiste von dem auf, was uns die Eltern überweisen. Vor zwei Jahren hatte dann Emma die Idee, einen Begleitservice zu gründen. Damit, so meinte sie, ließe sich gut und risikolos Geld verdienen. Sie hat wohl eine Bekannte, die ebenfalls in diesem Bereich tätig ist. Seither betreiben wir unseren Escort-Service.«

»Der wie heißt?«

»Schmetterlinge im Bauch.« Weinheim nahm das Tablet von der Anrichte. »Hier: Das ist unsere Homepage.«

Ein vom Boden aus aufgenommenes Klatschmohnfeld, über dem sich ein azurblauer Himmel mit weißen Wolkentupfen wölbte. Vor den Wolken tanzten vier bunte Schmetterlinge. Unter dem Bild prangte in feuerroter Schrift der Text:

Schmetterlinge im Bauch – ein Escort-Service der besonderen Art
Sinnliche Begleitung mit Stil und Niveau.
Höchste Qualität, Eleganz und Diskretion sind unser Credo.
Individuelle Wünsche werden berücksichtigt.
0174–909131 – Dein Weg zum Glück

»Frau Voegt war also eine der Damen für sinnliche Begleitung und die Befriedigung individueller Wünsche«, stellte Rumphorst fest und gab Weinheim das Tablet zurück.

»Ja. Emma … nun, Emma war bei unseren … Kunden sehr beliebt. Sie hatte feste Stammkunden.«

»Die gut für ihre elegante und sinnliche Begleitung bezahlt haben, nehme ich an.«

»Man kann davon leben«, gab Weinheim bescheiden zu. »Obwohl …«

»Obwohl was?«

»Obwohl Emma eigentlich nie mit dem Geld ausgekommen ist. Sie war eben sehr anspruchsvoll, was Kleidung und Lebensstil anbelangt.« Rumphorst vermerkte *Geldprobleme!* in seinem Notizbuch. »Können Sie uns eine Liste der Kundennamen und -adressen zusammenstellen?«

»Aber Herr Kommissar, Diskretion ist unser Credo«, zitierte Weinheim lächelnd die eigene Homepage.

»Wir ermitteln hier in einem Mordfall.« Rumphorsts Stimme bekam einen harten Klang. »Da endet alle Diskretion. Notfalls können wir Sie richterlich zur Herausgabe der Daten zwingen. Doch mir wäre es lieber, Sie würden freiwillig kooperieren.«

Bärs Handy meldete sich und enthob Weinheim für den Moment der Notwendigkeit einer Antwort. »Ja«, meldete sich der Oberkommissar. »Ah … hm … schick ein Bild. Gut.« Bär beendete das Gespräch. »Das war Edgar. Es geht um einen Brief … ach, ich erklär dir das später.«

Rumphorst hob die Augenbrauen und wandte sich dann wieder der jungen Frau zu. »Bitte geben Sie uns Einsicht in Ihre Kundenkartei.«

»Herr Kommissar, das kann und werde ich nicht tun«, erklärte Weinheim standhaft. »Das wäre das Ende unseres Unternehmens. Eher … verbrenne ich unsere Kartei!«

»Gut, belassen wir es fürs Erste dabei«, knurrte Rumphorst. »In der Gerichtsmedizin haben wir uns eben den Leichnam von Frau Voegt angeschaut. Gehe ich recht in der Annahme, dass die Spuren von Schlägen auf ihrem Rücken und Po in engem Zusammenhang mit der, hm, beruflichen Tätigkeit von Frau Voegt stehen?«

Weinheim senkte verlegen die Augen. »Kann schon sein«, murmelte sie.

»Das heißt, Frau Voegt bediente Kunden mit ganz speziellen Wünschen?«, hakte Rumphorst nach.

»Es gibt unter unseren Kunden ein oder zwei, die auf Schläge stehen«, gab Weinheim zu. »Ich lehne so etwas prinzipiell ab. Fesseln und Schlagen gibt es bei mir nicht, und ich glaube auch bei Wilma und Theresa nicht. Aber Emma war da anders. Sie war … kooperativer. Ihre Grenzen waren in diesem Bereich weiter gesteckt.«

Ein Doppel-Pling kündigte den Eingang einer Nachricht auf Bärs Handy an, die der Kommissar direkt aufrief.

»Möglicherweise steht der Tod von Frau Voegt genau damit in Verbindung. Sie sprachen eben von einem oder zwei Kunden …«

Bär schaute vom Smartphone auf und unterbrach seinen Chef. »Beginnt der Vorname eines dieser Kunden zufällig mit einem ›K‹?«

»Ja.« Weinheim war verblüfft. »Kelvin Schirmer, nein, Professor Dr. Kelvin Schirmer. Der Herr Professor legt besonderen Wert auf eine korrekte Anrede.«

Rumphorst notierte *Prof. Dr. Kelvin Schirmer* im Notizbuch und unterstrich den Namen doppelt. »Wer ist das?«, fragte er aufschauend.

»Kelvin Schirmer hat eine Uni-Professur im Fachbereich Germanistik. Emma hat ihn in einem ihrer Seminare kennengelernt, im ersten oder zweiten Semester, glaube ich, damals, als sie noch ernsthaft an ihrem Studienabschluss gearbeitet hat. Später wurde der Herr Professor dann Kunde in unserer Agentur. Zunächst hat er mich, dann Wilma ausprobiert. Aber wir beide lehnen, wie gesagt, Sado-Maso-Praktiken ab. Emma war da offener und so ist er schließlich bei ihr gelandet und geblieben.«

»Frau Voegt und Professor Schirmer haben sich häufiger getroffen, nehme ich an. Bestand zwischen den beiden ein Verhältnis, das über diese ›beruflichen‹ Treffen hinausging?«

»Das ist möglich.« Weinheim presste die Lippen aufeinander und schwieg.

»Was genau heißt ›ist möglich‹?«

»Dazu möchte ich nichts sagen.«

»Es gab also ein Verhältnis der beiden, das man als persönliche Beziehung bezeichnen könnte«, murmelte Rumphorst nachdenklich.

»Ja, Himmel nochmal, Emma hat den Typen um den Finger gewickelt!«, brach es aus Weinheim heraus.

»Das äußerte sich wie?«, ließ sich Bär vernehmen.

»Der werte Herr Professor hat ihr die erfolgreiche Teilnahme an all seinen Seminaren bescheinigt, ohne dass sie auch nur ein einziges Mal dort anwesend war. Und seine Geschenke waren großzügig. Nein, man müsste eher sagen: verschwenderisch. Er hat Emma mit Schmuck und teuren Klamotten geradezu überhäuft. Anfang des Jahres hat er ihr ein Smartphone für über tausend Euro geschenkt. Abgefahren, total verrückt war das. Den Safe haben wir eigentlich nur wegen ihres Schmucks anschaffen müssen. Der Herr Professor hat darauf bestanden und ihn auch gleich bezahlt.« Weinheim presste erneut die Lippen zusammen. Aus ihren Worten sprach der pure Neid.

»Aber natürlich gab es das alles nicht ohne Gegenleistung«, fuhr sie fort. »Er hat Emma gezwungen, aus unserem Escort-Angebot auszusteigen. Er wollte sie ganz für sich alleine. Seine Geschenke hatten nur den einen Zweck: Emma an sich zu binden.«

»Und hat Frau Voegt dabei mitgemacht?«

»Zuerst schon. Sie wollte tatsächlich aus unserem Business aussteigen und sogar zu ihrem Lover in den Röschweg ziehen.«

»Die genaue Adresse …?«

»Ähm, Röschweg 22. Aber letzte Woche muss irgendwas schiefgelaufen sein mit den beiden. Mit einem Mal war von Ausstieg aus dem Business und Umzug nicht mehr die Rede. Im Gegenteil. Emma hatte plötzlich Ideen, wie wir unseren Service noch ausbauen könnten, und sie wollte bei der Umsetzung dieser Ideen dabei sein. Der Herr Professor war kein Thema mehr.« In Weinheims Stimme schwang ein gewisser Triumph mit. »Wir haben ihr immer gesagt, dass der Kerl sie irgendwann fallen lässt, aber Emma wollte ja auf uns nicht hören.«

In Rumphorsts Erinnerung blitzte das Bild des Schirm-Tattoos am Unterschenkel der Toten auf. Weinheims Aussage lieferte eine denkbare Erklärung dafür, dass Emma Voegt versucht hatte, es durch Lasern entfernen zu lassen.

»Kommen wir noch einmal auf den merkwürdigen Monteur zurück, der heute das Durcheinander im Zimmer von Frau Voegt fabriziert hat. Hatte der Mann eine Ähnlichkeit mit Professor Schirmer?«

»Nein. Dafür war der viel zu jung. Der Herr Professor geht schon auf die Sechzig zu.«

Rumphorst schaute Bär kurz an. Dieser nickte. Der Kommissar klappte das Notizbuch zu. »Wenn Ihnen noch etwas einfällt, das uns bei den Ermittlungen zum Tod von Frau Voegt weiterhelfen könnte, kontaktieren Sie uns bitte. Hier meine Karte. Ansonsten: Belassen Sie das Eigentum von Frau Voegt bis auf Weiters in ihrem Zimmer – beziehungsweise im Safe. Ihre Eltern werden sich darum kümmern.«

Wenig später befanden sich Rumphorst und Bär auf dem Rückweg zum Parkhaus. Jeder der beiden hing seinen eigenen Gedanken nach.

»Du wolltest mir noch den Brief zeigen, den Edgar geschickt hat«, erinnerte sich Rumphorst schließlich.

»Ach ja, der Brief.« Bär zückte sein Handy. »Den haben die Eltern der Toten in ihrem Zimmer entdeckt. Ich schicke ihn dir kurz rüber.«

Die Kommissare blieben stehen und Rumphorst studierte den abfotografierten Brief auf dem Display seines Smartphones. »Der letzte Satz enthält ohne Frage eine massive Drohung«, stellte er fest. »Aber ob ›K.‹ in der Unterschrift tatsächlich für ›Kelvin‹ steht, hm, das ist …«

»… die Eine-Million-Euro-Frage, und die kann nur einer beantworten: Professor Dr. Kelvin Schirmer.«

PROFESSOR DR. KELVIN
SCHIRMER

Das Mekka der Radfahrer liegt in Deutschland – und heißt Münster in Westfalen. Aktuell werden hier 71 Prozent aller Wege mit dem Fahrrad, dem Bus, der Bahn oder zu Fuß zurückgelegt. Dennoch sind die Straßen insbesondere während der Rush Hour häufig überlastet und Staus auf den Schlagadern des Straßenverkehrs eher die Regel denn die Ausnahme. Als eine der wichtigsten Einfallstraßen in die Hauptstadt des Münsterlandes gilt die Steinfurter Straße. Tag für Tag passieren Tausende Fahrzeuge den Leonardo Campus und die markante Kreuzung mit dem York- bzw. Orléans-Ring in Richtung Schloss und Innenstadt. In den Hauptverkehrszeiten stehen sie oftmals in langen Schlangen Stoßstange an Stoßstange vor den roten Ampeln. Die Steinfurter Straße ist laut, hektisch und angesichts der von den Kraftfahrzeugen in die Luft gepusteten Abgase alles andere als eine gesunde Umgebung für die Menschen, die hier wohnen. Folgt man der Straße stadteinwärts, so liegt rechts, etwa auf Höhe der Gasselstiege, verborgen hinter einer Häuserzeile der Röschweg.

Als Rumphorst und Bär mit ihrem Dienstwagen in den Röschweg einbogen, glaubten sie, unvermittelt in einer anderen Welt zu sein. Die Vielzahl freier Parklücken, in Münsteraner Wohngebieten ansonsten eine Seltenheit, entlockte Bär ein sehnsuchtsvolles Lächeln. Da fiel die Auswahl direkt schwer. Rumphorst wählte mit Bedacht einen Parkplatz direkt vor der Einfahrt zum Grundstück Röschweg 22. Als die beiden Kriminalbeamten im fahlen Licht des Novembernachmittags den Wagen verließen, umfing sie Stille. Die von Hecken und Baumgruppen durchsetzte Bebauung strahlte gediegene Bürgerlichkeit aus. Kaum eines der groß dimensionierten Grundstücke dürfte bei einem Verkauf für weniger als eine Million Euro zu haben sein. In direkter

Nachbarschaft zum Kapuzinerkloster, in dem sich die Mönche des gleichnamigen Ordens seit über 150 Jahren in Kontemplation und philosophisch-theologischen Studien übten, existierte hier eine Oase der Ruhe.

Das Haus am Röschweg 22 entpuppte sich als massiger weißer Putzbau. An der rechten Seite führte ein mannshohes, schmiedeeisernes Tor in den Garten. Links vom Haus befand sich eine ebenfalls weiß verputzte Garage, vor der ein rot-metallic lackierter Mini-SUV geparkt war.

Bär bekam leuchtende Augen. »Mann, ein heißer Wagen!«

Befremdet schüttelte Rumphorst den Kopf und trat an die Haustür. Hinter seinem Rücken hörte er weitere begeisterte Kommentare seines Kollegen, der durch die Seitenscheiben das Interieur des Wagens musterte. Rumphorst schellte und fingerte seinen Dienstausweis aus der Brusttasche der Winterjacke. Es dauerte einige Zeit, dann waren im Inneren des Hauses Schritte zu hören. Die Haustür öffnete sich.

»Hauptkommissar Rumphorst, Kripo Greven, und der Herr, der gerade Ihren Wagen bewundert, ist mein Kollege Oberkommissar Bär.«

Der Mann, der ihm gegenüberstand, machte einen eigentümlichen, widersprüchlichen Eindruck. Er hatte sicherlich die Fünfzig bereits überschritten, versuchte jedoch mit aller Macht, jünger zu wirken. Hippe Kleidung, die einem Zwanzigjährigen gut zu Gesicht gestanden hätte, dazu ein sorgfältig aufgetragenes Make-up und eine betont lässige Körperhaltung. Ein selbstgefälliges Lächeln umspielte seine Lippen. »Die Kriminalpolizei. Welch unerwarteter Besuch. Was, ähm, verschafft mir die Ehre?«

»Sie sind Kelvin Schirmer«, vergewisserte sich Rumphorst.

»Professor Dr. Kelvin Schirmer, so viel Präzision muss sein.« Die Stimme troff vor blasierter Eitelkeit. Sein argwöhnischer Blick streifte Bär, der noch immer den Wagen in der Einfahrt begutachtete. »Ihr Kollege hat einen guten Geschmack. Ein Autoexperte, nehme ich an.«

Rumphorst schaute sich kurz um und zuckte dann die Schultern.

»Der Wagen dort ist nämlich einer der aktuell besten elektrischen SUV auf dem Markt, ein Smart #1 Brabus«, fuhr Schirmer in herablassendem Ton fort. »Gerade mal so groß wie ein Opel Mokka, aber mit allen technischen Raffinessen und einer Maximalleistung von 428 PS ausgestattet. Die Beschleunigung von null auf hundert in 3,9 Sekunden ist ein Spitzenwert! Machen Sie mir nur keine Kratzer an den Wagen.« Den letzten Satz hatte Schirmer mit erhobener Stimme in Richtung Bär gesprochen. Der löste sich erkennbar widerwillig vom Objekt seines Interesses und gesellte sich zu Rumphorst und Schirmer, die noch immer in der Tür standen.

»Nun, meine Herren, was kann ich für Sie tun?«

»Es geht um den Tod von Emma Voegt.«

Ein Schatten huschte über das Gesicht des Professors und mit einem Mal sah er so alt aus, wie er war. »Bitte kommen Sie doch herein«, murmelte er tonlos. »Lassen Sie uns das im … ähm, in meinem Arbeitszimmer besprechen.«

Das Arbeitszimmer wäre in manch anderer Wohnung als opulentes Wohnzimmer durchgegangen. Schirmer setzte sich hinter den wuchtigen Schreibtisch, ein trotz seiner Klobigkeit beeindruckendes Möbelstück, zudem penibel aufgeräumt, und winkte die beiden Ermittler auf zwei Besucherstühle, deren Holzkonstruktion einen nicht eben vertrauenswürdigen Eindruck vermittelte. Sie ächzten bedenklich, als Rumphorst und Bär darauf Platz nahmen.

»Sie wissen also schon vom Tod von Frau Voegt«, stellte Rumphorst fest. »Wer hat Sie darüber informiert?«

Schirmer nahm einen Bleistift aus der Stiftebox und inspizierte ihn eingehend. Es schien, als überprüfe er, ob der Stift korrekt gespitzt war. Mit schleppender Stimme sagte er: »Ihre Freundin Jennifer hat mich gestern Abend angerufen und mir den Tod meiner Studentin …«

»Ach, lassen wir doch die Nebelkerzen und nennen wir die Dinge beim Namen«, unterbrach ihn Rumphorst barsch. »Freundin – Studentin – pah! Mit ›Jennifer‹ meinen Sie doch Frau Weinheim, die Geschäftspartnerin von Frau Voegt im Escort-Service ›Schmetterlinge im Bauch‹. Und Frau Voegt mag zwar offiziell Ihre Studentin gewesen sein, doch war sie vor allem jemand, dessen sexuelle Dienstleistungen Sie angefordert, genossen und bezahlt haben.«

Einen Moment schien der Professor aus dem Konzept gebracht und blinzelte nervös, um seine Fassung wiederzugewinnen. »Was durchaus legal ist«, knirschte er dann trotzig. »Das Unternehmen zahlt immerhin ordnungsgemäß Steuern. Steuern, von denen auch Ihr Gehalt bezahlt wird, meine Herren.«

Rumphorst schlug die Beine übereinander und legte die Fingerspitzen aneinander. »Sie waren mit den von Frau Voegt erbrachten Dienstleistungen zufrieden?«

»Ähm, ja, durchaus.«

»Dienstleistungen, die sich auf den Bereich des Sadomasochismus bezogen?«

»In Ihrem Munde klingt das so abwertend … so schmutzig. Dabei handelt es sich bei dem, was ich und Emma praktiziert haben, lediglich um eine der vielen möglichen Spielarten unserer menschlichen Sexualität, deren moralische Beurteilung niemandem außer den sie Praktizierenden zusteht.«

Der Kommissar hatte den Eindruck, als deklamierte Schirmer diesen Satz nicht zum ersten Mal. »Sie können beruhigt sein, Herr Professor, ein moralisches Urteil über die von Ihnen ausgelebte Form der Sexualität möchte ich mir keinesfalls anmaßen. Bei meiner Arbeit geht es weniger um Moral als um harte Fakten«, sagte er kalt und zückte sein Notizbuch.

»Moralische Entrüstung ist der Heiligenschein der Scheinheiligen«, bemerkte Schirmer mit salbungsvoller Stimme. »Helmut Qualtinger«, setzte er hinzu. »Es ist also weise, in diesem Zusammenhang darauf zu verzichten.«

Mit leisem Pfeifen ließ Bär die angehaltene Luft zwischen den Zähnen entweichen. Die ölige Art des Professors ging ihm gehörig gegen den Strich.

»Für die Tötung von Frau Voegt gibt es eine Zeugin.« Rumphorst blickte kurz auf, doch im Gesicht des Professors zeigte sich keine Regung. »Diese Zeugin beschrieb den Wagen, in dem der Täter oder die Täterin den Tatort verlassen hat, als ›keinen großen Wagen‹ und zudem als Wagen, der ›rasant beschleunigt hat‹. Der von Ihnen gefahrene Smart #1 Brabus passt da perfekt ins Bild.«

»Meine Güte, wie viele Wagen gibt es, die nicht sehr groß, aber sehr schnell sind? Hat Ihre Zeugin die Marke genannt? Oder das Nummernschild identifiziert?«

Rumphorst schwieg.

»Aha, also beide Mal nein. Na dann: Herzlichen Glückwunsch zu dieser bestechend präzisen Zeugenaussage. Sie dürfte kaum das Papier wert sein, auf dem Sie sie notiert haben.« Schirmer lehnte sich zurück und genoss seine mit vor Hohn triefender Stimme und zufriedenem Grinsen vorgetragene Replik.

»Frau Voegt wurde gestern Morgen zwischen sieben und acht Uhr auf dem Salinenparkplatz in Rheine getötet«, fuhr Rumphorst ungerührt fort. »Wo waren Sie zu dieser Zeit?«

»Ach, Sie verdächtigen mich also tatsächlich?« Schirmer zog weitere Bleistifte aus der Stiftebox und ordnete sie zu einem Dreieck an. »Mein Alibi also.« Er schaute auf. »Ich muss Ihnen gestehen: Ich habe keins.«

Stille.

»Ich lebe allein«, schob der Professor nach. »Meine Zugehfrau kommt immer dienstags und freitags. Besuch hatte ich auch keinen. Eine Lehrveranstaltung ebenso wenig. Ich habe schlicht am Schreibtisch gesessen und Seminararbeiten korrigiert. Und das bis etwa 11 Uhr und gänzlich ohne Zeugen, es sei denn … Sie würden die Amseln in meinem Garten als solche akzeptieren.«

»Sollten Sie die Absicht haben, witzig zu sein, so kann ich darüber nicht lachen.« Rumphorsts Augen verengten sich. »Halten wir also fest: Sie haben für die Tatzeit kein Alibi.« Sein Stift kratzte über das Papier des Notizbuches.

»Aber Herr Hauptkommissar, warum sollte ich Emma etwas antun? Unsere Beziehung war, hm, sehr zufriedenstellend. Wir mochten uns, ja, ich glaube sogar sagen zu können: Wir haben uns geliebt. Also warum hätte ich ihr Schaden zufügen, sie gar töten sollen?« In einer hilflosen Geste hob er die Hände.

»Sicherlich wissen Sie, dass sich Frau Voegt an ihrem Unterschenkel ein Schirm-Tattoo hatte stechen lassen. Dies bezieht sich doch auf Sie, Professor Schirmer.«

»Selbstverständlich.« Er lächelte breit. »Da sehen Sie, wie nahe wir uns standen. Emma fand die Idee eines Schirm-Tattoos witzig. Ich habe mir übrigens im Gegenzug auch ein Tattoo stechen lassen: ein Herz mit einem ›E‹ darin.« Schirmer krempelte den linken Ärmel seines Burberry-Hemdes auf und präsentierte stolz das kleine, rotfarbene Tattoo an seinem Unterarm.

»Abgesehen vom Motiv gibt es zwischen Ihren beiden Tattoos jedoch einen großen Unterschied: Frau Voegt hat vor ihrem Tod versucht, sich das Tattoo weglasern zu lassen!«, bemerkte Rumphorst trocken.

»Sie hat was?« Schirmers Lächeln erstarb. »Ähm, nun gut, zugegeben, in letzter Zeit gab es zwischen uns die eine oder andere Differenz.« Er ordnete die Bleistifte auf dem Schreibtisch parallel an. »Nichts Unüberbrückbares. Unsere Beziehung war nach wie vor eine, hm, die Interessen beider Seiten befriedigende.«

Rumphorst griff nach seinem Smartphone. »Da spricht dieser Brief aber eine ganz andere Sprache!« Der Kommissar präsentierte Schirmer das Foto des Drohbriefs, den die Eltern von Emma Voegt in deren Zimmer gefunden hatten. »Der Brief ist doch von Ihnen, oder?!«

Der Professor wurde blass. »Den hat sie aufgehoben? Aber … der Brief war doch nicht so gemeint … nur die Erinnerung an eine … eine eingegangene Abmachung.« Auf seiner bleichen Stirn bildete sich ein feiner Schweißfilm. »Ich … ich würde gerne einmal die Toilette … aufsuchen«, stieß er mühsam hervor.

»Bitte.«

Wankenden Schrittes stolperte Schirmer aus dem Arbeitszimmer und schloss die Tür. Ein Schlüssel wurde umgedreht. Rumphorst und Bär sahen sich an.

»Der haut ab!«, zischte Bär und sprang auf. Zwei rasche Schritte und ein wildes Rütteln an der Tür des Arbeitszimmers. »Abgeschlossen! Dieser Bastard!«, brüllte der Kommissar und wandte sich um.

Rumphorst hastete zum Fenster und riss es auf. Sekunden später war er draußen.

»Eine gute Idee!«, frohlockte Bär und folgte seinem Chef mit einem eleganten Schwung durch die Fensteröffnung.

Das schmiedeeiserne Gartentor war zum Glück unverschlossen. In der Einfahrt sprang der Brabus an. Ein nervtötendes Piep-Piep-Piep verriet, dass Schirmer rückwärts fuhr.

»Das war's!« Rumphorst und Bär blieben stehen. Der Brabus des Professors ebenfalls. Denn vor der Ausfahrt parkte der Dienstwagen der beiden Kriminalbeamten und versperrte Schirmers Wagen den Weg.

Gemächlichen Schrittes traten die Ermittler an das Fluchtauto, Rumphorst rechts, Bär links. »Aussteigen!«, bellte Rumphorst und klopfte auf das Dach des Mini-SUV.

Zaghaft wurde die Fahrertür geöffnet. Mit geübten Griffen zog der Kommissar den Professor aus dem Wagen. »Beine breit!« Beim Abtasten kam keinerlei Waffe zum Vorschein. »Kommen Sie, wir gehen zurück ins Arbeitszimmer. Ich denke, Sie haben uns einiges zu erklären.«

Im Arbeitszimmer schloss Bär das Fenster. Die eindringende Novemberluft war unangenehm kühl und feucht. Der Professor wurde auf einen der beiden Besucherstühle gedrückt. Bär setzte sich neben ihn, während Rumphorst hinter dem Schreibtisch Platz nahm.

Schirmer hatte all seine Arroganz verloren. Er wirkte gebrochen. Mit leiser Stimme begann er zu erzählen: »Meine … hm, besonderen sexuellen Vorlieben habe ich eigentlich schon seit meiner Jugend. Nur ausgelebt hatte ich sie bis vor Kurzem noch nie. Dann bin ich im Internet auf die Homepage dieser Escort-Agentur gestoßen. Erst ging es mir nur um einfache Treffen, zum Essen, zum Reden, zum Tanzen. Ich habe verschiedene der Damen ausprobiert.«

»Ihnen war da schon klar, dass es sich um eine Agentur handelt, die sexuelle Dienstleistungen anbietet?«

»Ja, das war mir schon nach dem ersten Treffen klar, als …«

»Bitte ersparen Sie uns an dieser Stelle Details. Die können Sie später bei der Protokollaufnahme im Kommissariat schildern. Irgendwann haben Sie dann Frau Voegt kennengelernt.«

»Ich glaube, sie war mein dritter Versuch bei den ›Schmetterlingen‹. Zwischen Emma und mir hat es direkt gefunkt. Wir passten perfekt zueinander. Gleiche Interessen, gleiche Vorlieben, auch im sexuellen Bereich.«

»Kannten Sie Frau Voegt schon vorher?«

»Emma war meine Studentin. Aber aufgefallen war sie mir zuvor noch nie. Dafür war sie einfach zu selten anwesend.« Schirmer musste grinsen. »Ihr Studium nahm sie nicht gerade ernst. Das hat sich auch, nachdem wir uns kannten, nicht geändert.«

»Nur mit dem Unterschied, dass Sie ihr auch ohne Anwesenheit entsprechende Studienbescheinigungen ausgestellt haben. Gegen sexuelle Dienstleistungen, versteht sich.«

»Sie beide waren wirklich ein Traumpaar«, warf Bär mit bissigem Spott ein.

Schirmer blieb ernst. »Ja, das waren wir. Bis Emma auf die Idee kam, ich könnte ihr doch auf die gleiche Art und Weise auch das Zertifikat der Abschlussprüfung besorgen. Was ich zum einen nicht kann und zum anderen nicht wollte.«

»Ab da ist Ihre Beziehung gekippt?«

»Das kann man so sagen. Emma hatte kompromittierende Fotos und Videos unserer … Sessions gemacht. Die präsentierte sie mir und drohte mit der Veröffentlichung im Netz. Dazu noch mit der Bekanntmachung unseres Deals bezüglich ihrer Seminarbescheinigungen. Das wäre … wäre mein Ende als Professor gewesen. Auch viele meiner

Bekannten und Freunde hätten sich sicherlich von mir abgewandt. Beruflich und gesellschaftlich wäre ich erledigt gewesen.« Schirmer seufzte schwer.

»Nach diesem Erpressungsversuch haben Sie ihr den Brief geschrieben?«

»Ja, nach dem ersten ihrer Erpressungsversuche. Sie hat es nämlich zweimal versucht. Beim ersten Mal haben wir uns schließlich nach einiger Zeit wieder vertragen. Alles schien in Ordnung. Bis sie es, warum auch immer, ein zweites Mal versucht hat.«

»Aha, und da haben Sie beschlossen, es dieses Mal nicht beim Schreiben eines Drohbriefs zu belassen, sondern das Problem ein für alle Mal aus der Welt zu schaffen«, mutmaßte Rumphorst.

»Wenn Sie damit meinen, dass ich … dass ich Emma getötet habe … dann … dann liegen Sie völlig falsch.« Schirmer atmete schwer. »Ich habe ihr nichts getan. Ich war in der vergangenen Woche nicht einmal in ihrer Nähe. Das schwöre ich!«

Rumphorst ignorierte seine Beteuerungen und stand auf. »Herr Professor Dr. Schirmer, ich verhafte Sie wegen des dringenden Verdachtes, am Montag, dem 18. November 2024, Frau Emma Voegt getötet zu haben. Es steht Ihnen frei, sich zu dieser Beschuldigung zu äußern oder auch nicht zur Sache auszusagen. Des Weiteren können Sie jederzeit einen anwaltlichen Beistand hinzuziehen.«

»Meine Herren, Sie machen einen großen Fehler. Ich war es nicht. Ich bin unschuldig!«

»Kommen Sie, und dieses Mal keinen Fluchtversuch, wenn ich bitten darf!«

»Ich war es nicht!« Schirmers Stimme klang schrill.

»Kommen Sie!«

»Oh mein Gott. Ich … ich habe Haustiere zu versorgen«, presste der Professor hervor.

»Die übernehmen wir. Nun kommen Sie endlich!«

»Na dann viel Vergnügen«, murmelte Schirmer und ließ sich widerstandslos aus dem Arbeitszimmer führen.

AUF DER SUCHE

Dieses Luder. Dieses verdammte Luder! Als er das Tagebuch in ihrer Wohnung im Hansaviertel entdeckt hatte, konnte er noch nicht ahnen, welchen Schatz er da in Händen hielt. Dennoch hatte er es vorsichtshalber eingesteckt. Im Auto, das er in einer der Nebenstraßen geparkt hatte, war er dann doch zu neugierig gewesen und hatte die in fein geschwungener Mädchenschrift verfassten Eintragungen gelesen. Mit zunehmender Erregung.

Ihre Treffen hatte Emma minutiös vermerkt. Dazu einige wenig schmeichelhafte Bemerkungen über seinen Charakter, seine Weltanschauung und seine geistigen Fähigkeiten. Ha! Wer war am Ende der Dämlichere gewesen? Er jedenfalls nicht!

Hinten im Tagebuch waren in einer Liste die Dokumente aufgeführt, die Emma entdeckt hatte. Die Dokumente, die seine hochfliegenden Pläne zu zerstören drohten und die daher für ihn von solcher Brisanz waren, dass er ihnen seit Emmas erstem Anruf atemlos hinterherjagte wie der Teufel hinter der armen Seele.

Nach ihrem, nun ja, verunglückten Versuch eines Deals auf dem Salinenparkplatz hatte er natürlich als Erstes Emmas Handtasche durchsucht. Fehlanzeige. Dann ihr Zimmer im Haus der Eltern. Auch hier ein Satz mit X. Schließlich ihr WG-Zimmer in Münster. Und wieder: nichts, nada, niente. Es war zum Haare raufen. Die Ausbeute bestand lediglich in diesem schmalen Tagebuch. Und in dem stand auf der Seite 38, direkt nach einem kurzen Eintrag zu einer Einbruchserie im Hansaviertel, die aktuell die Münsteraner Polizei in Atem hielt, der Satz, der ihm Hoffnung gab:

»Kelvin«, damit war natürlich der Professor gemeint, über den sie sich auf den Seiten davor in schmalzigen Ergüssen ausgelassen hatte, »Kelvin hält unsere Wohnung für akut einbruchsgefährdet. Unser Safe sei Spielzeugkram. Dabei hat er ihn selber empfohlen! Er hat mir angeboten, meine Wertsachen bei sich zu Hause aufzubewahren. Sein Safe wäre von völlig anderem Kaliber. Klingt gut.«

Unter diesen Wertsachen, da war er sich absolut sicher, befanden sich auch jene Dokumente, die über sein weiteres Leben entscheiden würden. Den Safe im Hause Schirmer zu knacken, war also seine letzte Chance, die Papiere in die Hände zu bekommen. Wie er das anstellen sollte, davon hatte er allerdings keinen blassen Schimmer. Denn ein Safe war keine Keksdose. Ihn aufzubrechen, das war eindeutig eine andere Liga als alle handwerkliche Arbeit, die er bisher erledigt hatte. Und er hatte weiß Gott schon einige tausend Stunden handwerklicher Arbeit hinter sich. Ach, hol's der Henker, versuchen musste er es!

Beim langsamen Passieren des Schirmer'schen Domizils im Röschweg wartete eine Überraschung auf ihn: Vor dem Haus parkten zwei Streifenwagen. In einen der beiden wurde soeben recht unsanft eine männliche Person verfrachtet, die er den gegoogelten Fotos nach als Kelvin Schirmer erkannte. Nanu, wurde der Herr Professor etwa gerade verhaftet?

Er parkte seinen Wagen am Ende des Röschweges. Freie Parkplätze gab es hier erfreulicherweise mehr als genug. Im Wagen sitzend harrte er der Dinge, die da kommen sollten. Wenig später sah er die Polizeiautos davonfahren. Dann hielt ein Abschleppwagen vor dem Grundstück. Ein in der Auffahrt stehendes Fahrzeug wurde auf die Ladefläche verfrachtet. Im Anschluss zog der Abschleppwagen, eine blaugraue Dieselwolke hinter sich lassend, von dannen. Ein ziviles Fahrzeug, in dem zwei Personen saßen, wie er im Rückspiegel erkennen konnte, folgte ihm.

Ist ja massig Betrieb hier, dachte er.

Die Dämmerung brach herein. Still lag der Röschweg im novemberlichen Grau. Flackernd gingen die Straßenlaternen an. Noch immer zeigte sich niemand auf der Straße. Also beschloss er, einen ersten Versuch zu wagen.

Die Tür seines Autos fiel leise ins Schloss. Wie ein bummelnder Passant schlenderte er eine Stofftasche schwenkend am Haus des Professors vorbei. Drinnen brannte kein Licht. Die dunkle Auffahrt war leer. Ein kurzer Rundumblick. Weit und breit war niemand zu sehen. Drei rasche Schritte, und er stand vor der verschlossenen Haustür. Knisternd flammte die Eingangsbeleuchtung auf. Mist. Ein Bewegungsmelder. Damit hätte er rechnen müssen. Zu spät. Jetzt blieb ihm nur die Flucht nach vorn. Energisch presste er den Klingelknopf. Im Haus blieb es still. Ein zweites Klingeln. Nichts rührte sich. Das Schloss der Eingangstür schien äußerst solide. Zu solide, schließlich war er kein professioneller Einbrecher. Auf der Rückseite des Hauses mochte das ganz anders aussehen. Gemeinhin waren Terrassentüren oder die Fenster von Gäste-WC und Vorratsraum weniger gut gesichert. Sechs, sieben Schritte und er stand vor der zweiflügeligen Glastür, die vom Wohnzimmer auf die Veranda führte. Kurz ließ er die Minitaschenlampe aufleuchten, die er in der Jackentasche bei sich trug. Der innenliegende Griff der Tür schien ohne Schloss zu sein. Er nahm die Taschenlampe zwischen die Zähne und zog das Futteral mit dem Glasschneider aus der Stofftasche. Einige geschickte Handgriffe und das von einem Saugnapf gehaltene Glasstück verschwand in seinem Stoffbeutel. Ein beherzter Griff durch das handballgroße Loch. Lautlos schwang der rechte Türflügel auf.

Die Luft im Inneren des Hauses war erdrückend warm. Offenbar lief die Heizung auf Hochtouren, obwohl niemand im Haus war. Mit einer raschen Handbewegung zog er den Vorhang vor die Terrassentür. Der Lichtkegel seiner Taschenlampe huschte über Wände und Möbel. Zwei großformatige Wandbilder boten sich als Sichtschutz für einen Safe an. Waren es jedoch nicht, wie eine rasche Kontrolle zeigte. Also weiter.

Im nächsten Raum fielen als Erstes die wandhohen Regale ins Auge, gefüllt mit einer schier endlosen Zahl an Büchern. Unverkennbar das Arbeitszimmer des Professors. Schreibtisch, Bildschirm, Computer, Sitzmöbel – alles an dieser Stelle zu erwarten. Ein Safe – Fehlanzeige.

Im Wohnzimmer schlug eine Uhr. Wie schnell die Zeit verging. Bis auf eine Tür am Ende des Flures hatte er inzwischen alle Zimmer inspiziert, ohne das gesuchte Möbelstück zu entdecken. Entweder gab es in diesem Haus gar keinen Safe und die Eintragung in Emmas Tagebuch war nichts als ein leeres Versprechen, oder der Herr Professor hatte den Tresor so gut versteckt, dass er im inzwischen reichlich funzeligen Licht seiner Minitaschenlampe einfach nicht zu entdecken war. Es blieb allein der Raum am äußersten Ende des Flures, links neben der Haustür. Seine letzte Hoffnung.

Die Hand auf der Klinke hielt er abrupt inne. Von der Eingangstür her waren leise Stimmen zu hören. Ihm lief es eiskalt den Rücken hinunter. Reflexartig schaltete er die Taschenlampe aus und lauschte angestrengt. Offenbar sprachen dort zwei Personen. Jetzt konnte er auch verstehen, was sie sagten.

»Abgeschlossen, wie ich gesagt habe«, brummte ein tiefer Bass.

»Aber die Nachbarin hat Licht im Haus gesehen«, beharrte eine zweite Stimme, die irgendwie hoch und nasal klang.

»Kann nicht sein. Der Professor sitzt in U-Haft. Wir haben ihn in die JVA gebracht, ich war doch selber dabei. Verwandte in Münster hat er nicht. Wer also sollte um diese Zeit in seinem Haus herumgeistern?«

»Die Nachbarin …«

»Ach Quatsch, wo nix sein kann, da ist auch nix! Alle Fenster sind dunkel und geschlossen, die Haustür ist abgesperrt. Damit ist doch alles in bester Ordnung. Die Nachbarin kann beruhigt schlafen gehen. Und wir können wieder ins Warme. Mir ist nämlich verdammt kalt. Also komm zurück zum Wagen.«

Ja, genau, geht zurück zum Wagen, dachte er. Und dasselbe gleich noch einmal: *Geht zurück zum Wagen.* Inständig hoffte er auf die Kraft der Telepathie.

»Wir sollten noch die Hinterfront des Hauses kontrollieren, nur um ganz sicherzugehen.« Die nasale Stimme blieb hartnäckig.

»Meine Güte, immer diese übereifrigen jungen Kolleginnen. Na gut, wenn du meinst.«

Schritte entfernten sich von der Haustür und im Gegenzug beschleunigte sich der Schlag seines Herzens rapide. Sie hatten ihn! Gleich würden sie das Loch in der Terrassentürscheibe entdecken und ins Haus kommen. Er saß in der Falle!

Ohne zu überlegen drückte er die Klinke der Tür herunter und schlüpfte in den dahinterliegenden Raum. Dunkelrotes Licht umfing ihn, doch er hatte keine Zeit, sich umzuschauen. Atemlos presste er sein Ohr an die Tür und lauschte.

Eine halbe Ewigkeit passierte nichts. Dann schwere Schritte auf dem Gang. Er hielt die Luft an.

»Ich bin mir sicher, da ist jemand im Haus!« Die nasale Stimme klang aufgeregt.

»Das Loch kann schon länger im Glas der Terrassentür sein. Oder hast du Glasscherben gesehen? Na also!«

Langsam atmete er aus und beglückwünschte sich innerlich, das herausgeschnittene Glasstück in seinen Stoffbeutel gepackt zu haben.

»Und wenn es der Einbrecher eingesackt hat. Mensch, jeder Einbrecher, der was auf sich hält, achtet doch heutzutage drauf, keine verräterischen Spuren zu hinterlassen!«

»Ja, ja«, knurrte die tiefe Stimme. »Könnte aber auch 'ne Einbrecherin gewesen sein, wenn es denn überhaupt 'nen Einbruch gab.«

»Also auf der Polizeischule …«

»Ist ja schon gut, ich hab's verstanden. Wir durchsuchen alle Räume und machen Meldung, dann bist du hoffentlich beruhigt.«

Schritte im Flur, Schritte, die nach rechts schwenkten, Schritte, die nach links schwenkten, Schritte, die sich unerbittlich seiner Tür näherten.

»Was ist hiermit? In dem Raum waren wir noch nicht.« Die hohe Stimme schien Morgenluft zu wittern.

Rasche Schritte, die vor seiner Tür anhielten. Hinter seinem Rücken ein rasselndes Geräusch.

»Stopp, Melanie, in den Raum gehen wir nicht. Da war ich heute Nachmittag drin, das hat mir gereicht.«

»Warum? Was ist denn in dem Zimmer …«

»Komm weg von der Tür. Wir setzen jetzt die Meldung ab, dann kann sich das Revier um den Glaser kümmern. Und danach«, ein tiefer Seufzer, »erzähl ich dir von dem, was dich hinter dieser Tür erwartet.«

Die Schritte entfernten sich. Pfeifend ließ er die angehaltene Luft aus seinen Lungen entweichen. Es war gut gegangen. Er war wieder allein. In die Stille hinter seinem Rücken erklang erneut das rasselnde Geräusch. Langsam drehte er sich um und blickte in zwei eiskalte Augen, die ihn, ohne zu blinzeln, anstarrten. Aus dem Schlitz unterhalb der Augen schoss eine dünne, gespaltene Zunge hervor.

Er gefror zu Eis.

Erst zwei, drei Herzschläge später realisierte er, dass sich zwischen ihm und der ockerbraunen Schlange eine Glasscheibe befand. Das Geräusch ihrer Schwanzrassel ertönte erneut, lauter und bedrohlicher als zuvor. Sein Herz raste. Behutsam, so als wollte er die Schlange nicht provozieren, drückte er die Klinke der Tür herunter.

EIN KOMMISSAR TAUCHT EIN
IN DIE VERGANGENHEIT

Der graue Novembertag war in einen ebenso grauen November-abend übergegangen. Zu dieser Jahreszeit dunkelte es früh. Längst kämpften die Straßenlaternen ihren verbissenen Kampf mit dem aufkommenden Nebel. Mit einer fahrigen Bewegung wischte sich Edgar Faltermeyer über die Augen. Er nahm die Tasche mit den Büchern, die er sich am Nachmittag in der Stadtbibliothek ausgeliehen hatte, in die linke Hand und schloss die Tür seiner Wohnung in der Unterstraße auf. Die Räume waren still und leer. Doch in der Luft lag noch der vertraute Duft ihres Parfüms, eine zarte Erinnerung an die gemeinsam verbrachte Nacht. An diesem Abend würde er allerdings auf ihre Nähe verzichten müssen.

Marie hatte morgen früh am Amtsgericht in Rheine einen Einsatz als Schöffin, zu dem sie in jedem Fall ausgeschlafen erscheinen wollte. »Verbringe ich die Nacht mit dir, dann dürfte das kaum der Fall sein«, hatte sie am Morgen augenzwinkernd erklärt und sich mit einem langen Kuss von ihm verabschiedet.

Edgar bereitete sich ein frugales Abendessen. Zwei Leberwurst-brote, ein paar saure Gurken, dazu ein alkoholfreies Bier – ein typisches Junggesellendinner. Während er die Brote schmierte und mit Gurken-stücken verzierte, wanderten seine Gedanken zurück zum KK 11 und zum Treffen mit den Kollegen. Schweigsam waren Luke und Jakob von ihren Ermittlungen in Münster zurückgekommen. Den dringend der Tat verdächtigen Professor Dr. Schirmer hatten sie bereits in die JVA überstellen lassen. Der Fall schien in Rekordzeit abgeschlossen zu sein, woran er, Edgar, dank des von den Eltern der Toten erhaltenen Drohbriefes durchaus seinen Anteil hatte. Aber irgendwie schienen die Kollegen mit dem Ergebnis nicht ganz zufrieden zu sein, ohne dass er nachvollziehen konnte, warum. Eher missmutig hatten sie ihre Berichte geschrieben. Edgar hatte dabei die ganze Zeit an Emma Voegt denken müssen. Wie viel hatte die junge Frau doch selber dazu beigetragen, zum Opfer einer Straftat zu werden: illegale Geschäfte, Verkauf ausgefallener sexueller Dienstleistungen und nicht zuletzt die Erpressung eines ihrer Kunden. Für eine Person Mitte der Zwanziger eine ganz schön erschreckende Bilanz. Gerade Erpresserinnen und Erpresser hatten oft nicht im Blick, dass sich ihre Opfer auch wehren konnten, und dies im Extremfall mit für den Gegner tödlichen Konsequenzen. So wie offenbar auch im Fall Emma Voegt.

Die Brote waren fertig und Edgar trug sie ins Esszimmer. Auf dem Kieferntisch lagen die Bücher, die er in der Stadtbibliothek ausgeliehen hatte. Die weiß beschirmte Lampe über dem Tisch warf einen hellen Lichtkreis. Die Heizung bollerte. Es war warm und gemütlich. Gedankenverloren kaute Edgar sein Leberwurstbrot. Die Kollegen hatten zwar einen Tatverdächtigen verhaftet, doch der leugnete die Tat bisher beharrlich. Speziell zum Papierstück in der Hand des Opfers mit dem Datumsvermerk »31. März 1945« verweigerte er jede Aussage. Dabei hatte Edgar das Gefühl, dass es gerade dieser Papierfetzen war, der den Schlüssel zur Aufklärung des Mordfalls liefern konnte. Ein solches Bauchgefühl mochte zwar unkriminalistisch sein, doch hatte Edgar in der Vergangenheit immer wieder erfahren, dass man es besser nicht ignorieren sollte. Es war wie ein Kompass, der einem signalisierte, in welche Richtung sich die Ermittlungen zu orientieren hatten. Vielleicht fand sich in den Büchern aus der Stadtbibliothek ja ein Hinweis darauf, welches Ereignis aus den letzten Märztagen 1945 als Motiv für einen Mord im Heute infrage kam. Gespannt schlug Edgar den ersten Band auf.

Eine gute Stunde später schwirrte ihm der Kopf von der Vielzahl der Informationen, die er sich zur Lage in Deutschland und speziell zur Situation in Rheine rund um den Karsamstag des Jahres 1945 erlesen hatte. Er massierte die Schläfen, stand auf und holte sich eine neue Flasche Bier aus dem Kühlschrank. »Es wäre gut«, überlegte er dabei, »das alles einmal übersichtlich zusammenzufassen.« Er griff zu Papier und Bleistift.

Die Uhr zeigte eine Stunde nach Mitternacht, als Edgar den Stift beiseitelegte. Vor ihm lag das Ergebnis seiner Recherchearbeit, ein zweiseitiges Papier, in dem zentrale Fakten zum Kriegsende in Rheine kurz und prägnant zusammengestellt waren:

Ende März 1945 stößt die 2. britische Armee unter Führung von Feldmarschall Bernard Montgomery aus dem Raum Bocholt–Rhede–Borken in das Münsterland vor. Ziel des Vorstoßes ist es unter anderem, die in den Wäldern im mittleren und nördlichen Münsterland vermuteten Abschussrampen der V2 zu zerstören. Die als »Vergeltungswaffe 2« (kurz V2) bezeichnete Boden-Boden-Rakete A4 stellt für den alliierten Nachschub wie auch für die Bevölkerung in Großbritannien eine unkalkulierbare tödliche Gefahr dar. Zur Vorbereitung des Angriffs gilt es, die Flugplätze der deutschen Luftwaffe und die Verkehrsknotenpunkte auszuschalten. Rheine mit den Flugplätzen in Bentlage und Hopsten und dem bedeutenden Verschiebebahnhof ist dabei eines der Ziele erster Priorität.

Am Vormittag des 21. März fliegt das RAF Bomber Command mit 178 britischen Flugzeugen einen verheerenden Angriff auf das Bahngelände in Rheine. Später am Tag bombardieren 180 B-17 der 1. US-Bomber-Division den Flugplatz Rheine-Bentlage und 159 B-17-Bomber den Flugplatz in Hopsten. Es gibt Tote und große Schäden. Auch die Stadt selber erhält erneut zahlreiche Bombentreffer. In Rheine brechen Brände aus.

Am darauffolgenden Freitag, dem 24. März, greifen erneut amerikanische Bomberverbände den Rangierbahnhof in Rheine und die Flugplätze in Bentlage und Hopsten an. Sie verursachen trotz heftiger Abwehr durch Flak und deutsche Jagdflugzeuge wieder schwere Schäden.

Am Ende des Krieges wird sich die Bilanz der Luftangriffe für Rheine in nackten Zahlen auf 2298 zerstörte Häuser und 255 getötete Bürger belaufen. Doch wie viel Angst und Leid steht hinter diesen nackten

Zahlen! Das Bahngelände und die daran angrenzenden Stadtteile sind mit Bombentrichtern übersät. Im Boden steckt zudem eine Vielzahl von Blindgängern und sorgt bis heute für Gefahr. Am 26. April 1978 etwa explodiert bei Bauarbeiten in der Rheiner Innenstadt einer dieser Blindgänger, reißt mehrere Menschen in den Tod und verletzt eine Reihe anderer schwer.

Im März 1945 hat die deutsche Wehrmacht dem Vorstoß der 7. britischen Panzerdivision in den Raum Rheine nur noch wenig entgegenzusetzen. Es fehlt an schweren Waffen und es fehlt bei vielen Soldaten inzwischen auch der Glaube an die Sinnhaftigkeit des Abwehrkampfs. Mutlosigkeit und Resignation breiten sich aus. SS-Verbände werden eingesetzt, die zurückflutenden Einheiten der Wehrmacht aufzuhalten. Erschießungen nach drastischen, oftmals willkürlichen Standgerichtsurteilen sollen Defätismus, Miesmacherei und den Hang zur Kapitulation im Keim ersticken.

Ende März rollen britische Panzer von Neuenkirchen, Mesum und Elte aus auf Rheine zu. Auf den deutschen Flugplätzen werden die noch intakten Einrichtungen in die Luft gejagt. Im Laufe des Karsamstags, man schreibt den 31. März 1945, räumen die deutschen Kampfverbände die linke Emsseite und damit auch die Rheiner Altstadt. Dafür richten sie sich mit Artillerie, Panzerabwehrgeschützen und Maschinengewehren auf dem rechten Emsufer zur Verteidigung ein. Am Ostersonntag werden die Emsbrücken gesprengt.

Am selben Tag tasten sich britische Einheiten nach Rheine vor. In der Mondlandschaft des von Bomben umgepflügten Dorenkamps, am Waldhügel und rund um die gesprengten Emsbrücken entwickeln sich heftige Gefechte. Massiver Artilleriebeschuss von deutscher wie von britischer Seite zerstört Häuser und Verkehrswege. In der Nacht auf den Ostermontag überqueren erste britische Einheiten in Schlauchbooten die Ems nahe der gesprengten Ludgerusbrücke, die 1945 noch Hindenburgbrücke heißt. Gleichzeitig wird der britische Artilleriebeschuss des rechten Emsufers immer intensiver, sodass die deutschen Einheiten sich schließlich zurückziehen. Rheine ist zum Niemandsland geworden. Ein Niemandsland, in dem Recht und Ordnung für kurze Zeit Fremdworte sind. Einheimische und nach Rheine verschleppte ausländische Zwangsarbeiter plündern die verwaisten Geschäfte auf der Emsstraße, zudem auch Ernsting, Overmann und Althoff.

Soweit die Zusammenfassung. Nachdenklich strich sich Edgar über das Kinn. Fest stand: Am Karsamstag 1945 war Rheine Frontstadt. Zerstörung und Tod waren hier allgegenwärtig. Es drohten Chaos und Anarchie. In der Stadt herrschte Militärrecht.

Was aber, um alles in der Welt, hatte das mit dem Tod der jungen Frau am vergangenen Montag zu tun? Welches damalige Ereignis war so einschneidend gewesen, dass seine dunklen Schatten bis ins Heute reichten und hier einen Mord auslösten? Hinsichtlich der Beantwortung dieser für ihre Ermittlungen zentralen Fragen, so musste Edgar widerwillig zugeben, hatten ihn die Lektüre und die mühsam zu Papier gebrachte Kurzzusammenfassung der Ereignisse nicht wirklich vorangebracht.

Was blieb, war allein die Hoffnung, dass Professor Schirmer sein Schweigen brach und eine Erklärung für dieses Geheimnis lieferte. Wenn denn Kelvin Schirmer der Täter war. Was Edgar, wieder ein Bauchgefühl, inzwischen eher bezweifelte.

ZUKUNFT UND
VERGANGENHEIT

Der Notartermin hatte sich glücklicherweise als weniger anstrengend erwiesen als befürchtet. Die beiden hübschen Assistentinnen, die laut Anna im Vorzimmer des Notars auf ihn warteten, mussten allerdings heute einen Urlaubstag genommen haben. Stattdessen wurde Moritz von einem älteren Herrn begrüßt, an dessen Finger ein goldener Ehering glänzte. Die tiefen Falten in seinem Gesicht gaben freimütig Auskunft über mindestens fünf intensiv gelebte Lebensjahrzehnte. Die wenigen ihm verbliebenen Haare waren grau und strähnig. Zwischen ihnen schimmerte die rosa Kopfhaut durch. Den Mann »hübsch« zu nennen, wäre in Moritz' Augen eine glatte Lüge. Dafür war er offensichtlich fachlich kompetent. Der Mann konnte ihre Namen auf Anhieb richtig einordnen und dirigierte sie ohne Umschweife mit einer freundlichen Handbewegung in das Zimmer des Notars.

Für Notar Olaf Roggensack war die Abwicklung eines Hausverkaufs reine Routine. Dafür war er lange genug im Geschäft. Kurz erläuterte er das vorgeschriebene Prozedere, dann wurde dieses seriös abgearbeitet. Für alle Beteiligten lagen Leseexemplare des Kaufvertrags bereit, den Roggensack den Anwesenden mit klarer, wenn auch ein wenig gelangweilter Stimme vorschriftsgemäß verlas. Nach wenigen Minuten mischte sich unter die sonore Stimme des Notars ein leises Schnarchen. Luisa Munkelfeld war in ihrem Rollstuhl eingeschlafen. Kaum verwunderlich, angesichts ihrer 89 Lebensjahre und der behaglichen Wärme im Notarzimmer. Ein fragender Blick von Moritz, ein kurzes Nicken des Notars, ein wohlwollendes Lächeln der Käufer, und sie hatten die alte Dame schlafen lassen.

Nach gut einer Stunde war den Vorschriften Genüge getan. Luisa schlief noch immer. Moritz unterzeichnete den Kaufvertrag als ihr Bevollmächtigter. Roggensack würde den Grundbucheintrag in die Wege leiten und den Geldtransfer über ein Notaranderkonto abwickeln. So weit, so gut.

Als der Notar sich von seinen Klienten verabschiedete, wachte Luisa auf. »Oh, schon vorbei. Ich hoffe, ich habe nichts Wesentliches verpasst.«

Moritz schüttelte lächelnd den Kopf. Die Frage war doch, was man in Luisas Alter noch in die Rubrik »Wesentliches« einsortierte. Mit dem Fuß löste er die Bremsen des Rollstuhls und schob ihn zum Aufzug.

»Richtest du bitte noch mal meine Decke, Junge, bevor es hinaus in die Kälte geht?«, bat Luisa im Foyer.

Moritz klemmte das Plaid mit dem schottischen Tartanmuster unter das Sitzkissen, die Fransen wie gewohnt nach oben ausgerichtet, sodass die Tante sie in den Händen spüren konnte. »Gut so?«

Ein zufriedenes Nicken. Erfahrungsgemäß würde ihr die Decke nach wenigen Metern wieder von den Beinen rutschen, aber Luisa hatte sich, ganz westfälischer Dickschädel, bisher vehement dagegen gewehrt, das vertraute Wollplaid gegen eine rutschsichere Wickeldecke aus Fleece zu tauschen. Aber vielleicht war ihr Beharren auf Vertrautes auch einfach eine Alterserscheinung. »Soll ich dir ein Taxi bestellen, das dich zurück ins Josefshaus bringt?«

»Junge, wenn du noch ein wenig Zeit hast, dann besuche doch mit mir den Alten Friedhof. Dorthin komme ich in letzter Zeit so selten.« *Eher gar nicht, seit ich im Altenheim lebe*, hätte sie sagen müssen, doch das hätte in ihren Ohren zu sehr nach einem Vorwurf geklungen. Und einen solchen wollte sie ihrem Lieblingsneffen wahrhaftig nicht machen. Schließlich kümmerte der sich schon um so vieles, nicht zuletzt um den Verkauf ihres Hauses.

»Wir können gerne noch eine Runde über den Friedhof drehen. Hoffentlich sind die Wege befahrbar. Die letzten Wochen waren doch arg nass.«

»Das wird schon gehen«, verkündete Luisa unbekümmert. »So matschig, dass man stecken bleibt, werden die Wege schon nicht sein.« Sie zwinkerte Moritz zu und tätschelte seine Hand. »Noch ein guter Rat: Wenn du alt wirst, mein Junge, dann sichere dir einen kräftigen Burschen, der deinen Rollstuhl schiebt. So einen wie dich.« In ihren Augen waren elektrische Rollstühle Teufelszeug, ganz ähnlich wie Computer oder Smartphones.

Draußen dämmerte es. Auf der Neuenkirchener Straße standen die Fahrzeuge Stoßstange an Stoßstange. Feierabendverkehr. Die Lichter der anfahrenden Autos erzeugten tanzende Schatten auf den Steinplatten des Gehwegs. Sie überquerten die Salzbergener Straße und erreichten wenig später den Alten Friedhof.

»Lass uns die Forckenbeckstraße nehmen. Dort gibt es wenigstens Straßenlaternen«, schlug Moritz vor.

Luisa brummte Zustimmung.

Stumm schob Moritz den Rollstuhl, dessen rechtes Rad ab und an mit leisem Quietschen protestierte. »Liegen eigentlich auch Munkelfelds hier begraben?«, fragte er plötzlich und wies mit der Hand auf das von einer niedrigen Hecke umsäumte Gräberfeld.

Luisa schreckte aus ihren Gedanken auf. Sie hatte gar nicht bemerkt, dass Moritz den Rollstuhl bereits von der gepflasterten Straße auf den schlammigen Weg entlang der hinteren Gräberreihe geschoben hatte.

»Entschuldige, Moritz, ich bin unaufmerksam. Aber hier gibt es für mich so viele Erinnerungen.« Luisa seufzte. »Auf dem Weg zu den Großeltern an der Schillerstraße bin ich des Öfteren über den Friedhof gegangen. Natürlich erst, als ich älter war. Denn hier zwischen all den Grabsteinen war es mir eigentlich zu gruselig. Aber wenn man älter wird, hmm … wo konnte man sich sonst ungestört treffen … hmhm.« Luisas Gedanken wanderten zu jenem Tag im Juni, an dem sie zwischen den Gräbern von ihrem Gerhard den ersten Kuss bekommen hatte. Nachmittags war noch ein feiner Nieselregen gefallen, aber zum Abend hin hatte es aufgeklart. Auf den Wegen hatte das

Regenwasser in vielen kleinen Pfützen gestanden. Natürlich war ihr Treffen nicht zufällig gewesen, auch wenn sie beide so getan hatten, als ob. Gerhard besuchte das Gymnasium Dionysianum, damals noch eine reine Jungenschule. Er hatte eigentlich eine Chorprobe. Doch diese Chorprobe würde er nie besuchen. Luisa lächelte versonnen. Gerhard war ein solch fescher Junge und sie …

»Tante Luisa. Tante Luisa!«

»Ah, ja …«

»Du bist doch nicht eingeschlafen? Ich habe dich schon zweimal gefragt, ob auch Munkelfelds hier begraben liegen.«

Mit einem leisen Ächzen veränderte Luisa ihre Sitzposition. Rollstühle waren alles andere als bequem, eben für den Transport und nicht für das lange Sitzen konstruiert. »Munkelfelds«, murmelte sie.

»Ja, auf dem Alten Friedhof waren auch Munkelfelds begraben. Aber als man in den Neunzigerjahren die Salzbergener Straße verbreitert hat, musste ein Teil der Gräber der neuen Straße weichen. Darunter auch die Gräber der Munkelfelds. Freilich waren das schon sehr alte Gräber aus der Zeit vor 1900.«

»Der Großvater von Anna ist schon auf dem Friedhof Königsesch begraben worden, oder?«

»Hans Munkelfeld? Ja, ja, der Hans. Als er gestorben ist, war der Alte Friedhof schon lange kein Ort mehr für Beerdigungen. Aber beerdigt wurde der Hans eigentlich gar nicht.« Luisa verstummte. »Moritz, mir wird kalt. Komm, schieb mich zurück zur Salzbergener Straße und rufe mir ein Taxi.«

Während er den Rollstuhl gehorsam der Straße zuschob, überlegte Moritz fieberhaft, wie er Luisa dazu bringen konnte, ihm weitere Details der Munkelfeld'schen Familiengeschichte zu erzählen. Denn dass es dort Interessantes gab, dafür war der kryptische Satz »Aber beerdigt wurde der Hans eigentlich gar nicht« Beleg genug.

»Wenn dir kalt ist, könnten wir vielleicht bei uns zu Hause einen Tee trinken. Wäre ja nicht weit, gerade mal 200 Meter.«

»Danke, Moritz, ein andermal gerne. Aber heute bin ich einfach zu müde …« Plötzlich kicherte Luisa mädchenhaft. »Ach, Junge, was soll ich dich beschwindeln. Tatsächlich geht es darum, dass heute um acht Roland Kaiser bei uns im Josefshaus auftritt, und da wäre ich natürlich gerne dabei.«

»Oh, solch hohen Besuch habt ihr?«, fragte Moritz amüsiert. »Nun wird mir langsam klar, woher die hohen Altenheimkosten kommen.«

»Ich weiß schon, was du denkst. Die Alte ist nicht mehr ganz richtig im Kopf. Der Roland Kaiser kommt doch nie und nimmer ins Josefshaus nach Rheine …«

»Das denke ich selbstverständlich nicht«, protestierte Moritz galant, meinte damit aber nur den mittleren der drei Sätze.

»Aber du hättest ja recht. Bei uns tritt nicht wirklich Roland Kaiser auf, sondern nur sein Double. Aber auch das hätte ich schon gerne gesehen … und vor allem gehört.«

»Da kann eine Einladung zum Tee bei den Meys natürlich nicht mithalten.« Moritz grinste und zog sein Smartphone aus der Jackentasche. »Ich rufe dir dein Taxi.«

Der Großraumwagen von Taxi Husemann war auf dem Rückweg aus Elte und würde bis zur Forckenbeckstraße eine Weile brauchen. »Bis zum Auftritt von Roland Kaiser bist du aber allemal wieder im Heim, ähm, bis zum Auftritt des Doubles meine ich natürlich.« Moritz kontrollierte den Sitz der Wolldecke. »Okay so? Du sollst es schön warm haben.«

»Danke, mein Junge, alles in Ordnung. Aber richtig warm ist mir nur noch im Hochsommer. Alte Knochen kühlen schnell aus, das wirst du auch noch merken, wenn du in mein Alter kommst.«

Joachim Fuchsberger hatte recht, Altwerden ist nichts für Feiglinge, dachte Moritz und schwieg. Nach einer Weile räusperte er sich. »Darf ich dich noch etwas zu Opa Hans fragen?«

»Ähm, ja.« Luisa schreckte auf. In Gedanken war sie wieder durch eine ferne Vergangenheit spaziert, eine Vergangenheit, die allein ihr gehörte. »Du meinst meinen Schwiegervater Hans Munkelfeld, nehme ich an.«

»Genau den. Du hast eben gesagt, der Hans sei gar nicht begraben worden. Wie meinst du das?«

Luisa zögerte mit der Antwort. Moritz hatte den Eindruck, dass ihr dieses Thema nicht gerade leichtfiel. Sie schien zu überlegen, wie sie beginnen, und möglicherweise auch, wie viel sie preisgeben sollte. Schließlich sagte sie: »Den Hans habe ich selber nicht kennengelernt. Aus den Erzählungen meiner Schwiegermutter, Gott hab sie selig, weiß ich aber, dass er strammer Nazi und Soldat aus vaterländischer Überzeugung war, wie man damals so pathetisch sagte. Der Hans hat im Krieg mehrere Orden bekommen. Die Verleihungsurkunden waren für meine Schwiegermutter so etwas wie der heilige Gral. Sie hat sie in einer Ledermappe aufbewahrt und bei jeder passenden und un-passenden Gelegenheit in der Verwandtschaft herumgezeigt. In ihrer Familie wurde vom Hans immer nur als vom ›Herrn Stabsfeldwebel‹ gesprochen.«

»Das war aber schon nach Kriegsende, oder?«

»Aber ja, ich hab' ihren Sohn, meinen Gerhard, doch erst 1948 kennengelernt. Meine Schwiegermutter war so stolz auf ihren Mann, wohl auch, weil sie selber … Nun, sie hat sich stark in der Frauen-schaft engagiert, war Kreisfrauenschaftsführerin, wie das während der Zeit des Nationalsozialismus hieß. Nach dem Krieg, glaube ich, konnte sie nur schwer umdenken. Ich erinnere mich, dass sie bei Familienfeiern immer wieder angeeckt ist, wenn sie noch in den Fünfzigerjahren ihre geschönte Sicht auf die Nazi-Zeit vorgetragen hat, vor allem nach dem dritten Glas Bowle … Hm, die Erdbeer-bowle bei den Munkelfelds, die war schon ein Gedicht. Die Früchte wurden vorher in Wodka eingelegt. Oder war es Gin? Ach, mein Gedächtnis …«

»Du wolltest eigentlich erzählen, was du damit gemeint hast, dass der Hans nicht beerdigt wurde«, drängte Moritz.

»Ach, richtig. Am Ende des Krieges ging ja alles drunter und drüber. Oftmals wusste keiner mehr so genau, wer gerade wo war. So muss das auch beim Hans gewesen sein. Sein letzter Brief kam wohl aus Osnabrück. Danach gab es keine weiteren Lebenszeichen. Er galt einfach als vermisst. Wahrscheinlich hat ihn eine Bombe oder eine Granate ... ach, Genaues mag ich mir gar nicht vorstellen. Es war eine fürchterliche Zeit, mein Junge, so wie heute wieder im Osten, in der Ukraine. Nur diese Drohnen, die gab es damals noch nicht. Dafür die Tiefflieger. Ach Gott, was haben die uns gejagt, wenn wir auf dem freien Feld Kartoffeln geklaubt oder Gemüse gehackt haben. Ich hatte immer das Gefühl, das hat denen richtig Spaß gemacht ...« Luisa atmete schwer und schloss einen Augenblick die Augen.

»Die Leiche von Hans Munkelfeld ist also nie gefunden worden?«, fragte Moritz.

»Nie, und darunter hat meine Schwiegermutter besonders gelitten. Für sie blieb der Hans bis zu ihrem Tod vor gut vierzig Jahren ein lebender Held.«

»Und das haben auch ihre vier Söhne so empfunden?«

»Hm ... ja und nein. Also mein Gerhard und auch der Fritz, der Vater deiner Anna, die waren am Ende des Krieges ja schon älter, die haben das Gehabe ihrer Mutter schon bald kritisch gesehen. Bei Alexander, dem Jüngsten, dem Vater von Mirko und Alexandra, da war das anders. Der wurde von seiner Mutter verhätschelt und gleichzeitig ... hm, beeinflusst ... nein, besser: manipuliert.«

Ein elfenbeinfarbener VW T5 hielt an der Bushaltestelle im Bereich der Einmündung der Forckenbeckstraße in die Salzbergener Straße.

»Mein Taxi.« Luisa schien erleichtert, endlich die letzte Etappe ihrer Heimfahrt antreten zu können. Moritz half ihr ins Auto. Der Fahrer schob den Rollstuhl über die Rampe in den Fond. Ein letztes Winken und die alte Dame befand sich auf dem Rückweg ins Josefshaus.

Kurz blickte Moritz dem Wagen nach, dann stapfte er zur Fußgängerampel. Während er auf Grün wartete, wanderten seine Gedanken abermals zu Mirko Munkelfeld. Langsam verstand er, warum sein Cousin den Vorsitz der Ortsgruppe in der rechtspopulistischen *PDD* anstrebte.

EIN VERKORKSTER ABEND

Anna saß am Küchentisch, vor sich Möhren, Paprika, Zwiebeln, Knoblauch und Ingwer. In einem Sieb im Restebecken der Spüle warteten rote Linsen.

»Du kommst gerade rechtzeitig«, begrüßte sie ihn. »Deine fleißigen Hände sind für jede Menge Schnibbelarbeit gefragt.«

»Die Jacke ausziehen darf ich aber vorher schon noch, oder? Und ein Kuss zur Begrüßung würde meine Arbeitsmotivation deutlich steigern.«

»Dem Begehren kann entsprochen werden«, lachte Anna, nahm Moritz in den Arm und drückte ihm einen langen Kuss auf den Mund.

Zwischen entspanntem Genießen und wohligem Prickeln fragte sich Moritz kurz, wie Anna dazu kam, Formulierungen zu benutzen, die er allenfalls Notar Olaf Roggensack zugetraut hätte. Vermutlich hatte in der Fachkonferenz Biologie wieder einmal der Punkt »Belehrung zu rechtlichen Fragen rund um Versetzung und Abitur« auf der Tagesordnung gestanden. Nachhaken sollte er an dieser Stelle besser nicht, es sei denn, er wollte riskieren, dass aus dem sich anbahnenden harmonischen Abend eine juristische Vorlesung wurde.

Eine halbe Stunde später köchelte auf dem Herd die Rote-Linsen-Suppe. Stückige Tomaten, Gemüsebrühe und Gewürze kochten bereits mit, allein Kokosmilch und Limettensaft warteten noch auf ihren Einsatz in der letzten Phase der Zubereitung. Im Backofen bräunte knusprig-frisches Baguette.

»Shall we have white wine with the Linsen-Soup?«

»Yes, my dear.«

»The same procedure as last year?«

»The same procedure as every year.«

Beide mussten schmunzeln, als sie ihre Variation des berühmten

Dialogs aus dem Sketch *Dinner for One* rezitierten, ein Ritual, das sie tatsächlich jedes Mal pflegten, wenn es im Mey'schen Haus Rote-Linsen-Suppe gab.

Während des Essens berichtete Moritz von seinem Besuch auf dem Alten Friedhof und über das, was er von Luisa zur Familiengeschichte der Munkelfelds erfahren hatte. »Beim nächsten Besuch werde ich Tante Luisa nochmals nach Opa Hans fragen, auch um Mirkos Beweggründe für den Beitritt in diese unsägliche *PDD* besser zu verstehen.«

»Mir ist heute Nachmittag während der Fachkonferenz übrigens durch den Kopf gegangen, dass ihr von der *RAZ* den Rechten mit eurem Interview eine kostenlose Werbebühne bietet. Auf diese Weise können sie ihr Gedankengut auf seriöse Weise unters Volk bringen.«

»Auf weniger seriöse tun sie das ja bereits in großem Stil auf Facebook, Instagram, TikTok und Co. Wir ziehen da nur nach.« Genussvoll biss Moritz in ein Stück Baguette.

Der letzte Löffel Linsensuppe wanderte in Annas Mund. Mit einem Stück Brot wischte sie die Reste vom Teller und nahm einen Schluck Wein. »Aber ihr verschafft ihnen Aufmerksamkeit gerade auch in den bürgerlichen Kreisen und bei den älteren Semestern. Aufmerksamkeit, die sie weder verdient haben noch ohne euch hätten.«

»Meine Güte, Anna, so bedeutend ist die *RAZ* nun auch wieder nicht. Zudem ist die *PDD* eine zugelassene Partei und hat ein Recht auf politische Chancengleichheit in der Berichterstattung. Als Zeitung müssen wir das gesamte Spektrum der Parteien zu Wort kommen lassen.«

»Müsst ihr nicht!« Mit einer energischen Bewegung schob Anna ihren leeren Teller zur Tischmitte. »Parteien wie die *PDD* sind doch keine normalen demokratischen Parteien. Deren Ziel ist es, die Demokratie auszuhöhlen und im Letzten sie abzuschaffen. Das zu verhindern, liegt auch in der Verantwortung der Medien, also auch in der Verantwortung der *RAZ*.«

Moritz seufzte. Er hatte es geahnt. Dieses Interview würde ihm nur

Schwierigkeiten einbrocken, bei Anna und wahrscheinlich auch bei vielen ihrer Freunde und Bekannten. Er hätte die Finger davon lassen sollen. »Wenn es dich beruhigt«, versuchte er Anna zu beschwichtigen, »werde ich das Interview einhegen. Unter den Text des Interviews kommt ein Kasten, in dem ich Falschaussagen von Frau Dietzdorf auflliste und korrigiere.«

»Ein Faktencheck«, warf Anna ein.

»Genau. Und außerdem werde ich Nickel bitten, zum Interview und ganz generell zur *PDD* einen Kommentar zu verfassen.« Moritz grinste. »Das wird der Herr Chefredakteur sicherlich mit Freuden tun.«

»Genauso machen es die anderen Medien auch.« Anna stand auf. »Und genauso bekommen Rechtspopulisten wie die *PDD* zunächst mal ihre Bühne. Sie können ihre kruden Ideen und ihr rassistisches Weltbild präsentieren, so als handele es sich dabei um normale und legitime Positionen.« Mit einem geräuschvollen Klirren stellte sie Moritz' Teller in den ihren. »Ich befürchte, viele eurer Leser werden zwar den Interviewtext, aber danach weder den Faktencheck noch den Kommentar lesen. In deren Köpfen bleibt allein das hängen, was diese Frau Dietzdorf von sich gegeben hat.« Anna trug die Teller zur Spülmaschine.

»Und was soll ich dann deiner Meinung nach tun?«, rief Moritz ihr fast ein wenig böse hinterher. »Das Interview in die Tonne treten und meine Karriere bei der *RAZ* beenden? Herrje, damit rette ich die Demokratie in Deutschland auch nicht.«

»Vielleicht kann man die rechten Populisten demaskieren, indem man scharfe und provokante Nachfragen stellt. Aber wie ich meinen Mann kenne, war dieser im Interview sicher wie immer lieb und nett.«

»Genau. Und dieser liebe und nette Mann lässt jetzt das Spülen stehen und geht eine Runde joggen. Er braucht nämlich dringend frische Luft!«

Das laute Knallen der Tür ließ Anna zusammenzucken. Uiuiui, den Auftritt hatte sie gründlich vermasselt. Ein paar Sekunden blieb sie mit geschlossenen Augen stehen.

Natürlich hatte Moritz aus journalistischer Sicht recht, das Interview mit Frau Dietzdorf seriös und informativ zu gestalten. Aber, und dieses »aber« wog schwer, er bot ihr damit dennoch die erstrebte Plattform für ihre rassistischen Positionen. Und das in Zeiten, in denen die ganze Welt Kopf zu stehen schien.

In den USA war soeben ein Mann zum Präsidenten gewählt worden, der in Annas Augen narzisstisch und eindeutig antidemokratisch war, ein Realitätsverweigerer, dem die Umdeutung von Fakten locker von der Hand ging, der sich sein eigenes Universum schuf, in dem alle Planeten allein um ihn kreisten, und der es schaffte, seinen Anhängern zu suggerieren, dass dieses Universum das einzig reale sei.

Und in Deutschland, ja, in Deutschland hatte es die Ampel-Regierung gerade geschafft, sich in Kindergartenmanier zu zoffen und in ihre Einzelteile zu zerlegen. Das Wohl und die Zukunft des Landes hatten die Politiker dabei Annas Meinung nach sträflich aus den Augen verloren.

Als Tüpfelchen auf dem i hatte in der Fachkonferenz Biologie der Kollege Striesenecker auch noch vorgeschlagen, den Begriff der »Rasse« stärker im Unterricht zu thematisieren. Im Sinne der rechten Populisten, versteht sich! Anna war beim Schreiben des Protokolls fast der Stift aus der Hand gefallen.

Angesichts dieses ganzen Schlamassels war es doch wohl verständlich … hm … ach, es war zum Haareraufen!

ELISA

M orgens aufzuwachen fiel Luke Rumphorst in aller Regel nicht schwer. Es sei denn, der Zeitpunkt, an dem er seinen Träumen adieu zu sagen hatte, läge wie heute um exakt 1:17 Uhr in der Früh und damit nur zwei knappe Stunden nach dem Einschlafen. Mühsam quälte er sich aus dem Dämmerzustand des Halbschlafs. Das hartnäckige Geräusch, das ihn geweckt hatte, kam aus dem Kinderzimmer. Ein lang gezogenes, klägliches Wimmern. Elisa! Mit einem Mal war Luke hellwach.

»Ich gehe schon«, raunte er seiner Frau zu, die neben ihm lag.

»Ist gut«, brummte Azra verschlafen und drehte sich um.

Tastend trippelte Luke aus dem Schlafzimmer. Ein Witz seiner Kindheit kam ihm in den Sinn: »Der kleine Zeh ist dafür da, im Dunkeln den Standort der Möbel zu ermitteln.« Gegen seinen Willen musste er grinsen und war endgültig hellwach. Im matten Schein des Nachtlichts tapste er über den Flur ins Kinderzimmer. Elisa saß in ihrem Gitterbett und bot ein Bild des Jammers. Rote Wangen, Tränen in den Augen. Luke nahm sie aus dem Bettchen. Augenblicklich schmiegte sie sich an seine Schulter.

»Psst, kleine Maus, alles wird gut, sind bestimmt nur die Zähnchen«, versuchte er sie und sich zu beruhigen. Mit geübtem Griff überzeugte er sich, dass Elisa nicht gewickelt werden musste. Behutsam legte er seine Tochter zurück ins Kinderbett, was diese mit erneutem Jammern und Weinen quittierte.

»La-le-lu, nur der Mann im Mond schaut zu«, intonierte Luke leise und, wie er zugeben musste, weniger melodisch als Heinz Rühmann im Film *Wenn der Vater mit dem Sohne*. Er räusperte sich. Auch wenn Singen nicht seine Stärke war, dieses Lied blieb eine Geheimwaffe. Es wirkte eigentlich immer. Zuverlässig. Zehn Minuten Gesang, und

Elisa schlief. »… wenn die kleinen Babys schlafen, drum schlaf auch du.« Sanft streichelte er seiner kleinen Tochter über den Rücken. Eine Rückenmassage war bei Einschlafproblemen, ach, eigentlich bei allem Kummer, die Geheimwaffe Nummer zwei.

Zehn Minuten später war Luke heiser und seine Tochter kurz davor einzuschlafen. Nach einem Hüsteln beschränkte er sich auf die Rückenmassage und seine Gedanken begannen abzuschweifen.

Schirmer zu verhaften, war in jedem Fall folgerichtig gewesen. Er hatte ein glasklares Motiv und für den Tatzeitpunkt kein Alibi. Dank seines schnellen Elektrowagens passte er perfekt in das Bild, das Marie van Denggelen von Fahrzeug und Täter gezeichnet hatte. Alle Indizien sprachen massiv gegen ihn. Staatsanwalt Wahlbrinck hatte das genauso gesehen und den Haftbefehl ohne Zögern beantragt. Seit dem späten Nachmittag saß Schirmer in Untersuchungshaft. So weit, so gut. Und doch nagten Zweifel an Luke. Er konnte dieses Gefühl nicht genau verorten, aber irgendetwas störte ihn.

Elisa schlief und Luke stand auf. Sein Rücken machte sich bemerkbar. Er stöhnte leise. Gebückt neben dem niedrigen Kinderbett zu sitzen war für einen erwachsenen Mann eben doch keine optimale Körperhaltung. Das Größenverhältnis passte einfach nicht.

Abrupt hielt der Kommissar inne. Mit einem Mal wusste er, was ihn bei Schirmer störte. Es waren die Hände. Diese sorgfältig gepflegten, feingliedrigen, fast zarten Hände passten einfach nicht zu dem, was die Notärztin und Dr. Nottendorf zum »Tatwerkzeug« angemerkt hatten: große Hände, die mit großer Kraft zugepackt und beim Opfer einen Atemwegsverschluss bewirkt hatten. Dem Kommissar fuhr ein kalter Schauer über den Rücken. Schirmer konnte nicht der Täter sein. Sie hatten den Falschen verhaftet!

Eine schwere Hand legte sich auf seine Schulter. Panisch fuhr Luke herum. Hinter ihm stand Azra. Er hatte seine Frau gar nicht kommen hören.

»Wo bleibst du? Ist mit Elisa alles in Ordnung?«, flüsterte sie.

»Ja, ja«, beruhigte er sie. »Es sind sicher wieder mal die Zähnchen.«
Sanft strich Azra ihrer Tochter über die Stirn. »Sie ist ja ganz heiß«, wisperte sie. »Sie hat Fieber!«

»Das sind bestimmt die Zähnchen«, wiederholte Luke hilflos.

»Aman Allahım! Wenn Elisa wegen ihres Fiebers nicht in die Kita darf, kann ich mir nicht schon wieder Sonderurlaub nehmen«, stöhnte Azra.

»Ich auch nicht«, entfuhr es Luke schroffer, als er eigentlich wollte. »Ich stecke mitten in einer Mordermittlung!«

»Denkst du, wir könnten deine Eltern …?«

Lukes Eltern wohnten glücklicherweise in Borghorst, nur gut zwanzig Minuten Fahrtzeit von ihnen entfernt, und hatten Elisa bereits des Öfteren betreut, wenn sie aus Krankheitsgründen zu Hause bleiben musste oder die Kita wegen einer Fortbildung geschlossen war. Was in letzter Zeit reichlich oft vorkam. Das Rumphorst'sche Heim in Elte war für Oma und Opa längst zur zweiten Heimat geworden. Momentan fieberten die beiden allerdings ihrer Andalusien-Reise entgegen, die in wenigen Tagen beginnen sollte. Im Notfall wären sie aber sicher … nun, dies war ein Notfall. Luke drückte Azras Hand und nickte. »Auch wenn es verflixt kurzfristig ist, sollten wir sie morgen früh anrufen. Meine Mutter kommt bestimmt. Wenn alle Stricke reißen, fahre ich eben etwas später ins Kommissariat.«

»Eine Oma-Opa-Feuerwehr in der Nähe zu haben, ist wertvoller als Gold«, seufzte Azra erleichtert.

FÜNFTER TEIL

Rheine, Mittwoch, 20. November 2024

WAS FÜR EIN MACHO!

L uke ist heute spät dran«, stellte Faltermeyer mit einem Stirnrunzeln fest. »Kennt man gar nicht von ihm.«

»Sicher gibt es Probleme mit seiner Tochter«, mutmaßte Bär. »Seit Azra wieder im Dienst ist, muss auch Luke in solchen Fällen ran. Und der nimmt seine Vaterpflichten dann ausgesprochen ernst.«

»Hmhm«, brummte Faltermeyer, für den der Begriff Vaterpflichten noch unbekanntes Terrain war. »Jedenfalls verpasst er, wenn er nicht bald hier auftaucht, das Beste des Tages.« Energisch drückte er den Startknopf der Kaffeemaschine. Wenig später mischte sich das Aroma frisch aufgebrühten Kaffees mit dem verlockenden Duft der Meister-Croissants, die der Kommissar am Morgen beim Bäcker seines Vertrauens erstanden hatte.

In der Zwischenzeit hatte sich Faltermeyer durch das Protokoll der Verhaftung von Kelvin Schirmer gescrollt, das Bär noch gestern Abend in den PC gehackt hatte. »Der Professor könnte unser Täter sein«, stellte er fest, doch schwang in seiner Stimme mehr als ein Hauch von Skepsis mit.

»Im Beifahrerbereich seines Wagens hat die KTU Fremd-DNA gefunden, die aller Wahrscheinlichkeit nach vom Opfer stammt«, ergänzte Bär seine Protokolleintragungen. »Die Kollegen sind dran.«

»Wäre in jedem Fall nicht verwunderlich. Schließlich waren Schirmer und Frau Voegt eng befreundet. Da wird er sie schon das eine oder andere Mal in seinem Wagen mitgenommen haben.« Faltermeyers Skepsis blieb.

»Ich habe gestern Abend die Kollegen in Münster gebeten, sich im Röschweg umzuhören, ob jemand in der Nachbarschaft Schirmers Wagen am Montagmorgen vor dem Haus hat stehen sehen.«

»Das wäre dann ein bedeutendes Indiz, das Schirmer entlastet«, stellte Faltermeyer nachdenklich fest. Dann fragte er: »Was passiert eigentlich mit den Schlangen, die ihr in Schirmers Haus entdeckt habt?«

»Die übernimmt fürs Erste der Münsteraner Zoo.«

»Eine Klapperschlange und zwei Puffottern, puh, die möchte ich nicht in meiner Nähe haben. Ist es eigentlich legal, solch giftige Tiere bei sich zu Hause zu halten?«

»Habe ich mich gestern auch gefragt. Ist es. Zwar darfst du dir laut Gifttiergesetz in NRW seit 2021 keine giftigen Schlangen, Skorpione oder Webspinnen mehr neu anschaffen. Du darfst allerdings die Tiere, die du einmal gekauft hast, weiterhin halten, sofern du vertrauenswürdig bist. Und so eine Klapperschlange kann gut und gerne 25 Jahre alt werden.«

»Vertrauenswürdig dürfte der Herr Professor schon gewesen sein, zumindest bis gestern«, brummte Faltermeyer.

Bär fuhr sich mit den Fingern durch die Haare. »Ist doch verrückt, warum hält jemand überhaupt solch giftige Tiere?«

»Ich denke, das hat etwas mit dem berauschenden Gefühl von Macht und Kontrolle zu tun«, überlegte Faltermeyer. »Man kann sich damit brüsten, selbst gefährlichste Gifttiere im Griff zu haben. Das hebt das eigene Selbstwertgefühl. Man fühlt sich stark und überlegen.«

»Hm, das passt perfekt zu einem Mann wie Professor Schirmer, der sich harten SM-Sex mit beruflichen Gefälligkeiten erkauft.«

»Und sicher auch mit dem einen oder anderen Hundert-Euro-Schein.«

»Natürlich auch damit. In jedem Fall scheint es für ihn elementar zu sein, Macht über andere zu haben. Im beruflichen Alltag wie auch im Sexleben. Das steigert die Erregung und gibt den letzten Kick.«

Faltermeyer stand auf und streckte sich. »Bei uns gibt es jetzt erst mal Frühstück, mit Zucker- und Koffein-Kick.« Er schenkte Bär gerade die erste Tasse Kaffee ein, als Rumphorst das Büro betrat.

»Moin«, grüßte er kurz angebunden. Gute Laune sah anders aus.

»Olala, da hat jemand offensichtlich ein feines Näschen«, frotzelte Faltermeyer. »Morgen, Luke. Du kommst genau richtig zu Kaffee und Croissants.«

»Kann beides gerade gut gebrauchen!« Ächzend ließ sich Rumphorst auf seinen Bürostuhl fallen.

»Unruhige Nacht gehabt?«, fragte Bär vorsichtig.

»Nacht, welche Nacht?! Elisa hat seit ein Uhr Theater gemacht. Die Zähne, meint Azra, oder ein grippaler Infekt, oder beides. Wie auch immer«, Luke rieb sich die Augen, »Schlaf gab es keinen. Und heute Morgen musste ich die Betreuung unserer Kleinen organisieren. Meine Mutter war wenig begeistert, so kurzfristig einspringen zu müssen. Aber was hilft's. Azra hat Dienst, und ich auch. Danke.« Das letzte Wort galt Faltermeyer, der ihm ungefragt eine Tasse Kaffee und einen Teller mit einem goldbraunen Croissant auf den Schreibtisch stellte.

Einen Moment lang war es still im Zimmer. Jeder der drei Kommissare genoss den ersten Bürokaffee des Tages.

Das Telefon schrillte. Bär nahm ab. »KK 11, Kriminaloberkommissar Bär … Aha. … Drei Nachbarn haben das ausgesagt? … Danke, Kollegin, gute Arbeit.«

»Neues zu Schirmer?«, fragte Rumphorst hoffnungsvoll.

»Das waren die Kolleginnen aus Münster. Die haben die Nachbarn des Professors zu Montagmorgen befragt.«

»Na und? Ist dabei was Gutes rausgekommen?«

»Schon, fragt sich nur, gut für wen. Schirmers Auto hat den ganzen Montagmorgen in seiner Einfahrt gestanden, sagen drei Zeugen unabhängig voneinander aus. Damit scheidet der Professor dann wohl aus dem Kreis der Verdächtigen aus«, stellte Bär mit müder Stimme fest.

»Teufel noch eins, wer bitte ist denn noch drin in diesem Kreis?«, seufzte Rumphorst. »Langsam gehen uns die Verdächtigen aus.«

Für einen Moment herrschte betretenes Schweigen.

»Wie machen wir jetzt weiter?«, fragte Faltermeyer vorsichtig.

Bär zuckte die Achseln. »Von vorne beginnen«, schlug er vor.

»Irgendwo muss es ein Indiz geben, das wir bisher übersehen haben.« Rumphorst nahm einen letzten Schluck aus seiner Kaffeetasse.

»Vielleicht, weil es so unscheinbar ist«, ergänzte Faltermeyer und dachte an den Papierschnipsel in der Hand des Mordopfers.

Der Hauptkommissar stand auf. »Wir sollten die Eltern und WG-Genossinnen von Frau Voegt nochmals zum weiteren Bekanntenkreis der Toten befragen. Möglicherweise befindet sich jemand darunter, der uns brauchbare Hinweise in Richtung Motiv und Täter geben kann.«

»Apropos geben: Hat Azra das Portemonnaie, das wir gefunden haben, inzwischen im Fundbüro abgegeben?«

»Hat sie. Ich glaube allerdings nicht, dass sein Besitzer sich in nächster Zeit dort melden wird. Der hat aktuell Wichtigeres zu tun.«

Bär rollte die Augen.

»Wen meint ihr?« Ratlos schaute Faltermeyer in die Runde.

»Ach, ja, haben wir dir noch gar nicht erzählt: Nach der Befragung der Eltern von Frau Voegt sind wir am Kanal in Altenrheine über eine Geldbörse gestolpert, die offensichtlich einem gewissen, ähm, Munkelfeld, Mirko gehört. Zumindest steckte seine abgelaufene Girocard im Kartenfach.«

»Mirko Munkelfeld?«

»Genau. Ein Name, den man so schnell nicht vergisst.« Rumphorst lachte leise. »Das Portemonnaie enthielt eigentlich nichts von Bedeutung, aber vielleicht möchte sein Besitzer es ja dennoch gerne zurückhaben. Azra hat es jedenfalls gestern auf ihrem Dienstgang im Fundbüro abgeliefert.«

»Mirko Munkelfeld? Der war doch heute … Augenblick mal.« Faltermeyer tippte etwas in die Suchmaske seines PCs ein. »Hier. In der *RAZ* war heute Morgen ein Artikel zum neuen Vorsitzenden der *PDD*-Ortsgruppe Nordmünsterland. Und hier: In der *MV online* ebenfalls. Mann, schaut euch mal das Foto an. Was für ein Macho!«

Neugierig traten Luke und Jakob an den Schreibtisch und schauten ihrem Kollegen über die Schulter. Auf dem Foto, das Faltermeyer groß gezoomt hatte, war Mirko Munkelfeld alleine abgelichtet. Ein provokantes Grinsen im Gesicht, stand er breitbeinig auf dem Parkplatz hinter dem alten Rathaus. Seine linke Hand hatte er lässig auf das Dach eines schwarzen Mini Coopers gelegt, die rechte, zur Faust geballt, in die Seite gestemmt. Mit den gegelten Haaren im Wet-Look sah er aus wie ein aus der Zeit gefallener James-Dean-Verschnitt.

»Ein merkwürdiger Typ. Passt aber irgendwie zu dieser unsäglichen Partei.«

Schweigen im KK 11. Jeder der drei Kommissare hing seinen eigenen Gedanken nach. Keiner dieser Gedanken war besonders erfreulich, insbesondere was die politische Zukunft des Landes anbelangte.

Rumphorst straffte seinen Rücken. »Ich werde dann mal mit Staatsanwalt Wahlbrinck telefonieren und ihn über die neuesten Entwicklungen im Fall Schirmer unterrichten. Auch wenn mir der Professor menschlich nicht sonderlich sympathisch ist, soll er nicht länger grundlos in der U-Haft schmoren.« Der Kommissar streckte die Hand zum Telefon aus. Im gleichen Moment begann der schwarze Apparat wie auf ein Kommando hin zu läuten. Im Display leuchtete eine Rumphorst bekannt vorkommende Festnetznummer auf.

IM AMTSGERICHT RHEINE

Der Mann im blauen Wollpulli atmete tief ein. Ein feiner Schweißfilm auf seiner Stirn signalisierte mehr als alles andere seine Nervosität. Dabei waren die Reihen im Sitzungssaal 9 des Amtsgerichts in Rheine nur äußerst dünn besetzt. Die wenigen Anwesenden, darunter eine Vertreterin der *MV* sowie Rudi Blasche von der *RAZ*, verloren sich im geräumigen Panoramasaal, durch dessen große Fenster das trübe Grau des Novembermorgens zu erahnen war. Der Vertreter der Staatsanwaltschaft zur Linken ebenso wie der Angeklagte und seine Verteidigerin zur Rechten blickten stumm auf den Richtertisch. Was die Nervosität des Mannes im Wollpulli nicht eben dämpfte.

Marie van Denggelen konnte sich seine Gefühle lebhaft vorstellen, dieses Kribbeln, wenn man zum ersten Mal als Schöffe, als ehrenamtlicher Richter am Richtertisch saß. Über eine juristische Ausbildung, die einem Sicherheit hätte geben können, verfügte man nicht. Zudem erhielt man im Vorfeld der Verhandlung nur wenige dürre Informationen zum abzuhandelnden Fall. Es blieben einem damit als Basis für sein Urteil allein der gesunde Menschenverstand und die erworbene Lebenserfahrung.

»Herr Oscar Bauer wird heute zum ersten Mal sein Amt als Schöffe wahrnehmen.« Die Richterin in ihrer schwarzen Robe räusperte sich. »Ich werde Herrn Bauer nun vereidigen. Bitte erheben Sie sich zur Eidesleistung.«

Die Anwesenden im Gerichtssaal erhoben sich.

Mit fester Stimme und erhobener rechter Hand sprach Bauer die Eidesformel, die auf einem laminierten DIN-A5-Blatt vor ihm lag: »Ich schwöre, das Richteramt getreu dem Grundgesetz für die Bundesrepublik Deutschland, getreu der Verfassung für das Land

Nordrhein-Westfalen und getreu dem Gesetz auszuüben, nach bestem Wissen und Gewissen ohne Ansehen der Person zu urteilen und nur der Wahrheit und Gerechtigkeit zu dienen, so wahr mir Gott helfe.«

»Nehmen Sie bitte wieder Platz.«

Die Verhandlung begann. Mit leiser, monotoner Stimme verlas der Vertreter der Staatsanwaltschaft die Anklage. Marie van Denggelen lehnte sich zurück. Bei einem raschen Seitenblick erkannte sie die Erleichterung in Bauers Gesicht. Die ersten Schritte in das Neuland der Schöffentätigkeit waren gegangen und er war sicher froh, sie überstanden zu haben. Dann konzentrierte sich van Denggelen auf die Darlegungen des Staatsanwalts.

Angeklagt war Roderick Verillo, der in stoischer Ruhe neben seiner Verteidigerin saß. Südländischer Teint, dunkle Augen, dichtes Haar und gepflegter Schnurrbart – ein auf den ersten Blick äußerst attraktiver Mann, wie van Denggelen einräumen musste. Ganz im Gegensatz zum Geschädigten. Hubert Schmidtbäcker, Besitzer dreier Pizzerien in Rheine, Emsdetten und Greven, trug ein schlecht sitzendes Sakko, das über einem üppigen Wohlstandsbauch spannte. Sein Gesicht war bleich und wirkte aufgedunsen. Man sah ihm an, wie sehr ihn der Prozess mitnahm.

Nachdenklich beobachtete van Denggelen den Angeklagten. Als der Staatsanwalt die lange Reihe von Paragraphen aus dem Strafgesetzbuch herunterleierte, auf die sich die Anklage stützte, verzog dieser keine Miene. Er wirkte abwesend, so als ginge ihn der Prozess persönlich gar nichts an. Dabei waren die Vorwürfe der Staatsanwaltschaft schwerwiegend: Dem Opfer gegenüber war Verillo als »Pate aus Hamburg« aufgetreten. Unter Androhung von Gewalt hatte er von Schmidtbäcker 350.000 Euro für angeblich an dessen Pizzerien gelieferte Inneneinrichtung und Küchengeräte gefordert. Warenrechnungen legte er nicht vor. Stattdessen demolierte er, gewissermaßen als Kostprobe für das, was passieren würde, sollte Schmidtbäcker nicht zahlen, das Auto der Tochter des Geschädigten mit einem Baseballschläger. Der Wagen war danach nicht mehr fahrtüchtig. Zudem hatte Verillo, so die Aussage Schmidtbäckers, behauptet, die Pizzerien des Opfers bereits seit einem halben Jahr mit Unterstützung einer kriminellen Rockergruppe ausgespäht zu haben. So wären ihm auch alle Zugangscodes der Hintereingänge und der Warenlager bekannt. Er könne seine Drohung also jederzeit in die Tat umsetzen und die Pizzerien »locker mal abfackeln«, sollte sich Schmidtbäcker weigern zu zahlen.

Für van Denggelen klang das Ganze wie eine Räuberpistole aus einem schlechten Mafia-Film der Fünfzigerjahre. Wie hatte der Angeklagte nur glauben können, damit durchzukommen?

Eben der leugnete die ganze Geschichte. Mit dürren Worten beteuerte Verillo, sich niemals als »Pate aus Hamburg« vorgestellt zu haben. »Und was soll ich? Von dir 350.000 Euro gefordert haben? Aber das habe ich auf gar keinen Fall! Mamma mia, warum denkst du dir so etwas aus?« Das Gesicht Verillos zeigte ehrliche Entrüstung. »Gewalt lehne ich doch von Herzen ab. Niemals würde ich sie jemandem androhen oder antun.« Eine entschiedene Handbewegung in Richtung Anklage. »Ich gebe zu, mein Deutsch ist nicht perfekt, daher habe ich mich vielleicht nicht immer klar genug ausgedrückt. Dennoch musst du, Herr Schmidtbäcker, da etwas völlig falsch verstanden haben.« Mit einem selbstgefälligen Lächeln setzte sich der Angeklagte.

Seine Verteidigerin schob nach, ihr Mandant sei solide und integer, wenn auch infolge seines Kokainkonsums zeitweilig in Kreise geraten, die seine persönliche Entwicklung negativ beeinflusst hätten. Das Gericht möge dieses bitte berücksichtigen.

Marie van Denggelens Notizzettel füllte sich zusehends. Sie hatte es sich zur Gewohnheit gemacht, auch die Körperhaltung und Mimik der Prozessbeteiligten bei deren Aussagen zu beobachten und stichpunktartig zu notieren. Oftmals hatte sich dies später als äußerst hilfreich für die Urteilsfindung erwiesen.

Es folgte die Befragung des Opfers. Dabei erzählte ein fahrig wirkender Schmidtbäcker von der Angst, die er bei jedem Kontakt mit dem angeblichen »Paten« verspürt habe. Zur Veranschaulichung der Brutalität Verillos präsentierte er der Richterin Fotos des übel zugerichteten Autos seiner Tochter. Eindellungen im Blech, zerborstene Scheiben, demolierte Scheinwerfer: Die Spuren der mit massiver Wucht ausgeführten Hiebe mit dem Baseballschläger waren auf den großformatigen Farbaufnahmen, die die Richterin an die beiden Schöffen weiterreichte, gut zu erkennen.

Aufmerksam musterte van Denggelen die Bilder. Farben und Schärfe waren brillant. Mit einem Mal durchfuhr es sie wie ein Stromstoß. Auf dem zweiten Bild sprang ihr ein Detail ins Auge. Das Detail, nach dem sie in den vergangenen Tagen wieder und wieder so verzweifelt wie vergeblich in ihren Erinnerungen gesucht hatte. Was für ein kurioser Zufall, es ausgerechnet hier zu entdecken. Ihr Atem beschleunigte sich. Sie musste dringend telefonieren!

DURCHBRUCH

L uke Rumphorst wollte eben zum Telefon greifen, als dieses schrill zu läuten begann. Im Display leuchtete eine ihm bekannt vorkommende Festnetznummer auf.

Die 059714005, das ist doch …, eine heiße Welle überflutete seinen Körper, *… eine Durchwahlnummer des Amtsgerichts in Rheine.* In seinem Kopf überschlugen sich die Gedanken. Hatte er vergessen, eine Prozessakte an die Staatsanwaltschaft weiterzuleiten? Oder einen Verhandlungstermin verschwitzt, bei dem er als Zeuge geladen war? Nach einer solchen Nacht war alles möglich.

Mit einer energischen Bewegung nahm er den Hörer ab. »Kommissariat II, Kriminalhauptkommissar Rumphorst …«

Die Person am anderen Ende der Leitung klang atemlos.

»Ah, Frau van Denggelen. Sie möchten sicherlich Edgar sprechen. Ich kann … Nein? … Sie haben was? … Bitte nochmals langsam und zum Mitschreiben.«

Als Rumphorst einige Minuten später auflegte, klopfte er mit dem Stift, mit dem er die Aussage der Anruferin notiert hatte, auf den vor ihm liegenden Schreibblock. Nachdenklich wiegte er den Kopf. Als er aufschaute, sahen ihn seine beiden Kollegen erwartungsvoll an. »Die Anruferin war Marie van Denggelen.«

»Haben wir schon mitbekommen«, knurrte Bär. »Was wollte sie?«

»Sie ist gerade als Schöffin in einer Verhandlung im Amtsgericht in Rheine im Einsatz.«

»Schon klar. Der Termin steht seit zwei Wochen.« Edgar Faltermeyers Augen wurden rund. »Wenn sie aus dem Amtsgericht anruft, dann stimmt etwas nicht. Gab es einen Vorfall? Ist ihr etwas passiert? Nun sag schon!«, drängte er angstvoll.

»Wenn ihr mich bitte mal ausreden lassen würdet! Also: In der Verhandlung, an der sie als Schöffin teilnimmt, wurden Fotos eines demolierten Autos gezeigt. Genauer eines Mini Cooper mit auffälligen Rücklichtern. Jedes Rücklicht bestand aus der Hälfte einer britischen Flagge. Und jetzt kommt's: Sie ist sich sicher, dass die Rücklichter des dunklen Wagens, in dem unser Täter vom Salinenpark das Weite gesucht hat, genau solch ein charakteristisches Union-Jack-Design hatten.«

Die beiden Kommissare schwiegen verblüfft.

»Und das ist ihr jetzt plötzlich wieder eingefallen?«, sagte Bär schließlich.

»Sie hatte die ganze Zeit das Gefühl, dass irgendetwas an dem Wagen auf dem Salinenparkplatz ungewöhnlich war. Sie kam nur einfach nicht drauf, was. Noch gestern Abend hatte sie sich den Kopf zermartert, doch es wollte und wollte ihr nicht einfallen«, erklärte Faltermeyer hastig. »Eine klassische Erinnerungsblockade. Bei der wirkt ein winziger Anstoß dann oft Wunder, und plötzlich ist die Erinnerung wieder da.«

»Das bedeutet also, wir müssen nach einem dunklen Mini Cooper suchen, der solch auffällige Rücklichter besitzt.« Bär wies auf den Bildschirm seines PCs, auf dem ein roter Union Jack in den Hecklichtern eines Autos leuchtete.

»Wovon es hoffentlich im Kreis Steinfurt nicht zu viele gibt.« Rumphorst rieb sich die Nase.

»Davon dürfte es tatsächlich nicht besonders viele geben, auch weil diese Rücklichter nur bei ganz bestimmten Mini-Cooper-Jahrgängen eingebaut werden können«, ergänzte Bär, der bereits die entsprechende Website des Herstellers aufgerufen hatte. »In jedem Fall scheint mir das eine entscheidende Spur zu sein.«

»Wir sollten unverzüglich die Halter aller dunklen Mini Cooper bei den Zulassungsstellen abfragen und für die Überprüfung der Rücklichter die Schutzpolizei einbinden.«

»Einen verdächtigen Wagen hätte ich schon.« Faltermeyers Grinsen wirkte lausbübisch. »Wenn das Foto im Bericht der *RAZ* hier im Netz stimmt, dann fährt unser frisch gebackener Vorsitzender der *PDD*-Ortsgruppe Nordmünsterland einen Mini Cooper, dessen Rücklichter den Union Jack zeigen.«

»Ja hallo!«

»Falls es denn sein Wagen ist«, bremste Rumphorst die Euphorie seiner Kollegen. »Oft lassen sich Politiker ja mit Karossen ablichten, von denen sie glauben, dass sie imagemäßig zu ihnen passen – egal ob es ihr eigener Wagen, ihr Dienstwagen oder nur ein kurzfristig benutztes Leihfahrzeug ist.«

»Also das abzuklären dürfte ja wohl eine der leichtesten Übungen sein.« Bär griff zum Telefon.

Nach dem Anruf in der Zulassungsstelle war klar: Mirko Munkelfeld besaß tatsächlich einen Mini Cooper S F56, Baujahr 2018, und sein Wagen war in der mit Aufpreis verbundenen LED-Licht-Version mit Union-Jack-Rücklichtern ausgestattet.

»Der Wagen hat 192 PS. Das passt doch perfekt zu Maries Beobachtung, dass das Täterfahrzeug einen rasanten Kickstart hingelegt hat«, kommentierte Faltermeyer erregt.

»Zudem wohnte Munkelfeld laut Telefonbuch in Rheine«, ergänzte Bär.

Verwundert schüttelte Rumphorst den Kopf. »Telefonbuch? Mensch, wer lässt sich denn heutzutage als junger Mensch noch ins Telefonbuch eintragen?«

»Nun ja, zumindest Mirko Munkelfeld«, stellte Bär trocken fest. »Vielleicht hofft er, damit seine Erreichbarkeit bei den älteren Wählerschichten zu optimieren.«

»Wie machen wir jetzt weiter?«

»Einer von uns sollte sich um die Koordinierung der Suche nach dem Mini Cooper mit Union-Jack-Rücklichtern kümmern, auch wenn die Schutzpolizei hier die Hauptarbeit leisten kann.« Rumphorst stand auf. »Kannst du das machen, Edgar?«

»Klaro, kann ich«, sagte Faltermeyer gedehnt. Er schien wenig erfreut, dass ihm wieder einmal der Bürojob zufiel.

Rumphorst trat ans Fenster. Mit Daumen und Zeigefinger massierte er sich die Nasenwurzel. Draußen ging ein Schneeregenschauer nieder. Novemberwetter mit einem Vorgeschmack auf den Winter. Hinter seiner rechten Schläfe pochte es. Kopfschmerzen schienen im Anzug. Oder war es einfach nur die Müdigkeit? Die Väter zahnender Kinder sollten das Recht auf einen ausgedehnten Mittagsschlaf am Arbeitsplatz haben. Die Mütter natürlich ebenso.

»Luke …«

Müde. Er war einfach nur bleiern müde, und das erschwerte das Denken, machte ihn langsam.

»Luke, und was ist mit uns beiden?« Bär war gleichfalls ans Fenster getreten.

Der Hauptkommissar seufzte und wandte sich um. Mit einem Ruck straffte er die Schultern. »Wir beide besuchen nochmals die Eltern von Frau Voegt und befragen sie zum erweiterten Bekanntenkreis unseres Opfers. Als junge Frau steigt man an einem nebligen Morgen schließlich nicht in das Auto eines Wildfremden. Ergo hat Frau Voegt ihren Mörder gekannt. Und wenn es keiner ihrer engen Freunde war, zu dem sie in den Wagen gestiegen ist, dann mit großer Sicherheit ein Bekannter, dem gegenüber sie keinen Argwohn hegte. Diesen Bekannten, der zudem noch einen Mini mit Union-Jack-Rücklichtern fährt, den müssen wir finden. Und hierfür sind ihre Eltern die beste Auskunftsstelle.«

»Na gut, dann los.« Bär klang enttäuscht.

»Und auf dem Weg nach Altenrheine besuchen wir den frisch gebackenen Vorsitzenden der *PDD*-Ortsgruppe Nordmünsterland und klären sein Alibi für den Montagmorgen ab.«

»Topp! Das wollte ich hören.« Bär strahlte über das ganze Gesicht.

»Seine Heimadresse haben wir ja aus dem Telefonbuch.«

»Und falls wir ihn dort nicht antreffen, bleibt immer noch dieses

Antiquitätengeschäft in der Münsterstraße, dessen Karte in seinem Portemonnaie steckte und in dem er wahrscheinlich arbeitet. Oder zumindest bekannt sein dürfte.«

»Hey, Moment mal. In Munkelfelds Portemonnaie steckte doch auch dieser Zettel, auf dem eine Telefonnummer notiert war. Eine auffällig kurze Telefonnummer.«

Rumphorst blätterte in seinem Notizbuch. »Richtig, die 0174–909131. Und das ist die Nummer …«

»… des Escort-Service, in dem unsere Tote tätig war! Munkelfeld hatte also aller Wahrscheinlichkeit nach Kontakt zu den ›Schmetterlingen‹ und damit auch zu Emma Voegt«, ergänzte Bär.

»Ein weiterer Grund, dem Herrn umgehend einen Besuch abzustatten. Vorher besorgen wir uns aber noch eine Pizza auf die Hand.«

Luke Rumphorst gähnte. »Wenn ich schon keinen Mittagsschlaf bekommen kann, dann wenigstens ein Mittagessen.«

»Ach«, Bär zog die Brauen hoch, »und ich dachte immer, hungrig jagt der Löwe am besten.« Sein dröhnendes Lachen klang noch nach, als er dem kopfschüttelnden Kollegen längst durch die Bürotür gefolgt war.

EIN SCHMERZLICHER ABSCHIED

Der Blick aus dem Fenster seines Arbeitszimmers bot eine düstere Aussicht. Die kahlen Äste der Bäume reckten sich wie die knochigen Finger versteinerter Skelette ins novemberliche Grau des späten Mittwochmorgens. Die Beete lagen ausgeräumt, still und kahl. Die schwarze Erde glänzte feucht. Erst vor Kurzem war ein heftiger Schauer niedergegangen. In den Vertiefungen zwischen den Erdschollen standen bräunliche Pfützen.

Der trostlose Anblick passte zur finsteren Stimmung, mit der sich Moritz Mey vor einer halben Stunde an seinen Schreibtisch gesetzt hatte. Grund für seine schlechte Laune war aber weniger das Wetter als vielmehr die Tatsache, dass die Abgabe des fertig redigierten Interviews mit Konstanze Dietzdorf, ihres Zeichens Generalsekretärin der *PDD*, anstand. Bis zum Abend musste die Endfassung auf dem Schreibtisch seines Chefredakteurs liegen. Dabei fragte sich Moritz, wie er das hinbekommen sollte – und ob er es überhaupt noch hinbekommen wollte.

Anna hatte gestern Abend die Sinnhaftigkeit dieses Interviews prinzipiell infrage gestellt. Ihr Credo: Den Rechten darf man in den Medien keine Bühne bieten. Während er am Emsufer entlanggejoggt war, wobei sein Joggen eher einem schleichenden Traben glich, hatte sich Moritz, wenn auch widerwillig, eingestehen müssen, dass die Argumente seiner Frau nicht ganz von der Hand zu weisen waren. Als er nach Hause kam, lag Anna allerdings schon im Bett. Auch eine Möglichkeit, weiteren Diskussionen aus dem Weg zu gehen! Aufstöhnend fuhr sich Moritz mit beiden Händen durch die Haare. Er würde dem Interviewtext in jedem Fall den angedachten Faktencheck beifügen. Wie sein Chefredakteur dazu stand und ob dies Anna zufriedenstellen würde – beides unklar. Moritz stöhnte erneut.

Dabei war die Länge des Interviews schon ohne kommentierende Zusätze ein Problem. Eine halbe bis dreiviertel Seite in der Wochenendausgabe hatte ihm Alois Nickel eingeräumt, Material hatte er hingegen für drei oder vier Seiten. Also hieß es: entscheiden, welche Fragen und Antworten entfallen sollten oder wo eine Antwort Dietzdorfs gekürzt werden konnte, ohne sie zu verfälschen. Wenig erquicklich, knifflig, ja heikel. Denn schließlich musste die Endfassung vor dem Druck auch von der *PDD*-Generalsekretärin autorisiert werden. Moritz schickte ein Stoßgebet an den heiligen Franz von Sales, den Patron der Journalisten und Schriftsteller: *Bitte lass mich das alles bis heute Abend zu einem guten Abschluss bringen.*

Sein Smartphone klingelte. Im Display leuchtete die Nummer des Josefshauses auf.

Nanu, wunderte er sich, *hat Tante Luisa etwa noch eine Nachfrage zum Notartermin?* Er nahm das Gespräch an. »Moritz Mey.«

»Schwester Ursula vom St. Josefshaus in Rheine.« Ihre Stimme war belegt. »Herr Mey, es wäre gut, wenn Sie direkt vorbeikommen würden. Ihrer Tante geht es nicht gut.«

»Nicht gut«, echote Moritz überrascht, »heißt das … ähm, heißt das …«

»Ja, wir glauben, dass Ihre Tante uns traurigerweise heute verlassen wird.«

»Aber … aber gestern Abend war sie doch noch …«

»Der Arzt ist sich relativ sicher, dass in nächster Zeit mit dem Ableben von Luisa Munkelfeld zu rechnen ist.«

Wie gestelzt man doch bei der Übermittlung einer solch harten Botschaft mit einem Mal redet, dachte Moritz. Dabei war gerade Schwester Ursula sonst die Unkompliziertheit in Person.

Laut sagte er: »Ich komme sofort vorbei.«

Ein Schneeregenschauer nässte Moritz das Haar, als er vom Parkplatz kommend auf den überdachten Eingangsbereich des Altenheims zueilte, im Kopf nur den einen Gedanken: *Hoffentlich komme ich nicht zu spät!*

Im Foyer wartete Schwester Ursula auf ihn. »Bitte kommen Sie, rasch!« Mit langen Schritten durchquerte die Ordensfrau die Eingangshalle.

Moritz hatte Mühe, mit ihr Schritt zu halten. »Nach dem Notartermin gestern ging es Luisa noch richtig gut. Wir waren sogar noch auf dem Alten Friedhof, haben uns lange unterhalten, und jetzt ...«

»Ja, ja, der Notartermin.« Sie hatten den Fahrstuhl erreicht und Schwester Ursula drückte ungeduldig die Pfeiltaste neben der Aufzugtür. »Wir sehen das oft bei unseren Bewohnerinnen und Bewohnern: Sie leben auf einen bestimmten Termin hin, freuen sich vielleicht sogar darauf, und ist der Termin, egal ob der neunzigste Geburtstag oder eben die Regelung der Vererbung des eigenen Hauses, vorbei, dann versterben sie. So, als sei mit dem Verstreichen dieses Termins die letzte bedeutsame Sache im Leben erledigt und man könne nun in Ruhe gehen.« Mit einem leisen »Ping« öffnete sich die Aufzugtür.

»Hoffentlich war der gestrige Nachmittag für Luisa nicht zu anstrengend«, grübelte Moritz, während der Lift sie nach oben trug. »Der Besuch auf dem Alten Friedhof ... sie wollte unbedingt dahin. Vielleicht hätte ich darauf bestehen sollen, dass sie sich mehr schont ...«

»Machen Sie sich keine Vorwürfe, Herr Mey. Der Arzt hat bei Ihrer Tante einen Herzinfarkt diagnostiziert.« Der Fahrstuhl hielt an. »Der wird sicherlich nicht durch Ihren Besuch auf dem Friedhof gestern Abend ausgelöst worden sein.«

»Sie wirkte so zufrieden. Wir haben noch über Erlebnisse aus ihrer Jugend gesprochen.«

»Machen Sie sich keine Vorwürfe. Bitte.« Sie hatten Luisas Zimmer erreicht. Schwester Ursula öffnete die Tür und mit einer Handbewegung bat sie Moritz einzutreten.

Das Zimmer war hell und freundlich. Die beiden eichenen Vitrinen, der Ohrensessel mit seinem rot-weißen Karomuster, der kleine Fernseher auf dem Sideboard, auf den Luisa trotz ihrer Augenprobleme bestanden hatte, weil »diese großen schwarzen Monstren ja furchteinflößend sind« – all das war Moritz so vertraut, dass es schmerzte. Dazu ein großes Pflegebett, in dem sich die zarte Gestalt seiner Tante beinahe verlor. Regungslos und mit geschlossenen Augen lag Luisa in den weißen Kissen. Vor dem Bett stand ein kleiner Beistelltisch, auf dem, flankiert von zwei brennenden Kerzen, ein helles Metallkreuz schimmerte. Aus einem im Hintergrund stehenden Lehnstuhl erhob sich der Pfarrer des Josefshauses. Stumm drückte er Moritz die Hand. Sie kannten sich seit Jahren.

Moritz wandte sich seiner Tante zu. Im gleichen Augenblick flatterten deren Lider und sie schlug die Augen auf. Einen Moment lang wirkte sie desorientiert, dann, so als habe sie auf ihn gewartet, hob sie mühsam die rechte Hand und winkte ihn, näherzutreten.

»Tante Luisa«, war alles, was Moritz herausbrachte, als er an das Bett trat.

Ihre Lippen formten Worte, von denen Moritz keines verstand. Er beugte sich über sie. »St ... st ... uhl ... mein ... Junge«, glaubte er zu verstehen.

»Du musst nicht sprechen, Tante Luisa, bitte ruh' dich einfach nur aus.«

Erschöpft sank ihre Hand zurück auf die Bettdecke. Ihr Atem ging rau und rasselnd. Sie schloss die Augen.

»Setzen Sie sich doch«, hörte Moritz die Stimme des Pfarrers hinter sich.

»Danke«, murmelte er und ließ sich auf den Stuhl fallen, den der Pfarrer ihm direkt vor das Bett geschoben hatte. Er nahm die Hand seiner Tante, spürte einen Hauch Wärme und drückte sie sanft. Im Zimmer wurde es still. Moritz schloss die Augen und sprach stumm ein Gebet. Nicht um Heilung für seine Tante bat er, sondern darum, dass Luisa der Übergang in die Ewigkeit leicht werden möge. Die Zeit tropfte in zäher Langsamkeit dahin.

Schwester Ursula, die den Raum zuvor kurz verlassen hatte, berührte Moritz sanft an der Schulter. Er öffnete die Augen und blickte zum Bett. Seine Tante hatte aufgehört zu atmen.

HÜNENBORG

An den Fingern seiner linken Hand klebten die Reste einer Spinatpizza mit dreierlei Käse. Im Mund spürte er den leckeren Nachgeschmack. Luke fühlte sich satt und schläfrig. Gut, dass Jakob das Steuer übernommen hatte. So bekam er die Chance, kurz die Augen zu schließen.

»Hünenborgstraße 82 ist doch richtig, oder?« Jakobs Frage riss ihn aus einem wirren Traum. Er musste kurz eingenickt sein.

»Laut Telefonbuch, ja«, knurrte er und rieb sich die Augen.

»Dann sind wir gleich da.«

Sie passierten die JET-Tankstelle an der Neuenkirchener Straße und bogen wenig später in die Hünenborgstraße ein. Frisch gepflügte Felder zur Linken. Hier wohnte man in direkter Nähe zur Ackerscholle. Vor der Kita *Thieberg* stauten sich die Fahrzeuge. Es war Abholzeit. Beim Haus Nummer 82 handelte es sich um einen hell verputzten Bungalow mit Walmdach. Jakob parkte den Wagen direkt vor dem leeren Carport. Die Kommissare stiegen aus und staksten zur Haustür. Ein Namensschild gab es nicht. Jakob drückte den bronzefarbenen Klingelknopf. Der böige Wind zerrte an ihren Jacken. Im Haus rührte sich nichts.

»Noch einmal«, forderte Luke, und Jakob klingelte erneut.

»Da werden Sie niemanden antreffen«, tönte eine brüchige Stimme hinter ihnen.

In der Einfahrt stand ein grauhaariger Mann, in der rechten Hand einen Spazierstock, in der linken eine Lederleine, an deren Ende ein schwanzwedelnder Rauhaardackel die beiden Kripobeamten kritisch beäugte.

»Hier wohnt Mirko Munkelfeld, richtig?«, vergewisserte sich Rumphorst.

»Möglicherweise. Aber was geht das denn Sie an? Wer sind Sie überhaupt?«

»Kriminalhauptkommissar Luke Rumphorst vom KK 11 in Greven, und das ist mein Kollege Kriminaloberkommissar Bär«, spulte Rumphorst seinen üblichen Begrüßungsspruch ab und streckte dem Mann seinen Dienstausweis entgegen.

»Was hat der Munkelfeld denn ausgefressen?«, fragte der Dackelbesitzer, während er den Dienstausweis studierte.

»Es handelt sich lediglich um eine Routinebefragung. Kennen Sie den Besitzer des Hauses näher?«

»Der Besitzer wohnt in Münster. Herr Munkelfeld und seine Freundin haben das Haus lediglich gemietet. Und näher kennen tu ich die beiden eigentlich nicht, obwohl ich nur fünf Häuser weiter wohne. Die sind eher für sich, wenn Sie wissen, was ich meine«, gab der Grauhaarige Auskunft und setzte murmelnd etwas hinzu, das wie »Junges Gemüse eben« klang.

»Wissen Sie vielleicht, wo Herr Munkelfeld oder seine Freundin sich gerade aufhalten?«

»Drüben«, sagte der Mann und zeigte mit dem Spazierstock hinter sich.

»Drüben?«

»Na drüben, an der Hünenborg. Heute Morgen war hier ganz schön was los. Da kam so eine Art Fernsehteam angefahren, mit Mikrofonen, Kameras und allem Pipapo. Die haben erst in der Einfahrt gedreht und dann im Haus. Und als ich gerade mit Bruno, das ist mein Dackel hier, aus dem Haus bin, sind sie abgerückt. Zur Hünenborg, wie ich bei meinem Spaziergang gesehen habe.« Dackel Bruno bekräftigte die Ausführungen seines Herrchens durch ein heiseres Bellen.

»Zur Hünenborg? Das ist doch dieses monströse Steindenkmal, das ich bei unserer Anfahrt gesehen habe …«

»Monströses Steindenkmal?! Die Hünenborg ist nicht irgendein Steindenkmal, junger Mann!« Die Stimme des Grauhaarigen zitterte vor Empörung. »Sie ist ein Denkmal für unsere im Ersten Weltkrieg gefallenen Soldaten. Also etwas mehr Respekt, bitte!« Der letzte Satz klang trotz des »bitte« wie ein Befehl.

Bär wollte zur Widerrede ansetzen, doch Rumphorst gab ihm ein Handzeichen, sich zurückzunehmen. »Können Sie uns sagen, wie man von hier zur Hünenborg gelangt?«, fragte der Hauptkommissar betont freundlich.

Ein kritischer Blick des Mannes traf das Schuhwerk der Kripobeamten. »Haben Sie Angst vor nassen Füßen?«

»Ähm, nein. Wieso?«

»Also dann gehen Sie die Hünenborgstraße nach rechts bis zur Kreuzung mit der Gronauer, und da biegen Sie nach links ab. Und dann geht es über einen Feldweg und eine Wiese direkt zum Kriegerehrenmal. Dieser Weg ist der kürzeste. Er dürfte aber nach dem Schneeregen ganz schön matschig und nass sein.«

»Danke für Ihre Fürsorge, wir werden den Weg trotzdem mal ausprobieren.«

Wenig später stapften Rumphorst und Bär über einen lehmigen Wirtschaftsweg und die angrenzende Grasfläche der Hünenborg zu. Das aus grob behauenen Sandsteinblöcken auf einem Ausläufer des Thiebergs errichtete Denkmal erschien umso imposanter, je näher sie ihm kamen. Auf zwölf rauen Sandsteinstützen lag in einer Höhe von rund acht Metern ein zwölfeckiger Steinkranz auf, in dessen Innen- und Außenflächen in runenartiger Schrift die Namen verschiedener Regionen eingemeißelt waren. Marne, Verdun, Somme, Tannenberg – Rumphorst vermutete, dass es sich hier um die Schlachtfelder des Ersten Weltkrieges handelte. Als sie das Denkmal erreichten, erkannte der Kommissar, dass auch auf den Innenflächen der Stützsteine lange Namenslisten eingeschlagen waren. Wahrscheinlich die Namen der im Ersten Weltkrieg gefallenen Rheinenser. In der Mitte zwischen den Steinsäulen erhob sich eine Art Altar.

»Sieht fast aus wie Stonehenge«, bemerkte Bär leise.

Mit langen Schritten überquerten sie den letzten Teil des grasbewachsenen Geländes. Ihre Schuhe waren inzwischen lehmig und nass. Durch die Lücken im Säulenkranz erspähten sie auf der gegenüberliegenden Seite des Denkmals eine Menschengruppe. Sie umrundeten den Säulenkreis und blieben stehen. Auf der Vorderseite der Hünenborg wurde offenbar eine Filmsequenz gedreht. Ein bärtiger Mann in hellblauer Fleecejacke balancierte eine professionelle Filmkamera auf der Schulter, neben sich eine Assistentin, die ein Galgenmikrofon in den verfrorenen Händen hielt. Mit energischen Gesten dirigierte eine matronenhafte Frau mit raspelkurzen Haaren zwei Beleuchter, die, Scheinwerfer unter dem Arm, nicht so genau zu wissen schienen, was eigentlich ihre Aufgabe war.

»Beeilung, Beeilung, wir müssen die Regenpause nutzen. Los Mirko, nicht rumtrödeln. Lass noch mal eine Textprobe hören.«

Mirko Munkelfeld stand vor den schmalen Stufen, die ins Innere des Säulenkreises führten. Mit seiner schwarzen Lederjacke, der Jeans und dem hellen Wollschal erinnerte er Rumphorst an die Rockstars der Sechzigerjahre.

»Die Hünenborg in meiner Heimat Rheine mahnt an das Blut, das unsere Vorfahren für Deutschland vergossen haben«, deklamierte Munkelfeld ins Mikrofon. »Mein Urgroßvater hat im ersten dem Deutschen Reich aufgezwungenen großen Krieg für sein Heimatland gekämpft. Mein Großvater dann im zweiten. Er war mir stets ein leuchtendes Vorbild: loyal seinem Heimatland gegenüber, tapfer, ein Held. Für seinen Mut und seine Tapferkeit wurde er mit dem Ritterkreuz des Eisernen Kreuzes ausgezeichnet. Er war, wie alle Männer, deren Namen in diesem Rund für ewig festgehalten sind, ein deutscher Patriot. Auf ihrem Heldentum wurde das neue Deutschland aufgebaut, das …«

»Stopp, stopp!« Die Stimme der matronenhaften Frau, offenbar die Regisseurin des Drehs, besaß ein erstaunliches Volumen. Munkelfeld zuckte zusammen. »Verdammt, Mirko, das ist doch nicht der abgesprochene Text! Ich will weniger Pathetik, mehr Seriosität! Wir drehen hier schließlich einen ernsthaften Wahlwerbespot und keine schwülstige Hommage an die Soldaten der Wehrmacht. Also halte dich an das Skript, Mann! Schau noch mal rein! An alle: kurze Pause. In fünf Minuten dritter Anlauf, und der muss sitzen, bevor der nächste Schauer kommt. Und was machen diese beiden Pappkameraden hier?« Mit ausgestrecktem Zeigefinger wies sie auf Rumphorst und Bär. »Ich sagte doch: keine Zuschauer. Und keine Zuschauer heißt keine Zuschauer! Ja Herrschaftszeiten, was ist denn an dieser Ansage so schwer zu verstehen. Wo sind Hasso und Herbert? Träumen die? Hey, hey!«

Ihr Ruf galt zwei bulligen Männern in dunklen Steppjacken, die am Anfang der beiden Fußwege postiert waren, die von der Neuenkirchener Straße und der Berbomstiege aus zur Hünenborg führten. Augenscheinlich sollten sie unerwünschte Beobachter vom Drehort fernhalten. Die Rückseite des Denkmals schien dabei niemand im Blick gehabt zu haben.

»Hey, hey!« Erneut gellte der schrille Ruf der Regisseurin über das feuchte Gras. Die beiden Wachposten reagierten nicht. Entweder hatten sie den Ruf nicht gehört oder sie hielten ihn für einen der während des Drehs üblichen Gefühlsausbrüche der Regisseurin.

»Himmel, alles muss man alleine machen! ... Also: Was treibt ihr zwei Flachpfeifen hier? Macht euch vom Acker, aber presto!«, wandte sich die Frau Rumphorst und Bär zu. »Das hier ist eine geschlossene Veranstaltung. Kiebitze sind unerwünscht. Autogramme von Mirko Munkelfeld gibt's später und den fertigen Film könnt ihr dann als Wahlwerbespot der *PDD* sehen. Also, ihr zwei, Abmarsch!«

Rumphorst trat einen Schritt vor. »Kriminalhauptkommissar Luke Rumphorst von der Kripo in Greven, und das ist mein Kollege Bär. Und ich befürchte, so einfach wird das mit dem Abflug nicht werden. Wir müssen nämlich einen Ihrer Schauspieler sprechen.«

Beim Wort Schauspieler zuckte die Matrone sichtlich zusammen. »Wir drehen hier keine Soap, sondern einen seriösen Werbefilm zur nächsten Bundestagswahl.« Versöhnlicher fragte sie: »Wen wollen Sie denn sprechen?«

»Den Herrn Mirko Munkelfeld.«

»Aha, Herrn Munkelfeld. Na dann, bitte.«

Munkelfeld hatte die beiden Kripobeamten längst erkannt. In Münster waren sie ihm schon mehrfach über den Weg gelaufen, auch wenn die beiden ihn dabei hoffentlich nicht bemerkt hatten. Unwillkürlich wich er einige Schritte zurück, bis er im Rücken einen der rauen Steinpfeiler des Kriegerehrenmales spürte. Er begann zu ahnen, dass das Gespräch mit den beiden Kommissaren nicht unbedingt angenehm verlaufen würde. Sein Gesicht verzerrte sich zu einer Grimasse.

»Herr Munkelfeld, wir hätten einige Fragen an Sie.« Rumphorst und Bär stiegen die Stufen zum Säulenkranz empor. »Diese betreffen zum einen den Wagen, den Sie fahren. Ein schwarzer Mini Cooper, Baujahr 2018. Korrekt?«

»Das ist korrekt«, krächzte Munkelfeld und räusperte sich.

»Könnten wir uns den einmal ansehen?«

»Gern, ich habe«, Munkelfeld griff in die Brusttasche seiner Steppjacke, »sogar zufällig ein Foto meines Wagens dabei.« Er präsentierte das Foto, das Rumphorst und Bär bereits aus dem Online-Artikel der *RAZ* kannten.

»Schön, wir würden den Wagen aber gerne im Original sehen. Genauer gesagt, würden die Damen und Herren der Spurensicherung das Innere des Wagens gern einmal näher unter die Lupe nehmen.«

Munkelfeld schien erstaunt. »Kein Problem. Der Wagen steht unten an der Berbomstiege.« Er wies mit der Hand nach rechts. »Sind meine Klamotten drin, zum Umziehen vor und nach dem Dreh.«

»Gut«, knurrte Rumphorst, »und dann hätten wir gerne noch eine Frage beantwortet: Wo waren Sie am vergangenen Montag, sagen wir mal zwischen sieben und neun Uhr?«

»Am Montagmorgen? Hm, kann ich auf Anhieb nicht sagen. Da müsste ich mal in meinem Terminkalender nachschauen.«

»Tun Sie das.« Rumphorst verschränkte die Hände hinter dem Körper.

»Wie, jetzt? Wir sind mitten im Dreh. Der muss vor dem nächsten Schauer abgeschlossen sein.«

Rumphorst und Bär blieben demonstrativ stumm.

»Na gut. Regina, ich muss mal kurz pausieren. Die beiden Herren hier bestehen darauf, dass ich einen Termin nachschaue.«

Die matronenhafte Regisseurin rauschte heran. »Kommt gar nicht infrage! Laut meiner Wetter-App ist der nächste Regen bereits im Anmarsch. Wir haben also nur noch einen Take. Danach können Sie Herrn Munkelfeld meinethalben bis ultimo befragen. Aber jetzt lassen Sie uns bitte in Ruhe arbeiten.« Die Hände in die Seiten gestemmt starrte sie Rumphorst herausfordernd an.

Der seufzte, nickte aber dann ergeben.

Eine gute Viertelstunde später war Munkelfelds Auftritt vor dem Panorama der Hünenborg abgedreht. Der Text, den er mit, wie es Rumphorst schien, wenig Enthusiasmus vortrug, brachte die unsägliche Deutschtümelei der *PDD* auf den Punkt. Große Überzeugungskraft räumte der Kommissar ihm allerdings nicht ein. Aber vielleicht mussten *PDD*-Wähler auch gar nicht überzeugt werden, weil sie von ihren kruden Ansichten bereits überzeugt waren.

»Dann hätten Sie jetzt Zeit für uns.« Eine Feststellung, keine Frage. »Also nochmals: Wo waren Sie am Montagmorgen zwischen sieben und neun Uhr?«

»Sie wollen allen Ernstes ein Alibi von mir?«

»Ach, Sie reden von Alibi. Ihnen ist also schon klar, dass am Montagmorgen ein Verbrechen passiert ist.«

»Nein … doch … natürlich. Sonst wäre die Kripo ja wohl kaum hier und würde mir dumme Fragen stellen.«

»Sie haben also schon von der Ermordung einer jungen Frau im Salinenpark am frühen Montagmorgen gehört?«

Munkelfeld schwieg einen Augenblick. Seine Augen huschten nach rechts und links. »Habe ich«, presste er schließlich hervor. »Die Tote ist meine … ähm, Nichte. Aber warum befragen Sie mich dazu? Ich hatte mit Emma doch nie viel zu tun.«

»Reine Routine. Wir befragen alle Personen aus der näheren Bekanntschaft der Toten – sofern sie einen schnellen kleinen Wagen fahren. Ihr Mini ist doch schnell?«

»Aber sicher, Höchstgeschwindigkeit 235 km/h, von null auf hundert in 6,7 Sekunden«, antwortete Munkelfeld ohne nachzudenken, ganz der stolze Mini-Besitzer.

Inzwischen hatte leichter Nieselregen eingesetzt. Es wurde Zeit, vom Vorsitzenden der *PDD*-Ortsgruppe eine Antwort zu bekommen. »Wo waren Sie denn nun am Montag zwischen sieben und neun? Und jetzt sagen Sie nicht, im Bett!«

»Aber … ja … wo soll ich denn sonst gewesen sein? … Aber ich schaue, wie gesagt, gerne in meinem Terminkalender nach. Entschuldigen Sie mich, ich hole mir nur schnell einen Schirm.« Munkelfeld ging auf die Regisseurin zu, die sich gemeinsam mit ihrem Team beeilte, die empfindlichen Gerätschaften vor dem Regen zu schützen. Doch dann bog er plötzlich nach rechts ab, setzte sich in Trab und sprintete im Eilschritt den Schotterweg entlang, der zur Berbomstiege führte.

Bär reagierte als Erster. »Der Kerl macht sich aus dem Staub!« In großen Sätzen hastete er dem Fliehenden hinterher. Rumphorst folgte ihm auf dem Fuße, auch wenn er sich angesichts des großen Vorsprungs kaum eine Chance ausrechnete, Munkelfeld einzuholen.

»Festhalten den Mann«, brüllte Bär, als der Flüchtende auf einen der Wachposten zulief. »Festhalten!«

Munkelfeld wedelte mit den Armen, schrie dem bulligen Security etwas zu, umkurvte ihn und verschwand durch eine Lücke in der Hecke, die den Hünenborgpark von der Berbomstiege abschirmte. Der Wachposten drehte sich suchend um und stapfte dann auf den heranstürmenden Bär zu.

»Mensch, warum haben Sie den Mann nicht aufgehalten?«, keuchte Bär, als er den Posten erreichte.

»Was wollen denn Sie?!«, grunzte der Mann und rempelte Bär an, sodass er zu Boden ging.

»Hallo, ihn sollten Sie aufhalten, nicht mich«, schnauzte der Kommissar und wollte aufstehen. Doch der Security setzte ihm den rechten Fuß in den Rücken und drückte ihn brutal zu Boden.

Nun hatte auch Rumphorst den Wachposten erreicht. Er packte seinen Arm und versuchte ihn von Bär wegzuziehen. »Lassen Sie den Mann, wir sind von der Kripo«, raunzte er.

Der bullige Security drehte sich zu ihm um, zwinkerte kurz und schlug zu. Ansatzlos landete seine Faust auf Rumphorsts Nase. Blut schoss aus den Nasenlöchern. Erschrocken schrie der Kommissar auf und hielt sich beide Hände vor das Gesicht.

»Sie haben ihm die Nase gebrochen«, brüllte Bär, der sich aufgerappelt hatte. »Wir sind Polizisten!« Er zerrte seinen Dienstausweis hervor und hielt ihn dem Mann vor das Gesicht. »Polizei! Verstehen Sie?«

Der Wachposten kratzte sich am Hinterkopf. »Polizia? Nie nachalni łowcy autografów?«

»Himmel nochmal, sind Sie schwer von Kapee. Wir sind von der Polizei und der Mann dort …«, schrie Bär. Dann machte er eine wegwerfende Handbewegung. »Ach, was soll's. Munkelfeld ist eh über alle Berge.« Er wandte sich zu Rumphorst um, der versuchte, den Blutstrom aus seiner Nase mit einem Stofftaschentuch zu stillen. »Bei dir soweit alles okay?«

»Ich glaube, es ist nichts gebrochen«, nuschelte der Kommissar.

Was machen wir jetzt?, wollte Bär fragen. Doch in diesem Augenblick ließ ein gewaltiges Krachen von der Berbomstiege her den Kripobeamten erschrocken zusammenfahren.

EIN UNGEBETENER BEIFAHRER

Der Abschied von seiner Tante war ihm nicht leichtgefallen. Zu plötzlich und unerwartet kam ihr Tod, auch wenn man bei einem Alter von neunundachtzig eigentlich täglich mit ihm hätte rechnen müssen. Moritz strich sich über die Augen. Beim Autofahren waren Tränen mehr als störend. Vor ihm türmte sich ein Berg von Aufgaben. Verwandte mussten verständigt werden, allen voran Anna, die vom Tod Luisas bisher noch gar nichts wusste, wie ihm siedend heiß einfiel. Das bedeutete eine endlose Reihe von traurigen Telefonaten.

Moritz stöhnte.

Dann musste er das Beerdigungsunternehmen aufsuchen, das Tante Luisa sich gewünscht hatte und das hoffentlich alles Notwendige für die Aufbahrung der Toten in die Wege leiten würde. Behörden und Versicherungen mussten informiert werden, Trauerkarten und Todesanzeigen mussten gestaltet, die Beerdigung organisiert werden.

Moritz stöhnte erneut und ließ den Wagen an.

Mit leiser Stimme hatte ihm Schwester Ursula versichert, dass er vonseiten des Josefshauses alle Hilfe bei der Vorbereitung der Beerdigung bekommen konnte. Er musste sie nur anfragen. Um den Totenschein hatte sie sich als Erstes gekümmert. Dr. Luchter war noch im Hause gewesen, da er neben Tante Luisa einige weitere Patienten im Heim zu betreuen hatte.

Moritz umrundete den Kreisverkehr an der Breiten Straße und bog in die Zeppelinstraße ein.

Auch die Kleidungsfrage musste geklärt werden. Die Beerdigung von Luisas Mann im Juni kam ihm in den Sinn. Da gab es nichts zu beschönigen: Der schwarze Anzug war ihm definitiv zu eng. Er würde sich für die Beisetzung also neu einkleiden müssen. Bestimmt kein preiswertes Vergnügen. Dabei hasste er es, Anzüge zu kaufen – und zu tragen.

Auf dem steilen Abschnitt kurz vor der Kreuzung mit der Neuenkirchener Straße stoppte Moritz den Wagen. Die Ampel zeigte Rot.

Dann war da noch das Testament. Luisa hatte ihm schon vor einiger Zeit erzählt, dass sie ihren letzten Willen beim Notar hatte aufsetzen lassen. Was darin genau stand, darüber hatte sie nichts verlauten lassen. Durch den Hausverkauf dürfte das Erbe …

Die Ampel sprang auf Grün und Moritz fuhr an.

… ja, das Erbe dürfte eine ganz schöne Summe umfassen. Kinder hatte Luisa keine, Onkel Gerhard, ihren Mann, hatten sie ja im Sommer beerdigt, und ihre Geschwister waren selber bereits sehr alt. Es würde also interessant werden …

Aus dem Augenwinkel nahm Moritz eine Bewegung wahr. Ein dunkler Schemen schoss von rechts auf die Fahrbahn, so als wollte er seine Spur kreuzen. Moritz bremste und riss gleichzeitig das Steuer nach links. Sein Wagen schleuderte. Dann stand er. Um ein Haar hätte er den funktionslosen Ampelmast gerammt, der seit Ewigkeiten auf der Verkehrsinsel mitten auf der Berbomstiege stand. Im gleichen Moment rammte ein schwarzes Auto mit infernalischem Krachen den Laternenpfahl am rechten Fahrbahnrand. Die Frontscheibe des Wagens zerbarst in tausend Splitter. Dann war es still.

Benommen löste Moritz den Sicherheitsgurt und stieg aus. Zögernd näherte er sich dem schwer beschädigten Unfallfahrzeug. Ungläubig starrte er durch die Seitenscheibe auf den Fahrer, der benommen wirkte. »Mirko? Du?« Aus dem Inneren des Autos antwortete ihm ein Stöhnen. Moritz öffnete die Fahrertür, die sich zum Glück beim Aufprall nur wenig verzogen hatte. »Brauchst du Hilfe? Bist du okay?«

»Okay?«, Mirko Munkelfeld lachte hysterisch. Mit zitternden Händen löste er seinen Gurt und quälte sich aus dem demolierten Auto. Vorsichtig betastete er Arme und Gesicht. Aus einer länglichen

Wunde auf der Stirn sickerte Blut. Als seine Finger darüberfuhren, riss er die Augen auf.

»Das ist nur ein Kratzer«, beruhigte ihn Moritz. »Da reicht ein Pflaster.«

»Danke für dein Mitgefühl«, fauchte Mirko. »Und für meinen Wagen, reicht da auch ein Pflaster?« Dann stutzte er. Mit einem Mal kam ihm seine prekäre Lage zu Bewusstsein. Er musste weg von hier, so schnell wie möglich weg! »Kannst du mich mitnehmen?«, unterbrach er den erneut auf ihn einredenden Moritz.

»Mitnehmen? Wohin? Wir müssen doch auf die Polizei warten.« Suchend blickte er sich um, als erwarte er in jedem Moment die Ankunft eines Streifenwagens.

Mirkos Blick wurde hart. Er langte in die Seitenablage der Fahrertür und zog eine Bierflasche hervor, die den Aufprall überraschenderweise unbeschadet überstanden hatte. Mit einer schnellen Bewegung zerschmetterte er die Flasche am Bordstein. Das Bier schäumte in die Gosse. Den heil gebliebenen Hals mit festem Griff umklammernd, hielt er die zerschlagene Flasche wie eine Stoßwaffe in der Hand. Die gezackten Splitter, scharf wie Rasierklingen, waren auf Moritz gerichtet. Dabei grinste Mirko diabolisch. »Du fährst mich jetzt sofort von hier weg«, zischte er. »Los, Abflug!« Mit der zersplitterten Glasflasche dirigierte er Moritz in Richtung seines Wagens.

»Aber Mirko … du kannst doch nicht …«

»Doch, kann ich. Rein in den Wagen, los, dalli.« Gehetzt blickte er über die Schulter zurück. Hinter der Hecke des Hünenborg-Geländes sah er die beiden Kripobeamten auftauchen.

»Mensch Mirko, mach keinen Scheiß. Du kannst doch nicht einfach …«

Wie einen Degen stieß Mirko die scharf gezackte Flaschenhälfte in Richtung von Moritz' Brust, glücklicherweise ohne diesen zu verletzen. »Rein!«, donnerte er.

Resignierend zuckte Moritz die Achseln und gehorchte.

Mirko wieselte um den Wagen herum und saß Sekunden später auf dem Beifahrersitz. »Nun fahr schon los!«, herrschte er ihn an.

Die gläserne Waffe in seiner Hand ließ Moritz keine Wahl.

Rumphorst und Bär konnten dem davonbrausenden Wagen nur noch hinterherschauen.

EINE ENTSCHEIDUNG

Auf der Berbomstiege fuhren die Autos vorsichtig um Munkelfelds Mini herum. Zwei Streifenpolizisten, die zufällig am Unfallort vorbeigekommen waren, regelten den Verkehr. Inzwischen hatte der Regen an Heftigkeit zugenommen. Unter die Regentropfen mischten sich mehr und mehr Schneeflocken. Es wurde kälter.

Rumphorst schauderte. Seine malträtierte Nase schmerzte. Zudem spürte er, dass der Hals wund zu werden begann. Eine Erkältung schien im Anmarsch zu sein. Bär neben ihm nieste. Wenn sie nicht bald ins Warme kamen, würden die kommenden Tage unweigerlich im Zeichen von Halstabletten und Kamillentee stehen. Die Finger, mit denen er das Taschentuch gegen die Nase presste, waren vor Kälte steif geworden. Vorsichtig senkte er das Taschentuch. Erfreulicherweise tropfte nichts mehr. Die Nasenblutung hatte aufgehört. Beim Befühlen des Nasenbeins verfestigte sich bei ihm der Eindruck, dass nichts gebrochen war. Glück gehabt im Unglück.

»Das war jetzt wohl ein eindeutiges Schuldeingeständnis!«, grunzte Bär. »Wir sollten Munkelfeld schnellstmöglich zur Fahndung ausschreiben lassen.«

»Und zur Sicherheit auch einen Streifenwagen als Wache vor sein Haus beordern. Erledige du das bitte, ich telefoniere mit dem Staatsanwalt. Aber lass uns dabei schon in Richtung Auto gehen. Ich muss dringend ins Trockene.«

Jakob lachte leise. »Da haben wir was gemeinsam.«

Das Drehteam an der Hünenborg schien den gleichen Gedanken gehabt zu haben. Als die beiden Kripobeamten das Vorfeld des Ehrenmals überquerten und den schmalen Weg hinter der Tankstelle in Richtung Hünenborgstraße entlangstapften, war vom Team niemand mehr zu sehen.

»Erledigt.« Mit einem Nieser drückte Rumphorst sein Handy aus. »Autsch!« Mit lädierter Nase zu niesen, schmerzte. Fast im Laufschritt erreichten sie ihren Wagen. Munkelfelds Haus lag still und verlassen.

»Wie geht es jetzt weiter?«

Rumphorst schloss das Auto auf. »Zuallererst stellen wir die Heizung auf Stufe sechs«, nuschelte er. »Und für das weitere Vorgehen hätte ich dann eine Idee.«

»Die hoffentlich einen heißen Kaffee beinhaltet«, knurrte Bär.

»Zumindest einen Kaffee to go.«

»Deine Nase sieht übrigens reizend aus. Ein echter Hingucker. Der Bluterguss gibt deinem bleichen Gesicht etwas Farbe.«

»Na danke. Schon klar, wer den Schaden hat, braucht für den Spott nicht zu sorgen«, seufzte Rumphorst. Im Rückspiegel nahm er einen Streifenwagen wahr, der vor Munkelfelds Bungalow einparkte. Dieses Schlupfloch war damit schon mal geschlossen. Er startete den Wagen. Und als kleine Rache für Bärs Frotzeleien beschloss er, seine geniale Idee zunächst einmal für sich zu behalten.

GLÜCKSKISTE

So saß es sich also in einem Fluchtfahrzeug. Moritz Mey kannte diesen Begriff bislang nur aus dem *Tatort*. Einmal selber in einem solchen Fahrzeug zu sitzen, und das als Fahrer, hätte er sich bis vor wenigen Minuten nicht einmal im Traum vorstellen können. Erschreckend, wie rasch man zum Gefangenen der Umstände werden konnte.

Die Frontscheibe begann zu beschlagen. Mit einer automatischen Handbewegung stellte Moritz das Gebläse auf die höchste Stufe. Der Scheibenwischer hatte Mühe, den immer heftiger werdenden Schneeregen aus seinem Sichtfeld zu transportieren. Sie erreichten die Stoverner Straße und passierten die Bahnunterführung, die bei Starkregen gerne mal volllief.

»Mensch, Mirko, nimm doch endlich das Ding da weg«, Moritz zeigte auf den gezackten Splitterrand. »Ich fahr dich ja. Und außerdem sind wir schließlich miteinander verwandt.«

»Verwandt! Ha!« Dumpf brütete Mirko auf dem Beifahrersitz vor sich hin. Dann wurde sein Gesicht mit einem Mal hart. »Da vorne an der Kreuzung nach rechts.«

»Aha, du willst …«

»Schnauze! Ich muss nachdenken.« Die zerschlagene Flasche in seiner Hand zitterte. »Du fährst in das Parkhaus an der Emsgalerie und zwar hübsch manierlich. Wir wollen um keinen Preis auffallen, kapiert? Glaubst du, dass die an der Hünenborg eben dein Nummernschild mitbekommen haben?«

»Kann sein, ich …«

»Schnauze, ist ja auch egal. Wir müssen nur eben schnell von der Straße verschwinden. Zum Glück ist dein Wagen ein Allerweltsmodell.«

»Was … was ist eigentlich passiert, dass du …«

»Halt die Klappe, du redest zu viel. Wer zu viel wissen will, kann böse enden.« Mirko fuchtelte mit dem scharf gezackten Flaschenhals in seiner Hand.

»Ist ja gut. Ich hätte nie gedacht, dass mich mal mein eigener Cousin mit einer Waffe bedroht.«

»Angeheirateter Cousin«, knurrte Mirko.

Moritz schwieg und überlegte. »Bestimmt weißt du noch nicht, dass Tante Luisa heute Mittag gestorben ist«, versuchte er dann, das Gespräch auf ein neutrales Thema zu bringen.

»Ist mir scheißegal. Hab' momentan andere Sorgen. Da vorne links.«

»Aber da geht's doch nicht ins Emsgalerie-Parkhaus.«

»Passt schon. Hab's mir gerade anders überlegt.«

Auf dem Parkplatz Münstermauer war es wie immer voll. Einparken war hier eine knifflige Sache, die fahrerisches Feingefühl und ganz viel Geduld erforderte. Nach längerem Rangieren stand der Wagen endlich in einer der engen Parklücken.

Moritz warf einen schnellen Seitenblick auf seinen Beifahrer. »Wir sind da, Mirko. Nun erzähl mir endlich, was hier eigentlich los ist.«

»Man will mir an den Kragen, das ist los.«

»Die Polizei will etwas von dir? Aber warum!?«

»Wirst du schon noch erfahren. Und jetzt raus.« Mirko öffnete die Beifahrertür.

»Hey, ich habe dich gefahren, aber ab jetzt kommst du doch alleine klar, oder? Ich fahr dann nach Hause …«

»Vergiss es. Du fährst nirgendwo hin. Du bleibst schön in meiner Nähe.« Mirkos Blick war finster. »Sonst marschierst du doch schnurstracks zur Polizei und steckst denen, wo sie mich finden können. Also raus jetzt!«

Resignierend zuckte Moritz die Schultern. Den gezackten Flaschenhals halb in der Jackentasche verborgen, dirigierte Mirko ihn zum rückwärtigen Eingang eines der Gebäude. Eine heiße Welle überflutete Moritz' Körper. Das war der Eingang zum Antiquitätengeschäft *Exquisit*! Hier hatte er die schlimmsten Stunden seines Lebens verbracht, gefesselt, in den Händen einer Psychopathin. Um nichts in der Welt würde er dort hineingehen! Hektisch huschte sein Blick nach allen Seiten auf der Suche nach einem Ausweg.

»Hübsch stehenbleiben, angeheirateter Cousin! Eine falsche Bewegung und du …« Die Drohung war klar, auch wenn sie nicht ausgesprochen wurde. Mit der linken Hand nestelte Mirko einen Schlüsselbund aus der Tasche seiner Steppjacke. »Mann, das Ding ist saukalt!«, brummelte er, als er ungelenk versuchte, einen der Schlüssel in das Schloss der Hintertür zu stecken. »Verdammte Axt!« Der Schlüsselbund glitt ihm aus der Hand und fiel rasselnd zu Boden. Noch bevor er reagieren konnte, bückte sich Moritz und schnappte sich die Schlüssel. Ohne eine Sekunde zu zögern, wandte er sich nach links und hastete auf die Passage zu, die zur Münsterstraße führte.

»Hey, bist du wahnsinnig, meine Schlüssel! Bleib stehen!«, röhrte Mirko.

Doch Moritz stellte sich taub. Wie von Furien gehetzt tauchte er in die dunkle Passage ein, jagte die Rampe hinauf und bog nach links in die wenig frequentierte Münsterstraße ab. Hinter sich hörte er Mirko keuchen, der längst die Verfolgung aufgenommen hatte.

»Mein Schlüsselbund! Gib … mir … die Schlüssel zurück!«

Die Sonne lugte kurz hinter den Wolken hervor und tauchte den Turm der Stadtkirche in ein helles, fast überirdisches Licht. *Wie ein himmlisches Leuchtfeuer*, dachte Moritz und hielt darauf zu. Seine Lungen schmerzten, die Beine wurden schwer. Selbstredend hatte sich auch das obligatorische Seitenstechen längst eingestellt. Zu viel gutes Essen, zu wenig Bewegung! Nach Luft japsend kreuzte er den Passantenstrom auf der Emsstraße. Hinter sich hörte er Mirko fluchen, als der einer Familie mit Kinderwagen und zwei weinenden Steppkes auswich. Einige Sekunden gewonnen, doch nicht genug. Ein kurzer Blick zurück: Mirko war direkt hinter ihm. Bis zum rettenden Kirchenschiff würde er es nicht schaffen. Panisch schlug er einen Haken. Rechts öffnete sich die Eingangstür der *Glückskiste*. Eine Frau trat aus dem Geschäft. Das war seine Chance! Blitzschnell huschte Moritz durch die geöffnete Tür.

Wohlige Wärme umfing ihn. Gedämpftes Licht, gemütliches Ambiente. Liebevoll präsentierte Bücher und Spielwaren luden zum Stöbern und Kaufen ein. Doch naturgemäß stand Moritz in diesem Moment der Sinn nach etwas ganz anderem. Keuchend griff er nach dem erstbesten Buch und wirbelte herum. Mirko stand direkt hinter ihm. Mit hochrotem Kopf brüllte er: »Gib mir sofort den Schlüssel! Her damit!« Ohne Moritz' Antwort abzuwarten, hob er in blinder Wut die scharf gezackte Flaschenhälfte und ließ sie mit voller Wucht auf Moritz niedersausen. Der riss das Buch in die Höhe. Glas und Papier trafen sich. Mit einem grässlichen Geräusch zerbarst die Flasche in Hunderte kleine Splitter. Verdutzt glotzte Mirko auf seine Hand, von der Blut tropfte.

Im gleichen Moment wurde er von kräftigen Fäusten gepackt. Die rissen seine Arme nach hinten. Sekunden später klickten Handschellen und ein schwer atmender Kriminalhauptkommissar Luke Rumphorst hob beruhigend die Hände. »Alles safe, meine Damen und Herren. Wir haben alles unter Kontrolle.« Die Erleichterung unter den wie versteinert dastehenden Kunden war riesig. Die beiden Buchhändlerinnen im Kassenkarree applaudierten leise.

Moritz aber starrte auf das Buch in seiner Hand, in dem ein langer Glassplitter steckte: *Dieses Buch verändert dein Leben für immer* von Martin Wehrle. Selten war ihm ein Buchtitel passender erschienen als dieser.

EIN BERECHNENDES MISTSTÜCK

Der Weg zum Antiquitätengeschäft *Exquisit* war ein kurzer. Rumphorst und Bär schoben den mit Handschellen fixierten Mirko Munkelfeld vor sich her, während sie Moritz Mey in Kürze ihr überraschendes Auftauchen in der *Glückskiste* erklärten.

»Mirko Munkelfeld steht im Verdacht, am vergangenen Montag seine Nichte Emma Voegt getötet zu haben«, erläuterte Rumphorst.

»Nein!« Mey stockte für einen Moment der Atem.

»Mehr darf ich Ihnen dazu aus ermittlungstaktischen Gründen nicht sagen. Jedenfalls, als wir Herrn Munkelfeld an der Hünenborg mit unserem Verdacht konfrontieren wollten, hat er sich einer Befragung durch Flucht entzogen.«

»Ich weiß«, seufzte Mey. »Ich war der Fahrer seines Fluchtfahrzeugs.«

»Ihres eigenen Wagens, das ist uns schon bekannt.« Rumphorst gönnte ihm ein schmales Lächeln. »Die Frage, die sich uns stellte, war: Wohin hat sich Munkelfeld auf seiner Flucht gewandt? Rein zufällig haben wir vor einigen Tagen sein Portemonnaie am Kanal in Altenrheine gefunden. In dem befand sich eine Visitenkarte des Antiquitätengeschäftes *Exquisit*. Wir hatten den Verdacht, dass seine Flucht dorthin zielte. Bei unserem Besuch vor Ort mussten wir feststellen, dass das Geschäft selber heute geschlossen ist. Auf dem Weg zurück zum Wagen wiesen uns aufgeregte Passanten dann auf einen wutschnaubenden Berserker hin, der einen Mann in die *Glückskiste* verfolgt habe. So kamen wir gerade noch rechtzeitig, um Munkelfeld festzusetzen.«

»Es hätte keine Sekunde später sein dürfen«, krächzte Mey heiser. »Danke.«

»So, dann bin ich mal gespannt, was der Herr im Antiquitätengeschäft eigentlich gewollt hat«, sagte Rumphorst und sperrte die Hintertür des *Exquisit* mit dem Schlüssel aus Munkelfelds Schlüsselbund auf, den Mey ihm ausgehändigt hatte. »Bei unserem Telefonat war Herr Wittmänneken, der Besitzer des Geschäfts, sehr überrascht zu hören, dass sein Gehilfe in seiner Abwesenheit das Geschäft aufsuchen wollte. Eigentlich dürfte er gar keinen Ladenschlüssel haben. Wahrscheinlich aber hat er sich heimlich eine Kopie anfertigen lassen.« Ein fragender Seitenblick in Richtung des Verhafteten.

»Von mir erfahrt ihr nichts«, knurrte Munkelfeld und presste die Lippen aufeinander.

»Na, das werden wir ja sehen.«

Über einen schmalen Flur betraten sie die Werkstatt. Der Raum machte einen aufgeräumten Eindruck. Offenbar war hier seit einiger Zeit nicht mehr gearbeitet worden. An der Stirnseite stand ein wackeliger Garderobenständer, das Holz marode, vermutlich ein Paradies für Holzwürmer. Dazu vier massive Biedermeierstühle mit schwarzer Polsterung und einer Lyra im Rückenteil.

Moritz erkannte sie auf Anhieb. »Das sind die Stühle aus dem Haus meiner Tante Luisa«, stellte er verblüfft fest. Im gleichen Moment wurde ihm bewusst, dass die ehemalige Besitzerin seit dem Morgen nicht mehr unter den Lebenden weilte, und die Überraschung in seinem Gesicht verwandelte sich in Trauer.

»Sie erkennen die Stühle?«

»Aber ja doch. Die schwarze Polsterung und die Lyra im Rückenteil – das sind Tante Luisas Stühle. Die habe ich vor gut zwei Monaten in ihrem Namen an Herrn Wittmänneken verkauft.«

»Blöderweise«, murmelte Munkelfeld tonlos.

Nachdenklich schaute Rumphorst ihn an. »Diese Stühle scheinen für Sie eine besondere Bedeutung zu haben«, bemerkte er. »Wollen Sie uns das nicht näher erklären?«

Munkelfeld nagte an seiner Unterlippe. Aus seinen Augen schoss ein Blick auf den Kommissar, als wollte er ihn damit durchbohren. Dann brach es aus ihm heraus: »Diese verdammten Dinger sind doch die Ursache all meiner Probleme!«

»Welche Probleme meinen Sie?«

Munkelfeld schwieg verstockt.

»Mensch, Munkelfeld, wir möchten doch verstehen, warum es zu der Tat im Salinenpark gekommen ist. Nun reden Sie schon, Mann!«, schaltete sich Bär in das Gespräch ein.

Munkelfeld zeigte keine Regung und blieb stumm.

»Wenn du Tante Luisa schützen möchtest, das ist nicht mehr notwendig. Sie ist heute Morgen gestorben«, sagte Mey mit belegter Stimme. »Hab' ich dir eben schon im Auto erzählt.«

Ein leises »Oh!« war alles, was Munkelfeld dazu von sich gab.

»Na gut«, brummte Rumphorst missmutig. »Dann kommen wir zu dem Grund, aus dem Sie dieses Geschäft hier aufgesucht haben. Die Stühle waren es doch sicherlich nicht.«

»Nein, waren sie nicht.« Munkelfeld blickte finster zu Boden. »Ich brauche Geld«, sagte er schließlich. »Das Leben in Südamerika ist verdammt noch mal nicht umsonst.«

»Geld? Wo bitte gibt es in diesen Räumlichkeiten Geld?«

»Im Bürosafe liegen immer einige tausend Euro.« Ein Grinsen huschte über sein Gesicht. »Und heute, wo der Chef zu Verwandtenbesuch in München ist, sind es sogar fast einhundertfünfzigtausend. Braucht er am Wochenende für Ankäufe in Dänemark, hat er gesagt, die gehen nur bar. So was macht der öfter.«

»Sie haben Zugang zum Safe?«, fragte Bär ungläubig.

»Hab' ich normalerweise nicht«, gab Munkelfeld zu und grinste ein weiteres Mal spitzbübisch. »Aber wozu gibt es Nachschlüssel?«

»Sie sind also im Besitz eines Nachschlüssels für den Safe Ihres Chefs und hatten vor, das dort deponierte Bargeld zu entwenden«, fasste Rumphorst nüchtern zusammen.

»Jau, genau.«

»Na, dann haben wir das schon mal geklärt. Aber was diese Stühle mit dem Tod von Emma Voegt zu tun haben, bleibt für mich immer noch ein Rätsel.« Rumphorst schüttelte den Kopf.

»Munkelfeld, seien Sie endlich Manns genug zuzugeben, dass Sie Emma Voegt getötet haben, und sagen Sie uns, warum!«, schnauzte Bär den Verhafteten an.

»Emma ist … war eine so nette Person. Sie hat doch nie einer Fliege etwas zuleide getan. Sag uns bitte, warum du sie umgebracht hast.« Meys Stimme klang flehentlich.

»So eine nette Person?! In welcher Welt lebst du, lieber Cousin. Emma war ein Biest, ein verkommenes Luder! Nach außen sexy und schön, in Wahrheit aber ein berechnendes Miststück!«

Eingedenk dessen, was sie bei ihren Untersuchungen über Emma Voegt herausgefunden hatten, mussten die beiden Kommissare dieser Einschätzung zustimmen.

»Sie hat alles getan, um mein Leben zu ruinieren! Ach, Scheiße.«

»Nun haben Sie schon mal angefangen, jetzt sollten Sie es auch zu Ende bringen. Was hat es also mit diesen Stühlen auf sich?«, hakte Rumphorst nach.

»Himmel nochmal, was soll's, dann red' ich halt.« Munkelfeld straffte sich. »Vorher brauche ich aber was zu trinken.«

»Gut, dann setzen wir das Gespräch in unserem Büro im KK 11 in Greven fort«, entschied Rumphorst. »Und Sie, Herr Mey, dürfen dabei sein, auch wenn dies nicht unbedingt den Vorschriften entspricht.«

Moritz Mey nickte dankbar.

ALSO DAS IST DER GRUND ...

W ährend er sich die Hände wusch, betrachtete Rumphorst
sein Ebenbild im Spiegel. Die Nase schillerte rot und blau.
Auch die rechte Wange hatte beim Faustschlag des Wachmanns
einiges abbekommen. Für das Drehteam und seine Security-Leute
würde der tätliche Angriff auf einen Kriminalpolizisten Konsequenzen haben, das schwor er sich. Doch erst musste der Salinenpark-Fall
abgeschlossen werden. Danach würde er sich um den rabiaten Mitarbeiter des Security Service kümmern.

Bär bestückte derweil die Kaffeemaschine mit Wasser, Filter und
Kaffeepulver. »Wo steckt eigentlich Edgar? Alles muss man hier selber
machen«, nölte er.

»Der dürfte sich um die Überprüfung der Mini Coopers kümmern.
Von unserer Verhaftung weiß er ja noch nichts«, nahm Rumphorst
den Kollegen in Schutz.

»Das sollte man ändern«, brummte Bär.

»Ist ja schon gut. Ich rufe Edgar an.«

Ein Telefonat später war Edgar Faltermeyer auf den neuesten Stand
gebracht. Derweil durchzog kräftiger Kaffeeduft das Büro im KK 11.
Munkelfeld, dessen Hände noch immer in Handschellen steckten, schien
nervlich am Ende. Mit bleichem Gesicht saß er in sich zusammen-
gesunken auf dem Besucherstuhl. Offenbar hatte er auf dem Weg nach
Greven ausreichend Zeit gehabt, seine Situation zu durchdenken, und
ihm war klar geworden, dass es für ihn weder einen Ausweg noch eine
Ausrede gab. Er würde sich für seine Taten verantworten müssen.

»Ich möchte ein Geständnis ablegen«, erklärte er mit leiser Stimme,
als Bär ihm die Handschellen abnahm. Stöhnend massierte er seine
Handgelenke.

»Das Beste, was Sie tun können«, versicherte ihm der Oberkommissar und schenkte vier Tassen Kaffee ein. Einen Teller mit Butterkeksen aus dem Bürovorrat stellte er in die Mitte des Tisches. »Bedienen Sie sich«, ermunterte er Munkelfeld und Mey. »Dürfen wir unser Gespräch aufzeichnen?«

Mit einem müden Kopfnicken erteilte Munkelfeld die Erlaubnis.

Rumphorst schaltete das Aufnahmegerät ein und trug mit ruhiger Stimme den standardmäßigen Belehrungstext vor: »Es steht Ihnen frei, sich zu den Beschuldigungen zu äußern oder auch nicht zur Sache auszusagen. Sie können jederzeit einen von Ihnen gewählten Verteidiger hinzuziehen und sich mit diesem beraten. Herr Munkelfeld, haben Sie das soweit verstanden?«

»Ich bin doch nicht blöd. Den Text kenn ich aus dem *Tatort* im Fernsehen. Also zum Mitschreiben: Ich will keinen Anwalt. Ich hab' nicht vor, mich zu drücken … anders als mein Großvater.« Munkelfeld stöhnte leise. »Ich stehe zu dem, was ich getan habe.« Man merkte, wie viel Überwindung ihn dieser Satz kostete.

»Na dann mal los«, ermunterte ihn Bär.

»Es begann damit, dass diese sechs vermaledeiten Stühle in unsere Werkstatt kamen. Dass sie von Tante Luisa stammten, habe ich zunächst gar nicht registriert.«

»Was kein Wunder ist«, schaltete sich Moritz ein, »denn die Stühle standen im Wohnzimmer von Luisa und Gerhard, und das wurde fast nie benutzt. Eigentlich war die gute Stube, wie Tante Luisa das Zimmer nannte, nur zum Vorführen gedacht, nicht zum Benutzen. Selbst Geburtstagsfeiern fanden im Esszimmer statt. Und Kinder gab es nicht im Haus, die …«

»Wenn ich meine Geschichte vielleicht selber erzählen dürfte, wäre das nett«, unterbrach ihn Mirko grantelnd.

Moritz verstummte.

»Danke für den Hinweis«, ließ sich Rumphorst vernehmen. »Bitte warten Sie, Herr Mey, mit Ihrer Kommentierung, bis die Befragung von Herrn Munkelfeld abgeschlossen ist.«

Mey lief rot an und schwieg.

»Also weiter.«

»Die Stühle waren für einen Kunden in Mesum gedacht. Doch der hatte plötzlich kein Interesse mehr, und so standen die Stühle in unserer Werkstatt rum und uns eigentlich immer irgendwie im Weg. Weitere Interessenten gab es nicht, also haben wir die Restaurierung erst mal auf Eis gelegt. Und dann tauchte eines Tages Emma in unserem Geschäft auf, na ja, genauer im Geschäft von Wulf-Dieter Wittmänneken. Sie hatte, glaube ich, einen Siegelring im Fenster gesehen, den sie für ihren Lover kaufen wollte. Zufällig war ich allein im Geschäft und hab' sie bedient. Ich hab' ihr die Räume gezeigt und, na ja, auch ein bisschen angegeben mit meinem Job. In der Werkstatt hat sie die Stühle entdeckt und konnte sie komischerweise gleich unserer Tante zuordnen. Hat sie wohl mal bei einem Besuch in deren Haus gesehen. Sie war auf Anhieb ganz vernarrt in die Dinger und wollte zwei kaufen.« Munkelfeld nahm einen großen Schluck Kaffee. »Und das hat sie dann auch. Wittmänneken hat ihr einen guten Preis gemacht, und am nächsten Tag kam Emma die beiden Stühle abholen.«

»Das ist ja alles interessant, aber kommen Sie doch bitte auf den Punkt.« Bär konnte seine Ungeduld inzwischen kaum noch zügeln.

»Bin schon auf dem Weg dahin.« Genussvoll knabberte Munkelfeld an seinem Keks und nahm einen weiteren Schluck Kaffee, bevor er fortfuhr. Bär trommelte derweil einen hektischen Exerziermarsch auf seine Schreibtischunterlage. »Eine Woche lang hab' ich nichts von Emma gehört. War auch gerade ziemlich beschäftigt. Es ging um den Vorsitz der neuen Ortsgruppe Nordmünsterland der *PDD*. Man hat mich vorgeschlagen, und ich hab' alles getan, dass ich es auch werde. Dann plötzlich am Sonntagabend ruft mich Emma an. Sie hätte in einem der beiden Stühle unter dem Polster interessante Dokumente gefunden. Die wollte sie mir nicht vorenthalten. Dabei hat sie schon am Telefon so komisch gelacht. Das hätte mir eine Warnung sein müssen. Auf jeden Fall hat sie gemeint, wir müssten uns unbedingt treffen, und da die Papiere brisant seien, am besten ohne Zeugen. Sie hat dann den Parkplatz an der Saline vorgeschlagen und als Termin den nächsten Morgen vor Arbeitsbeginn. Fand ich ziemlich affig, aber sie meinte, ich würde ihr noch dankbar sein für die Diskretion. Könnte ich noch einen Kaffee haben?«

Bär brummte etwas Unverständliches und schenkte nach.

»Also, am nächsten Morgen hab' ich dann verstanden, was sie gemeint hat. Mein Großvater ... mein Großvater ist immer schon mein großes Vorbild gewesen, mein Idol.« Munkelfelds Augen leuchteten. »Im Zweiten Weltkrieg war er Unteroffizier, hat mehrere Orden bekommen, war sogar Ritterkreuzträger.«

Die Kommissare schauten sich verblüfft an. Was sollte das werden? Ein Schwank aus der Familienchronik? Doch Moritz Mey begann etwas zu ahnen.

»Mein Großvater war ein Held. In den letzten Kriegstagen ist er gefallen, hieß es immer. Wahrscheinlich bei den Kämpfen gegen die vorrückenden Engländer im Raum Osnabrück. Seine Leiche hat man nie gefunden. Er galt als vermisst. Meine Mutter hat uns Kindern nächtelang von seiner Tapferkeit und seinem Ehrgefühl vorgeschwärmt.« Munkelfeld senkte den Kopf. Mit brüchiger Stimme sagte er: »Doch das war alles gelogen, alles nur Fake. In Wahrheit war mein Großvater ...«, er atmete schwer, »... ein Deserteur. Er wurde verurteilt und ist erschossen worden.« Munkelfeld schlug sich die Hände vors Gesicht. »Wie soll ich das meinen Kameraden von der *PDD* erklären. Bei denen bin ich doch ab jetzt und für immer ein Lügner ... und ein Loser dazu«, klang es dumpf zwischen den Fingern hervor. Dann schaute Munkelfeld wieder auf. »Mir war sofort klar: Kommt das raus, dann ist der Vorsitz der Ortsgruppe meiner Partei futsch. Drei Jahre Arbeit und Einsatz für unsere Sache, alles umsonst, alles für die Katz«, stöhnte er.

»Mir ist nicht ganz klar, was Emma Voegt mit all dem zu tun hat – und warum sie sterben musste«, ließ sich Rumphorst vernehmen.

»Die verfluchte Hexe ist doch der Auslöser des ganzen Schlamassels! Dieses Miststück hat sich selbst auf dem Gewissen.«

»Bitte sprich nicht so über unsere Nichte«, glaubte Mey sich einschalten zu müssen. »Emma war eine nette, gutherzige Frau.«

»Nett, ach ja? Gutherzig, dass ich nicht lache! Sie war ein Biest, ein Monster!«

»Das geht zu weit, Mirko!«

»Im Gegenteil, das geht noch immer nicht weit genug!«, explodierte Munkelfeld. Er war aufgesprungen. Die geschwollenen Adern an seinem Hals und die zu Fäusten geballten Hände ließen nichts Gutes ahnen.

Auch die beiden Kripobeamten standen auf. »Wir bleiben ganz ruhig und setzen uns wieder hin«, forderte Rumphorst mit schneidender Stimme. »Dies ist ein Büro und kein Boxring.«

Munkelfeld atmete stoßweise. Nur mit Mühe gewann er die Beherrschung zurück. Erschöpft ließ er sich auf den Stuhl fallen.

»Geht doch«, murmelte Bär, was ihm einen bösen Blick Munkelfelds einbrachte.

Rumphorst blieb hartnäckig. »Kommen wir auf meine Frage zurück: Was hat Emma Voegt mit all dem zu tun – und warum musste sie sterben? Die Kurzfassung, bitte.«

»Also«, Munkelfeld räusperte sich, »Emma hat unter dem Polster eines der beiden Stühle aus dem Haus meiner Tante Papiere entdeckt, die meinen Großvater betrafen. Um genau zu sein: Es war sein Todesurteil wegen unerlaubter Entfernung von der Truppe, verhängt von einem Standgericht am 31. März 1945 und noch am gleichen Tag durch Erschießen vollstreckt.« Munkelfelds Hände zitterten. Sein Gesicht war aschfahl. Erst nach einer längeren Pause fuhr er fort: »Außerdem war da noch eine amtliche Mitteilung an seine Frau, meine Großmutter, und ein Abschiedsschreiben meines Großvaters. Das alles wollte Emma mir überlassen – gegen Zahlung der Kleinigkeit von 50 000 Euro.«

»Oha«, entfuhr es Mey.

»Eine nicht gerade kleine Summe – die Sie selbstredend nicht aufbringen konnten.«

»Konnte ich nicht. Woher auch! Emma hat jedenfalls gedroht, sollte ich ihr das Geld nicht rüberwachsen lassen, würde sie die Dokumente kopieren und an alle Mitglieder meiner Familie und an die Presse schicken. Als wir in meinem Wagen an der Saline saßen, hat sie mir mit einem Grinsen das Todesurteil gegen Opa Hans gezeigt. ›Damit du weißt, dass ich nicht bluffe‹, hat sie gesagt.«

»Warum haben Sie sich auf dem Salinenparkplatz getroffen?«

»Angeblich war das der perfekte Treffpunkt, hat zumindest Emma gemeint, denn wer wäre dort schon morgens unterwegs. Wir konnten ja nicht ahnen, dass jemand auf die Idee … Na ja, den fremden Wagen haben wir zuerst gar nicht bemerkt. Denn wir haben gestritten. Ich hab' Emma 5.000 Euro angeboten. Wäre zwar auch nicht leicht für mich gewesen, die aufzutreiben, aber immerhin irgendwie möglich. Sie hat nur gelacht. Ich hab' sie angefleht, mir meinen Aufstieg zum Ortsgruppenvorsitzenden der *PDD* nicht kaputt zu machen. Sie hat wieder nur gelacht und gemeint, so ein feiges Gewinsel würde gut zum Enkel eines fahnenflüchtigen Unteroffiziers passen. Da sind bei mir die Sicherungen durchgebrannt. Ich bin ausgerastet, hab' sie am Hals gepackt und … plötzlich war sie tot.«

Im KK 11 wurde es still. Keiner in der Runde sagte ein Wort. Jeder war damit beschäftigt, das Gehörte zu verdauen.

Gedankenverloren starrte Mirko Munkelfeld auf seine großen, kräftigen Hände. »Ich … also wenn man mich reizt, dann … dann sehe ich einfach rot. Da kann ich nicht anders«, versuchte er sich lahm zu entschuldigen.

»Dass dem so ist, dafür haben Sie uns ja eben ein anschauliches Beispiel geliefert«, stellte Rumphorst fest. »Und wie ging es dann weiter?«

»Ich hab' Emma das Todesurteil aus der Hand gerissen.«

»Wobei die rechte obere Ecke des Papiers zwischen ihren Fingern verblieben ist.«

»Genau, da muss das Datum draufgestanden haben, denn das fehlte auf dem Schriftstück, wie ich zu Hause feststellen musste. Dann hab' ich sie aus dem Wagen gekippt und bin abgedüst. Erst beim Vorbeifahren hab' ich das andere Auto entdeckt, aber da wollte ich nur noch weg.«

»Was ist mit den anderen Papieren passiert?«

»Das Blatt mit dem furchtbaren Urteil hab' ich verbrannt.«

»Und die übrigen Dokumente?«

»Himmel nochmal, die eben hab' ich nicht! Ich hab' überall danach gesucht. In Emmas Handtasche, die sie im Wagen dabeihatte. In ihrem Jugendzimmer im Haus von Onkel Bernd und Tante Regina. In ihrer Wohnung in Münster.« Munkelfeld knetete seine Hände und starrte düster vor sich hin.

»Ah, daher kam mir Ihr Gesicht so bekannt vor. Sie waren der Heizungsableser in der Heisstraße«, bemerkte Bär verblüfft.

»Genau. Coole Verkleidung, was?«

»Die Papiere haben Sie nirgends gefunden?«, vergewisserte sich Rumphorst.

»Nirgends«, sagte Munkelfeld und klang dabei traurig und wütend zugleich. Nur Reue ließ sich beim besten Willen aus seiner Antwort nicht heraushören.

DER SICHERSTE SAFE
DER WELT

I m Grunde ein klassischer Fall. Eine Erpressung, bei der sich das
Opfer wehrt und dadurch zum Täter wird.« Bär spülte die letzte
der vier Kaffeetassen und stellte sie tropfnass auf das Geschirrtuch
neben die Kaffeemaschine. Mirko Munkelfeld befand sich auf dem
Weg in die JVA Münster, Moritz Mey auf dem Weg zurück nach
Rheine, und auf die beiden Ermittler wartete der ungeliebte Teil ihrer
Arbeit: das Abfassen der schriftlichen Berichte. Doch das hatte Zeit
bis morgen. Für heute war Feierabend.

Luke hatte bereits zu Hause angerufen und Azra seine verspätete
Rückkehr an den heimischen Herd angekündigt. Elisa war inzwischen
wieder putzmunter. Ein Verwöhntag mit der Oma war eben doch die
beste Medizin.

»Was hältst du eigentlich von Meys Theorie?«, fragte Bär unvermittelt.

»Durchaus plausibel, würde ich sagen. Dass der Sohn des angeblichen Deserteurs und spätere Mann seiner Tante Luisa ...«

»Gerhard Munkelfeld.«

»Genau, Gerhard Munkelfeld, ... damals heimlich die Unterlagen
an sich genommen hat, die eigentlich seiner Mutter zugestellt worden
waren, und dass er sie dann unter der Polsterung eines der Biedermeierstühle im Hause Munkelfeld hat verschwinden lassen, um seine
Mutter zu schonen, das scheint mir eine schlüssige Erklärung für
die Befunde zu sein. Gerhard Munkelfeld war damals zwölf und hat
sicherlich schon verstanden, welch ein Schlag die Nachricht vom un-
ehrenhaften Tod ihres Mannes für seine Mutter gewesen wäre. Dann
lieber mit der Lüge leben, der hochdekorierte Vater sei vermisst, und
hoffen, dass niemand in Rheine je von dessen Erschießung erfährt.«

»Was in den Wirren des Zusammenbruchs tatsächlich so gekommen zu sein scheint.«

»Hm, möglicherweise sind alle Beteiligten bei den weiteren Kämpfen bis zum Mai '45 getötet worden. Oder sie stammten gar nicht aus Rheine und dieses Standgerichtsurteil war nur eines von vielen, das sie gefällt und vollstreckt haben.«

»Gerhard Munkelfeld hat sich diese Lüge möglicherweise sogar selber eingeredet und über die Jahre ist sie dann für ihn zur Wahrheit geworden.«

»Immerhin scheint aber seine Frau, diese Tante Luisa, um die Papiere gewusst zu haben. Zumindest deuten ihre kryptischen Worte auf dem Totenbett darauf hin, von denen uns Moritz Mey berichtet hat.«

Auf dem Flur wurden Stimmen laut. »Ja, ja, hier sind Sie richtig. Dort hinein, bitte.« Die Tür wurde aufgerissen und Edgar Faltermeyer komplimentierte einen Besucher ins Büro, mit dem die beiden Kommissare am allerwenigsten gerechnet hätten.

»Herr Professor Schirmer! Was führt denn Sie ins KK 11?«

»Die Sehnsucht nach Ihnen ist es wahrlich nicht. Eine Nacht in der JVA hat mir gereicht. Von einer erneuten Verhaftung bitte ich daher höflichst abzusehen«, sagte Schirmer in lockerem Ton. Die Hand, in der er eine elegante braune Ledertasche hielt, zitterte leicht. Sein Blick huschte, fast schien es ein wenig schadenfroh, über die malträtierte Nase des Hauptkommissars.

»Sie müssen entschuldigen, doch nach Faktenlage kamen Sie gestern definitiv als Täter in Frage. Daher Ihre Verhaftung. Ich hoffe, Sie tragen uns nichts nach.«

»Das ist schon in Ordnung. Ich verstehe, Sie konnten nicht anders handeln«, räumte der Professor ein. Doch der eisige Blick seiner kalten grauen Augen strafte seine Worte Lügen. »Ich bin nicht gekommen, um Ihnen Vorwürfe zu machen, sondern um Ihnen etwas zu bringen.«

»Ach. Etwas, das mit dem Tod von Emma Voegt zu tun hat?«

»Das weiß ich ehrlich gesagt nicht. Es handelt sich um einen Umschlag, den sie mir vor einigen Tagen zur sicheren Aufbewahrung übergeben hat.« Schirmer zog einen braunen DIN-A4-Umschlag aus der Ledertasche und reichte ihn Rumphorst. »Seinen Inhalt kenne ich nicht.«

»Danke«, sagte Rumphorst überrascht. Vorsichtig untersuchte er den Umschlag. Braunes Umweltpapier, die Verschlusslasche zugeklebt. Eine Beschriftung gab es weder auf der Vorder- noch auf der Rückseite. Bär reichte ihm einen Brieföffner. »Tja, dann schauen wir mal nach, was in dieser Wundertüte steckt«, murmelte Rumphorst und schlitzte die Verschlusslasche auf. Gespannt sahen Bär und Faltermeyer ihm über die Schulter.

Der Umschlag enthielt drei Bögen Papier. Zwei davon hatten ein erkennbar hohes Alter. Das Papier war dünn und gelblich. Das dritte Blatt stellte die Fotokopie eines Dokuments dar, dessen oben rechts vermerktes Datum die drei Kommissare auf Anhieb elektrisierte: Rheine, den 31. März 1945. Es handelte sich um das Todesurteil des Standgerichts gegen Stabsfeldwebel Hans Munkelfeld wegen Fahnenflucht. Ein Urteil, dessen Vollstreckung, der letzten Zeile des Schriftstücks nach, bei Ausstellung der Urkunde bereits erfolgt war.

Der kurze Text auf dem ersten der beiden alten Blätter begann nach Briefkopf und Anschrift mit den Worten: »An Frau Helga Munkelfeld. Durch Urteil des obenbezeichneten Gerichts vom 31.3.1945 wurde Ihr Ehemann, der ehemalige Stabsfeldwebel Hans Munkelfeld, wegen Fahnenflucht und Urkundenfälschung zum Tode verurteilt. Daneben wurde auf Wehrunwürdigkeit und Ehrverlust auf Lebensdauer erkannt. Das Urteil wurde am 31.3.1945 vollstreckt. Todesanzeigen oder Nachrufe in Zeitungen, Zeitschriften oder dergl. sind verboten. Ein an Sie gerichteter Abschiedsbrief des Verurteilten liegt bei. ...«

Beim zweiten Blatt handelte es sich allem Anschein nach um den angekündigten Abschiedsbrief. »*Meine herzallerliebste Frau. Wenn du diesen Brief in Händen hältst, bin ich bereits tot* ...« Die zittrige Handschrift zeugte von der aufgewühlten Gemütslage des Verfassers, die

Unterschrift Hans Munkelfeld ließ keinerlei Spekulationen über den Schreiber der Zeilen zu.

»Wenn ich mich vielleicht kurz von den Herren verabschieden dürfte«, brachte sich aus dem Hintergrund Professor Schirmer in Erinnerung. »Meine Anwesenheit hier ist wohl nicht mehr vonnöten.«

»Ähm, nein, Sie können natürlich gehen«, beeilte sich Rumphorst zu versichern. »Danke, dass Sie uns den Umschlag gebracht haben.«

»Mich würde noch eines interessieren«, meldete sich Bär zu Wort. »Wir haben Ihr Haus auf den Kopf gestellt, all Ihre Korrespondenz gesichtet und diesen Umschlag dennoch nicht entdeckt.«

»Der lag ja auch nicht in meinem Schreibtisch, sondern in einem der sichersten Tresore der Welt«, erklärte Schirmer mit einem süffisanten Lächeln. »In einem Hohlraum unter dem größten meiner Giftschlangenterrarien.«

EPILOG

———————

Rheine, Samstag, 31. März 1945

GÖTTERDÄMMERUNG

K natternd rumpelte der Opel *Blitz* über das mit Einschlägen und Schlaglöchern übersäte Pflaster, auf der Ladefläche drei Rollen Stacheldraht und die inzwischen arg geleerten Jutesäcke mit dem Reserveholz. Zweimal hatte der Fahrer, ein mürrischer Sechzigjähriger, bereits Holzscheite nachfüllen müssen. Aktuell bollerte der mannshohe Gaserzeuger der Holzvergaseranlage hinter der Führerkabine aber wie geschmiert. Dafür zog es hier drinnen erbärmlich. In den Seitentüren fehlten die Scheiben. Die zerschlissenen Sitze quietschten.

Aber: »Besser schlecht gefahren als gut gelaufen.« Stabsfeldwebel Hans Munkelfeld musste grienen. Der alte Landserspruch galt noch immer. Und das erst recht, wenn einem alle Knochen wehtaten. Seit dem Sprung aus dem Zug heute Morgen schmerzten seine Schussverletzungen wieder höllisch. Verdammte Tiefflieger. Gerade noch rechtzeitig hatte er es aus dem Zug geschafft. Pures Glück, dass der Graben neben den Gleisen tief genug gewesen war. Zwei der Zivilisten, die mit ihm im Abteil saßen, waren nicht mehr bis zum Graben gekommen. Die beiden hatte es bös erwischt. Verdammte Tiefflieger!

Munkelfeld fischte die angebrochene Packung Roth-Händle aus der Brusttasche seiner Uniformjacke. Er zögerte einen Augenblick, dann wandte er sich an den Fahrer: »Auch eine?« Ein müdes Nicken und ein gieriger Griff. Zigaretten waren heutzutage so wertvoll wie Gold. Doch ohne den mürrischen Alten wäre er heute nicht mehr nach Rheine gekommen. Möglicherweise gar nicht mehr, wenn die Tommies in dem Tempo weitermachten wie bisher. Dann lag seine Heimatstadt ratzfatz im Feindesland.

Im Wehrmachtsbericht vom 30. März, der wie üblich in den *Westfälischen Neuesten Nachrichten* abgedruckt war, die einer der wenigen mitreisenden Zivilisten im Zug gelesen hatte, hieß es: »Am Niederrhein verhinderten unsere Truppen im Abschnitt von Emmerich feindliche Umfassungsversuche und die Ausweitung des Rheinbrückenkopfes nach Westen unter Abschuss von zahlreichen Panzern. Östlich der Straße Borken-Dorsten gelang es dem Gegner, seinen Angriffskeil bis Stadtlohn und über Dülmen vorzutreiben. Am Nordrand des Industriegebietes, östlich Dorsten und Gladbeck, konnte der Feind geringfügig Boden gewinnen.« Borken, Dorsten, Stadtlohn – da war es bis Rheine nur noch ein Katzensprung!

Der *Blitz* tuckerte die Hörsteler Straße entlang. Voraus die ersten Häuser der Stadt Rheine. An den Straßenrändern lag aufgehäuft der ausgeräumte Schutt. Vereinzelt gab es abgedeckte Dächer und ausgebrannte Fassaden. Einige Gebäude waren ganz verschwunden, wie Lücken in einem kariösen Gebiss nach einer Zahnextraktion. Doch all das war nichts gegen die Mondlandschaft im Stadtteil hinter der Bahn. Hier reihte sich Krater an Krater. Sämtliche Häuser waren dem Erdboden gleichgemacht. Der Dorenkamp war nur noch Schutt und Asche. Während seines Heimaturlaubs im vergangenen Dezember war er dorthin gestapft. Mit eigenen Augen wollte er sehen, was er beim Hören nicht hatte glauben können. Beim Anblick der wüsten Trümmerlandschaft fühlte er sich nach Stalingrad zurückversetzt. Ja, genau so hatte es damals in Stalingrad ausgesehen, kurz bevor er mit einem Lungenschuss ausgeflogen worden war.

Links voraus kam die Basilika in Sicht. Selbst diese ehrwürdige Kirche war vom Bombenkrieg gezeichnet. Splitterschäden und leere Fensterhöhlen. Die wertvollen Buntglasfenster waren ein Opfer der ringsum explodierenden Luftminen geworden.

Unmerklich war die Hörsteler in die Ibbenbürener Straße übergegangen. Zwei vertraute Straßennamen. Zum Glück waren beide der seit Beginn der Nationalen Revolution grassierenden Umbenennungswelle entgangen. Anders als die parallel verlaufende Osnabrücker Straße, die seit '33 als Moltkestraße im Stadtplan stand.

Der Fahrer bremste. Langsamer werdend zuckelten sie an den Ruinen der *Spinnerei C. Kümpers & Söhne* vorbei und bogen nach rechts in die Sedanstraße ab. Dann hielt der *Blitz*.

»Et schinnt, hier geiht all's vör de Hunde«, brummte der Alte und wies mit einer fahrigen Geste auf die Trümmer der Fabrik. »Et wäd Tiet, dat …« Der Rest des Satzes ging im Knattern des Holzvergasers unter. Was in diesen Zeiten sicherlich auch besser war. »Liekuut, liekan geiht et up de Stadt hento.«

Munkelfeld nickte. »Ich weiß. Ich komme aus Rheine. Danke fürs Mitnehmen.«

»Nix to danken, is all guet so.«

Ein kurzes Zögern, dann kramte Munkelfeld die angebrochene Roth-Händle-Packung aus der Brusttasche und reichte sie dem Mann. Das erfreute Aufleuchten in seinen Augen nahm er noch wahr, bevor die Tür des Lastwagens scheppernd ins Schloss fiel.

Mit einem Seufzer schulterte der Stabsfeldwebel seinen Rucksack und stiefelte über die Ibbenbürener Straße stadteinwärts. Die Bombenschäden nahmen zu. An der Nepomukbrücke waren Pioniere damit beschäftigt, Sprengladungen anzubringen. Ebenso an der Hindenburgbrücke, wie ihm ein rascher Seitenblick zeigte. Was das bedeutete, war klar: Man rechnete mit einem baldigen Vorstoß der Briten bis Rheine – und über Rheine hinaus. Denn die Ems würde für die vorrückenden Tommies ebenso wenig ein wirkliches Hindernis darstellen wie der Rhein oder die Ruhr. Was bedeutete: Der Krieg würde in wenigen Wochen, allenfalls in einigen Monaten zu Ende sein.

Munkelfeld presste die Lippen aufeinander. Und er hatte nicht vor, in diesen wenigen Wochen noch den Heldentod zu sterben. Dafür hatte er nicht Stalingrad und die brutalen Kämpfe um den Kessel von Tscherkassy überlebt, um kurz vor Kriegsende in der Heimat zu krepieren. Genau das aber stand ihm bevor, war Munkelfeld geworden, als alle kampffähigen Männer im Lazarett in Osnabrück den Befehl zur Verlegung nach Westen erhalten hatten. Ende der Genesung, Kampf und Tod waren angesagt. Denn er und seine Kameraden würden kaum mehr als besseres Kanonenfutter sein, alle mehrfach verwundet, die Ausrüstung absolut unzureichend. Nicht mal genug Stahlhelme gab es! Schwere Waffen? Fehlanzeige! Da sah es bei den Briten und Amis ganz anders aus. »Klotzen statt kleckern« lautete deren Wahlspruch, egal ob beim Einsatz von Artillerie, Panzern oder Flugzeugen.

Wie um das zu unterstreichen, grollte in diesem Moment von Bentlage her eine Serie von Explosionen. Offensichtlich sprengte man auf dem Flugplatz Gebäude, Waffen und Material. Nichts sollte dem anrückenden Feind in die Hände fallen. Als ob der darauf angewiesen wäre! Verbrannte Erde. Munkelfeld kannte das Prinzip zur Genüge von den Rückzugsgefechten in Russland.

Nein, er war nicht bereit, sich in den letzten Tagen dieses barbarischen Ringens verheizen zu lassen. Seine Schuldigkeit für Volk und Vaterland hatte er in jedem Fall getan. Automatisch ertasteten seine Finger das Ritterkreuz, das er, mit einem Schnürsenkel gesichert, um den Hals trug. Ja, seine Schuldigkeit für Volk und … ach, Scheiße, wie er diese hohlen Sprüche inzwischen hasste!

Nach der Verleihung des Ritterkreuzes war das anders gewesen. Damals hatte er noch an den Sieg der deutschen Waffen geglaubt, an die unerschütterliche Kampfmoral, die versprochenen Wunderwaffen. Beim Heimaturlaub in Rheine Ende '43 hatte er sogar Vorträge dazu gehalten, an der Oberschule für Jungen, ehemals Gymnasium Dionysianum. Wie stolz seine Familie auf ihn gewesen war, seine schwangere Frau und die beiden Ältesten, der Gerhard und der Fritz. Gerade für die war es wichtig, dass er diesen verdammten Krieg überlebte.

Lässig grüßte er die Brückenwache, zwei junge Gefreite, und überquerte die Ems. Unter seinen Füßen knirschte der Sand auf der alten Brücke. Ab jetzt, das war Munkelfeld klar, begann der gefährlichste Teil seines Planes. Denn einen Plan hatte er. Einen Plan, wie er den

Schlamassel des sich abzeichnenden militärischen Zusammenbruchs schadlos überstehen konnte. Munkelfeld griente breit.

Er hatte sich selber eine Dienstreise von Osnabrück nach Neuenkirchen verordnet. Dort hoffte er, auf dem Hof seiner Eltern am Brink in Sutrum-Harum untertauchen und das Kommen der Tommies abwarten zu können. In britische Gefangenschaft zu gehen war allemal besser, als sich in einem sinnlosen letzten Aufgebot verheizen zu lassen. Ein simpler Plan. Doch Pläne mussten simpel sein. Waren sie kompliziert, gingen sie meist in die Hose.

Leider gab es aber auch bei diesem Plan einige Unwägbarkeiten. Ein heikler Punkt war zum Beispiel das Durchqueren von Rheine, ohne den Kettenhunden der Feldgendarmerie in die Hände zu fallen. Denn der Kampfkommandant von Rheine würde hinter kampffähigen Mannschaften her sein wie der Teufel hinter der armen Seele. Jede Kontrolle durch die Kettenhunde konnte damit das Ende seines Planes bedeuten. Auch wenn er einen Sonderausweis in der Tasche hatte, der eine Dienstreise nach Neuenkirchen mit dem Grund »Überbringung von Patientenakten in das Reservelazarett Rheine, Teillazarett St. Arnold in Neuenkirchen« anordnete. Ob dieser Ausweis ihn allerdings im Falle des Falles vor einer Eingliederung in die kämpfende Truppe bewahren würde, daran hegte er Zweifel. Zudem hatte der Ausweis einen großen Fehler: Er war falsch.

Angesichts der sich immer bedrohlicher nähernden Front hatte man im Lazarett in Osnabrück damit begonnen, Akten und Unterlagen zu vernichten. Munkelfeld hatte sich zusammen mit zwei anderen Rekonvaleszenten bereiterklärt, beim Verbrennen der Unterlagen zu helfen. Dabei war ihm der Vordruck eines Sonderausweises in die Finger gefallen, den er heimlich in der Schreibstube des Lazarettes ausgefüllt und mit einer imposanten Reihe von Stempeln versehen hatte. Für die Unterschrift des zuständigen Oberstabsarztes hatte er als Vorlage eine der Unterschriften in den Patientenakten aus dem Januar '45 genommen. Nach einigem Üben war sie ihm etwas zittrig – wer zitterte im Chaos dieser Tage nicht –, doch dem Original verblüffend ähnlich gelungen. Munkelfeld hoffte, dass bei einer Kontrolle niemand so ganz genau hinschauen würde. Um glaubhaft zu sein, hatte er in jedem Fall drei der eigentlich für das Feuer vorgesehenen Patientenakten in seinen Rucksack gepackt. Im Chaos der letzten Tage hätte er auch zehn oder zwanzig dieser Akten beiseiteschaffen können, es wäre keinem aufgefallen. Aber besser war natürlich, eine solche Kontrolle fand gar nicht erst statt.

Und dann war da noch die Gefahr, in Rheine von Verwandten oder Freunden erkannt zu werden. Auch wenn er sich nach der schweren Schussverletzung, die ihm der Iwan im Gesicht verpasst hatte, selber kaum wiedererkannt hätte. Aber schließlich kam er aus Rheine, war hier geboren und aufgewachsen. Also war es besser, Menschen zu meiden, wo immer es ging. So wie gerade die Schlangen vor *Butter Eiche* und vor der Bäckerei in der Innenstadt. *Butter Eiche*, der Name des Geschäftes rief in Munkelfeld Erinnerungen an die Samstage vor dem Krieg wach, als er dort gemeinsam mit seinem Ältesten frische Butter und Schichtkäse gekauft hatte. Das Wasser lief ihm im Munde zusammen.

Beide Menschenansammlungen hatte er großräumig umgangen.

Einmal wäre er um ein Haar einer Patrouille der Feldgendarmerie in die Arme gelaufen. Gerade noch rechtzeitig konnte er in eine Seitenstraße ausweichen. Was seinen Weg durch die Innenstadt zwar verlängert hatte, doch sicher war sicher. Munkelfeld verzog das Gesicht zu einem schiefen Grinsen, was die lange Narbe auf seiner linken Wange spannen ließ. Es war schon von Vorteil, dass er mit dem Rheiner Wegenetz seit frühester Jugend vertraut war.

Die Kraterlandschaft des Dorenkamp hatte er wohlweislich gemieden, hatte sich weiter nördlich orientiert, sich parallel zur Neuenkirchener Straße gehalten. Inzwischen war die Bebauung Holzzäunen und Hecken gewichen und Munkelfeld marschierte auf matschigen Feldwegen gen Sutrum-Harum. Eingefasst von Birken und Holundersträuchern machte der Ackerweg einen scharfen Knick nach links. In Gedanken war Munkelfeld bereits auf dem Hof seiner Eltern. Nach der Ankunft musste die Uniform natürlich schnellstens verschwinden. Für die Tommies würde er hoffentlich als Schwerverletzter durchgehen, den man *k. u.* – also *kriegsuntauglich* – geschrieben hatte. Er musste nur …

»Hey Mann, aufgepasst!«

Um ein Haar wäre er mit einem Trupp Soldaten zusammengerasselt, die eben auf den Feldweg einbogen, auf dem er gedankenverloren entlangstapfte. Kampfmontur und schwarze Kragenspiegel mit den SS-Doppelrunen. Ein Scharführer und zwei blutjunge SS-Schützen. In der Mitte eine zusammengesunkene Gestalt, die einen kläglichen Eindruck machte. Jetzt hob der Mann den Kopf. Munkelfeld erstarrte. Das war doch Sławomir Nowak! Was machte der Pole, der seit 1943 auf dem Hof seiner Eltern als Fremdarbeiter beschäftigt war, in den Händen der SS?

»Heil Hitler, Herr Stabsfeldwebel.« Der Scharführer riss den rechten Arm nach oben und grüßte so zackig, als wäre er auf einer Parade zu Führers Geburtstag. Breite Schulter, kantiges Kinn, stahlharter Blick. Der Zeigefinger der rechten Hand schon wieder lässig am Abzug der umgehängten MP40-Maschinenpistole. Ein Hundertfünfzigprozentiger.

Munkelfeld kannte den Typ zu Genüge. Mit Hurra in den Tod für Volk und Vaterland. »Heil Hitler«, nuschelte er. Das Nuscheln war dabei nicht allein seiner Gesichtsverletzung geschuldet. »Sie eskortieren einen Gefangenen, Scharführer?«

»Zu Befehl, Herr Stabsfeldwebel. Einen Fremdarbeiter, der erwischt wurde, wie er auf einem Hof in Neuenkirchen ein weißes Bettlaken an einem Torpfosten aufhängen wollte.«

»Aha. Wohin bringen Sie den Mann?«

»Nach Rheine, vor das Standgericht.«

Munkelfeld erbleichte. Standgerichte waren in aller Munde. Sie sollten ohne Zögern und in aller Härte gegen Auflösungserscheinungen hinter der Front vorgehen. Es ging das Gerücht, Heinrich Himmler habe im Münsterland eine Sondereinheit der SS eingesetzt, die jeden Fahnenflüchtigen oder schlicht jeden Verdächtigen, der sich abseits seiner Einheit oder Dienststelle aufhielt, ohne Ansehen des Ranges und der Person festzunehmen hatte. Die Festgenommenen sollten dann vor ein mobiles, sogenanntes *fliegendes Standgericht* gestellt und bei Verurteilung sofort erschossen werden. Zur Abschreckung, so lautete angeblich die Anweisung, sollte die Exekution vor den Augen der Kameraden durchgeführt werden.

Selbst für Zivilisten gab es Standgerichte, die alle Delikte, die zu einer Schwächung der Kampfkraft der Truppe oder Gefährdung der Kampfentschlossenheit der Bevölkerung führen konnten, unnachsichtig zu ahnden hatten. Ihr Urteil konnte nur Tod, Freispruch oder Überweisung an ein reguläres Gericht lauten. Gnadenrecht gab es keines. Die zum Tode Verurteilten wurden meist gehängt.

Auf Sławomir Nowak, da machte sich Munkelfeld keine Illusionen, wartete in Rheine also der Galgen! Das schien auch dem Fremdarbeiter klar zu sein, wie sein resignierender Blick verriet. Soweit durfte es nicht kommen! Der Mann hatte im Mai ›44 seinem ältesten Sohn auf dem Dörper Berg das Leben gerettet. Unter Inkaufnahme des eigenen Todes hatte er ihn gerade noch rechtzeitig von einem brennenden Flugzeugwrack weggezerrt und dabei selber schwere Verletzungen erlitten. Tagelang schwebte er zwischen Leben und Tod. Erschüttert über die dramatischen Ereignisse hatte Munkelfeld damals geschworen, dem Polen seinen selbstlosen Einsatz zu vergelten, koste es, was es wolle. Jetzt war der Moment dazu gekommen und Munkelfeld überlegte fieberhaft, wie er Nowak helfen konnte.

»Eine Zigarette?« Dankend nahmen die SS-Soldaten die von Munkelfeld angebotenen Roth-Händle an. Nowak erhielt selbstredend keine, doch Munkelfeld zwinkerte ihm unauffällig zu. Ein

Sturmfeuerzeug flammte auf. Einer der beiden SS-Schützen gab dem Scharführer Feuer.

Mit einem Mal erfüllte ein anschwellendes Brummen die Luft. »Tiefflieger!«, gellte Munkelfelds Warnruf. Sekunden später lag er neben den drei SS-Soldaten im Dreck zwischen den Holunderbüschen. Röhrend donnerte ein Flugzeug nur wenige Meter über ihre Köpfe hinweg. Ein kurzer Blick zur Seite: Der Gefangene fehlte.

»Der Dreckskerl haut ab!«, kreischte einer der beiden SS-Schützen.

Der Scharführer sprang auf, die MP im Anschlag. Noch am Boden liegend riss ihm Munkelfeld das rechte Bein weg. Der Mann stolperte, verlor den Halt und landete mit Wucht im Matsch. Munkelfeld packte erneut zu, erhielt dafür einen bösen Tritt des am Boden Liegenden. »Berndsen! Lotterbeck! Aufhalten!«, brüllte der.

Die beiden Soldaten rappelten sich hoch und verschwanden hinter den Büschen. Sekunden später peitschte eine MP-Garbe über den Feldweg. Danach eine zweite. Einen Augenblick lang herrschte Totenstille. Dann kamen die beiden SS-Soldaten hinter der Holunderhecke zum Vorschein.

»Den Polacken hat es erwischt, Herr Scharführer«, meldete einer der Schützen ohne jedes Mitleid im Blick.

Der Scharführer war aufgestanden. Nun erhob sich stöhnend auch Munkelfeld. Die vom Tritt des SS-Mannes getroffene Schulter schmerzte. »Herr Stabsfeldwebel!« Das Gesicht des Scharführers war wutverzerrt. »Was sollte das Theater?«, herrschte er ihn an.

Munkelfeld presste die Lippen aufeinander und schwieg.

»Das war Sabotage!«, bellte der Scharführer. »Dafür wirst du bezahlen. Papiere!« Die Mündung der MP40 zeigte auf Munkelfelds Bauch.

Vorsichtig fingerte der Stabsfeldwebel sein Soldbuch aus der Innentasche der Uniformjacke und reichte es dem SS-Mann. Der blätterte es durch, ohne seine Waffe zu senken.

»7. Batterie Artillerie-Regiment 16. Gehört zur 16. Panzer-Division.«

Munkelfeld nickte.

»Aha, Stalingradkämpfer. Verwundetenabzeichen in Silber, EK I, EK II und das Ritterkreuz. Hm, ein Mann der Ehre also und ein Mann, der etwas auf seine Ehre hält«, sagte der Scharführer mit einem falschen Lächeln im Gesicht und deutete auf das Ritterkreuz an Munkelfelds Hals. Dann brüllte er ansatzlos: »Und was treibt jemanden wie Sie dazu, der Front hier und jetzt in den Rücken zu fallen?«

Munkelfeld schwieg.

»Verdammt! Von der 16. Panzer-Division hab‹ ich hier in Rheine noch niemanden gesehen. Wo steht Ihre Einheit?«

»Bis gestern lag ich im Lazarett in Osnabrück. Massive Gesichtsverletzung«, sagte Munkelfeld mit fester Stimme und deutete auf die lange Narbe auf seiner linken Wange.

»Und was machen Sie dann hier? Marschbefehl!«, herrschte der Scharführer ihn an.

Nach einem kaum merklichen Zögern nestelte Munkelfeld den Sonderausweis aus der Uniformjacke. Der SS-Mann studierte ihn sorgfältig, während die beiden Schützen Munkelfeld mit der MP im Anschlag im Auge behielten.

»Dieser Ausweis wurde am 29. März dieses Jahres von Oberstabsarzt Siegbald Mauhring unterschrieben?«, fragte der Scharführer und starrte Munkelfeld an.

»So ist es.« Munkelfeld starrte zurück. Ihm war klar: Hier half nur kalte Ruhe.

»Oberstabsarzt Siegbald Mauhring war mein Bruder.« Der Scharführer machte eine bedeutungsschwere Pause. »Mein Bruder, der am 25. März bei dem schweren Luftangriff auf Osnabrück gefallen ist.«

Munkelfelds Augen weiteten sich erschrocken. In einer hilflosen Geste hob er abwehrend die Hände.

Der SS-Mann holte tief Luft. Seine Wangen hatten eine dunkelrote Farbe angenommen. »Womit sich die Frage stellt«, zischte er schließlich, »wie konnte ein Toter Ihren Sonderausweis unterschreiben?«

Munkelfelds Rücken straffte sich. Er wusste, wann ein Spiel verloren war.

»Ich denke«, sagte Scharführer Mauhring mit eisiger Schärfe in der Stimme, »das Standgericht in Rheine wird Arbeit bekommen!«

DANKE ...

… meiner Frau Eva für ihre Geduld, wenn ich mich selbst in den stressigen Phasen unseres Umzugs immer wieder einmal zum Quellenstudium und zum Schreiben in mein altes oder neues Arbeitszimmer zurückgezogen habe. Danke für die guten Gespräche und wertvollen Anregungen. Deine kreativen Ideen haben Wesentliches zum Glätten der ein oder anderen holprigen Passage beigetragen. Und last but not least danke für die erste kritische Sichtung und akribische Korrektur des Manuskripts.

… Moritz und Luke sowie Anna und Marie, die ihr den Protagonisten dieses Buches eure Vornamen geliehen habt. Jede Minute mit euch ist auch weiterhin die pure Freude.

… meinem Onkel Josef Kappelhoff für seinen Bericht über die Ereignisse des 20. Mai 1944. Wie im Krimi Gerhard Munkelfeld radelte er voller Neugier auf die notgelandete Messerschmitt zum Dörper Berg, kam dort jedoch glücklicherweise erst kurz nach der Explosion der Maschine an.

… Oberstleutnant a. D. Norbert Burmeister für seine kompetente Beratung zu allen militärischen Themen, die im Roman eine Rolle spielen, und dafür, dass er bei Nachfragen stets ein offenes Ohr für mich hatte.

… Otto Pötter für den eingebrachten Sachverstand rund um die plattdeutsche Sprache. Seine plattdeutschen Bücher wie auch die Kolumnen in der Münsterländischen Volkszeitung können nur wärmstens empfohlen werden.

… Miriam Paweletz dafür, dass du dir in der stressigen Phase vor dem Abitur Zeit für eine Korrektur des niederländischen Satzes genommen hast.

… Cynthia Erhardt, Mia-Theres Broda und dem ganzen Team der Buchprofis für die wieder einmal professionelle Betreuung meines Buchprojekts.

Ein großes MERCI euch allen!

FAKTEN UND FIKTION

Sollten Sie, liebe Leserin, lieber Leser, gehofft haben, in diesem Buch dem einen oder anderen Bekannten oder gar sich selber zu begegnen, so muss ich Sie enttäuschen. Bis auf die Personen der Zeitgeschichte sind alle im Roman vorkommenden Charaktere frei erfunden. Jedwede Ähnlichkeit mit lebenden oder verstorbenen Personen wäre rein zufällig. Dasselbe gilt für alle beschriebenen Gedanken und Handlungen dieser Personen.

Auch viele der erwähnten Firmen sind fiktiv, so das *Fitness-Wonder* und das Antiquitätengeschäft *Exquisit*. Eine Ausnahme stellen die Gaststätten *Altes Gasthaus Rielmann* (am Kanal in Altenrheine), *Zum Uhlenhook* (in Wadelheim) und *Bote Veit* (am Borneplatz in der Rheiner Innenstadt) dar. Diese drei Restaurants existieren wirklich und ihr Besuch kann der guten Küche wie auch des behaglichen Ambientes wegen durchaus empfohlen werden. Ebenfalls real ist die *Glückskiste* in der Rheiner Innenstadt. In angenehmer Atmosphäre kann man hier Bücher und Spielzeug erwerben. Eine Leseecke lädt zum Schmökern bei Kaffee und Kuchen ein. Bedauerlicherweise wird dieses liebevoll gestaltete inhabergeführte Geschäft Ende der Sommerferien 2025 schließen.

Wie die Beschreibung der Gaststätten und der *Glückskiste*, so entspricht auch die Darstellung der öffentlich zugänglichen Örtlichkeiten in Rheine und Münster den Gegebenheiten im November 2024. Dies gilt auch für die imposante *Hünenborg*, das *Amtsgericht* und das *St. Josefshaus*, ein Altenheim im Südwesten von Rheine.

Die als Schauplätze aufgeführten Wohnungen bzw. Wohngebäude sind hingegen imaginär.

Imaginär scheint auf den ersten Blick auch die Grundidee dieses Romans zu sein: Brisante Papiere aus der NS-Zeit, versteckt im Futter eines Stuhls, werden in unserer Zeit entdeckt und lösen eine Kette von schicksalshaften Ereignissen aus. Tatsächlich aber, so muss ich an dieser Stelle zugeben, basiert diese Idee auf einer realen Begebenheit.

1968 kaufte eine junge Studentin bei einem Trödler in Prag einen Sessel und nahm ihn bei ihrer späteren Ausreise aus der ČSSR mit in die Niederlande. Der Sessel blieb im Familienbesitz, machte eine Reihe von Umzügen mit und landete schließlich im Jahr 2011 zur Aufarbeitung bei einem Polsterer in Amsterdam. Einige Tage später die Überraschung: Der Polsterer erklärt der verblüfften Besitzerin in rüden Worten, er arbeite nicht für Nazis. Im Sitzkissen hatte er nämlich eine Reihe von persönlichen Papieren entdeckt, die einem SS-Offizier namens Robert Griesinger gehörten. Offensichtlich hielt er die Sesselbesitzerin für dessen Tochter. Wer war dieser Robert Griesinger? Wie verlief sein Leben? Wie kamen seine Papiere in das Sesselpolster und wer hat sie dort deponiert? All diesen Fragen ist der Historiker DANIEL LEE in akribischer Spurensuche nachgegangen. Das Ergebnis seiner Recherche beschreibt er in einem Buch, das sich spannend wie ein Krimi liest: *Daniel Lee (2021) – Der Sessel*.

Die Geschichte dieses Fundes lieferte mir die Ausgangsidee für den Plot meines Kriminalromans.

Ein Produkt meiner Fantasie sind hingegen alle Angaben und Schilderungen zur *PDD*, der *Partei der Deutschen*. Diese Partei, deren Programm im Roman von ihrer Generalsekretärin bei Prosecco und Schinkenbrötchen redegewandt erläutert wird, ist rein fiktiv.

Ganz und gar nicht fiktiv sind jedoch die in diesem Buch thematisierten rassistischen und nationalistischen Vorstellungen dieser Partei. Hier sind Ähnlichkeiten mit den Aussagen und Programmen existierender rechtspopulistischer Parteien keineswegs zufällig.

Als Lesender möge man sich überlegen, welche Konsequenzen die Umsetzung der Ansichten einer solchen wie auch ähnlich gestrickter

Parteien für die Menschen und für die Wirtschaft in Deutschland haben würden. Im Roman werden die Auswirkungen des rechtspopulistischen Gedankengutes unter anderem in der »Jagdszene« in der Rheiner Stadtbibliothek deutlich: Junge Erwachsene, die die autoritären, rassistischen und nationalistischen Parolen einer Partei wie der *PDD* aufgesogen haben, zeigen sich bereit, die Einflüsterungen der Hassprediger in gewaltsames Handeln umzusetzen. Ihre Gewaltbereitschaft mag dabei aus diffusen Ängsten und Vorurteilen resultieren, die von den Rechtspopulisten geschürt werden. Sie mag auch ein Zeichen von Unwissenheit und Minderwertigkeitsgefühlen sein. In jedem Fall trägt die Radikalisierung solcher Gruppen den Keim der Gesellschaftsspaltung in sich, die über kurz oder lang zu einem Aufkündigen des Solidarkonsenses in unserer Gesellschaft führen würde. Die Umsetzung rechtspopulistischer Staats- und Gesellschaftsvorstellungen wäre nicht nur zutiefst inhuman und mit einem an christlichen Werten orientierten Weltbild unvereinbar, sondern zugleich auch eine große Gefahr für die wirtschaftliche Entwicklung und den Wohlstand unseres Landes.

Auch eingedenk historischer Erfahrungen kann es daher nur heißen: Wehret den Anfängen!

Übrigens, die Unterbringung der Rheiner Stadtbibliothek in einem ehemaligen Baumarkt an der Osnabrücker Straße entspricht den aktuellen Gegebenheiten im November 2024. Aufgrund der Umgestaltung des Rathauszentrums zog die Bibliothek im August 2022 in ihr Ausweichquartier um. Ihre Rückkehr in die vollständig neu gestalteten Räume in der Mall ist für 2025 geplant.

Das Amtsgericht in Rheine befindet sich gegenüber dem Alten Friedhof an der Salzbergener Straße. Die Details des hier im Roman vor dem Schöffengericht verhandelten »Falles Schmidtbäcker« sind von mir erfunden, wurden aber einem realen Fall nachgestaltet, von dem unter anderem die *Dülmener Zeitung* berichtet hat (KOCH 2019). Das im Jahre 2019 im Amtsgericht in Rheine ergangene Urteil gegen den Mann, der sich als »Pate aus Hamburg« ausgegeben hatte, lautete übrigens: drei Jahre und drei Monate Haft ohne Bewährung.

Auch wenn Gerhard Munkelfeld, der Junge aus dem Prolog, eine Figur meiner Fantasie ist, so sind die dem Prolog zugrunde liegenden Geschehnisse des 20. Mai 1944 doch durchaus real. Jedem, der auf dem Triangel-Radweg zwischen Rheine und Neuenkirchen radelt, wird auf Höhe des *Möbelhauses Kösters* ein markantes Denkmal auffallen. Aufgestellt wurde es 2004 auf Initiative des Heimatvereins Neuenkirchen. Die Gestaltung oblag dem Bildhauer und Steinmetz Heinrich Langenberg. Das Denkmal erinnert an den fürchterlichen Flugunfall, der sich am 20. Mai 1944 an eben dieser Stelle ereignete.

Bei der Explosion einer notgelandeten Messerschmitt Bf 109 der deutschen Luftwaffe starben damals 24 Menschen, die meisten von ihnen Kinder und Jugendliche. Viele weitere wurden zum Teil schwer verletzt. Dieses grauenvolle Unglück wurde in Neuenkirchen und Rheine während der Kriegsjahre wie auch in der frühen Nachkriegszeit kaum thematisiert und (wahrscheinlich) auch nie genau untersucht. So sind zahlreiche Details dieser Tragödie bis heute unklar. Folgender Ablauf scheint jedoch inzwischen festzustehen (vgl. unter anderem ADERS 2018; KREYENSCHULTE 2020; ADERS 2024):

Am 19. Mai 1944 flog die 8. US-Luftflotte mit 888 schweren Bombern und rund 700 Begleitjägern einen Großangriff auf Ziele im Raum Braunschweig und Berlin. Deutsche Jagdflugzeuge, unter anderem auch die II. Gruppe des Jagdgeschwaders 53 aus Biblis, versuchten, die Bomberflotte abzufangen. Nach heftigen Luftkämpfen im Raum zwischen dem Dümmer See und Osnabrück mussten eine Reihe von Jagdflugzeugen zum Betanken, Aufmunitionieren und eventuell auch Beseitigen von Schäden auf den zum damaligen Zeitpunkt nicht von Jagdverbänden belegten Flugplätzen in Bentlage und Hopsten landen, darunter auch die Messerschmitt Bf 109 des JG 53. Am folgenden Samstag, dem 20. Mai 1944, starteten die Maschinen zum Rückflug auf ihre Heimatflugplätze. Unter den Maschinen, die sich gegen 14:20 Uhr im Luftraum Neuenkirchen befanden, war auch eine Bf 109 des Bibliser Geschwaders, die (wahrscheinlich) von einem Unteroffizier namens Werner Köhler geflogen wurde. Kurz nach dem Start in Bentlage hatte Köhler mit einem heftigen Brand im Motorbereich zu kämpfen. Er sah keine andere Möglichkeit, als sein Flugzeug notzulanden. Nach dem Abwurf von Zusatztank und Kabinenhaube brachte er die Maschine mit eingefahrenem Fahrwerk auf einem frisch gepflügten Acker nahe der (damaligen) Bahnlinie Rheine–Neuenkirchen zu Boden.

Die Notlandung wurde von zahlreichen Neuenkirchenern beobachtet. Insbesondere Kinder und Jugendliche, die zu diesem Zeitpunkt auf dem Heimweg von der Schule waren, rannten daraufhin zur Unglücksstelle. Ebenso Soldaten und Luftwaffenhelfer einer Flakbatterie auf dem Dörper Berg. Nach der weichen Notlandung lebte der Brand im Motorraum der Unglücksmaschine weiter, wohl auch infolge austretenden Benzins. Unteroffizier Köhler hatte sich Verbrennungen zugezogen. Zur Behandlung dieser wie auch zum Absetzen einer Meldung an den Fliegerhorst Bentlage entfernte er sich von der brennenden Maschine, nicht ohne die heranströmenden Schaulustigen vorher eindringlich davor zu warnen, sich dem brennenden Flugzeug zu nähern – was insbesondere viele Kinder und Jugendliche sträflich ignorierten. Nach Augenzeugenberichten sollen trotz der Hitze des Motorbrandes sogar einige Personen auf der Maschine herumgeklettert sein. Wenige Minuten nach der Notlandung kam es dann infolge einer Kettenreaktion zur Explosion der Bordwaffenmunition. Die linke Tragfläche der Unglücksmaschine wurde abgerissen, Splitter und Trümmerteile wurden bis zu hundert Meter weit geschleudert und töteten oder verletzten viele Schaulustige. Sechzehn Menschen starben an der Unglücksstelle, dreiunddreißig wurden teils schwer verwundet. Acht der Schwerverletzten starben später in den umliegenden Krankenhäusern. Das Löschen des Flugzeugbrandes übernahm die Feuerwehr vom Fliegerhorst in Bentlage, da Neuenkirchen zu dieser Zeit keine eigene Feuerwehr besaß. Unterlagen des Fliegerhorstes Rheine zu diesem Flugzeugunglück sind heute bedauerlicherweise nicht mehr vorhanden.

In meiner Darstellung der Ereignisse des 20. Mai 1944 sind alle handelnden Personen frei erfunden. Eine dieser Personen, Gerhard Munkelfeld, besuchte 1944 das Gymnasium Dionysianum in Rheine, wie seine spätere Frau Luisa im Roman ihrem Neffen Moritz Mey erzählt. Allerdings waren die Klassen 1–5 des Gymnasiums wegen der anhaltenden Gefahr schwerer Luftangriffe bereits am 21. Januar 1944 nach Abtenau in den Salzburger Alpen evakuiert worden (HALSBAND 2025). Gerhard Munkelfeld hätte also den Flugunfall am 20. Mai eigentlich nicht miterleben können. Ich habe mir jedoch erlaubt, die Evakuierung der Dionysianer später anzusetzen.

Im »Faktenpapier«, das Kriminalkommissar Faltermeyer im Zuge seiner Recherchen erstellt, sowie auch im Epilog werden Entwicklungen und Ereignisse in Rheine im April 1945 kurz vor der Besetzung der Stadt durch die britischen Truppen geschildert. Hier habe ich mich, soweit möglich, an den Aussagen von Zeitzeugen bzw. den recherchierbaren Fakten orientiert (vgl. unter anderem GERLING 1995; KAMPHUES 1995; MARCINIAK 2025; MÜLLER 1972; REKERS 1995; RIEGERT 2012; TECHNIK MUSEUM SINSHEIM 2025; VIEHOFF 1995; WEGMANN 1982).

Dies gilt auch für den Aspekt der »Standgerichte«. Im Zuge der sich verschlechternden militärischen Lage und der zunehmenden Kriegsmüdigkeit wurden seit 1943 in Deutschland und den von der Wehrmacht besetzten Gebieten Gerichte etabliert, die außerhalb der regulären Gerichtsbarkeit standen, die sogenannten Standgerichte. In den Verfahren dieser Gerichte fanden die ordentlichen Prozessvorschriften nur »sinngemäß« Anwendung. Verteidigungs-, Einspruchs- und Begnadigungsmöglichkeiten waren stark eingeschränkt oder fehlten ganz. »Ab Januar 1945 durfte [zudem] jeder vorsitzende Richter eines (dreiköpfigen) Militär- oder (fliegenden) Standgerichts in Personalunion die Anklage vertreten.« (KALMBACH 2021, S. 225)

Die ergangenen Urteile (gegen Ende des Krieges waren dies in aller Regel Todesurteile) wurden vielfach sofort und in aller Öffentlichkeit vollstreckt. Die Stoßrichtung der Standgerichte war insbesondere die Unterbindung von Sabotage, »Wehrkraftzersetzung«, Gehorsamsverweigerung und Desertion, mithin also der Erhalt der militärischen Schlagkraft. Ihre harten Urteile und deren rasche Vollstreckung dienten damit nicht allein der Bestrafung der angeklagten »Täter«, sondern vornehmlich auch der Abschreckung. Jedem sollte deutlich vor Augen geführt werden, welche Konsequenzen eine Aufgabe des Kampfes oder der Widerstand gegen das NS-Regime nach sich zogen (KALMBACH 2014, S. 454).

Waren Standgerichte ursprünglich nur für Vergehen von Soldaten und militärischem Personal zuständig, wurde ihre Zuständigkeit später auch auf Zivilisten ausgeweitet. Am 15. Februar 1945 erließ Reichsjustizminister Otto Thierack eine »Verordnung über die Errichtung von Standgerichten« in allen »feindbedrohten Reichsverteidigungsbezirken«. Diese Standgerichte waren für alle Straftaten zuständig, »durch die die deutsche Kampfkraft und Kampfentschlossenheit gefährdet« wurde, egal ob sie von Soldaten oder Zivilisten begangen worden waren (WIKIPEDIA 2025b).

Ab dem Frühjahr 1944 wurden sonderpolizeiliche Einheiten mit der Bezeichnung OKW-Feldjäger aufgestellt. »Die Feldjäger, die allein der obersten Führung unterstanden, konnten gegenüber allen Soldaten bis zum Kommandierenden General Weisungen erteilen, aber auch strafgerichtliche Verfahren durchführen, wozu ihnen eigens ›fliegende Standgerichte‹ [, also Standgerichte, die nicht an einen bestimmten Ort gebunden waren,] beigegeben worden waren« (KALMBACH 2014, S. 455). Diese hochmobilen Kommandos, die im Gebiet direkt hinter der Front agierten, sollten sicherstellen, dass Rückzug, Gehorsamsverweigerung und Kapitulation für niemanden eine Option darstellen konnten. »Ihrem Fanatismus fielen bis zum letzten Kriegstag Tausende Soldaten und Zivilisten zum Opfer« (KALMBACH 2021, S. 211).

Ein Überlebender schrieb dazu: »Wer [die Kriegshandlungen] überlebt, landet im immer noch intakten Netz der Auffangstäbe. Sie fahnden nach desertierten Landsern, töten in Agonie alles, was verdächtig erscheint. Ein verlorenes Soldbuch, eine fehlende Urlaubsbescheinigung, ein unleserlicher Versetzungsbescheid – schnell wird daraus ein Totenschein« (Huber 2018, S. 195).

Inwieweit (fliegende) Standgerichte auch im Norden des Münsterlandes tätig waren, konnte von mir nicht ermittelt werden. Die im Epilog des Romans angedeutete Aktivität eines (fliegenden) Standgerichts in Rheine zu Ostern 1945 ist daher fiktiv.

Belegt ist allerdings, dass Heinrich Himmler Ende März 1945 im Münsterland »eine SS-Truppe mit standgerichtlichen Vollmachten hinter der sich zurückziehenden Front« einsetzte (Kalmbach 2014, S. 457). Diese wurde allerdings im Zuge der heftigen Abwehrkämpfe in die Reihen der kämpfenden Truppe eingegliedert (Müller 1972, S. 94 f.).

Zum Abschluss noch ein Hinweis für die Liebhaber giftiger Haustiere in Nordrhein-Westfalen: Das im Roman angesprochene Gifttiergesetz gibt es tatsächlich (Ministerium des Inneren des Landes Nordrhein-Westfalen 2020). Seit dem 1.1.2021 sind Neuanschaffung und Haltung von Giftschlangen, bestimmten Skorpion- und Webspinnenarten sowie deren Unterarten in NRW verboten. Bestehende Haltungen können bei Erfüllen bestimmter Voraussetzungen (18 Jahre alt, Nachweis der persönlichen Zuverlässigkeit, Nachweis einer bestehenden Haftpflichtversicherung) fortgeführt werden. Professor Dr. Schirmer wird seine Klapperschlange und Puffottern aber wohl abgeben müssen …

Alle für den Roman bedeutsamen Fakten habe ich sorgfältig recherchiert. Sollten sich in deren Darstellung dennoch Ungenauigkeiten oder gar Fehler eingeschlichen haben, so bitte ich, mir diese nachzusehen.

Ich hoffe, liebe Leserinnen und Leser, es war für Sie ein spannendes Vergnügen, das Kripo-Team um Luke Rumphorst und Jakob Bär bei ihrer in diesem Fall politisch brisanten Verbrecherjagd zu begleiten. Zwar ist der Beitrag des Ehepaares Mey zur Aufklärung des Salinenmordes ein eher kleiner, doch kann sich dies beim nächsten Fall, in den Anna und Moritz Mey involviert werden, ganz schnell wieder ändern …

Mit herzlichen Grüßen aus dem Münsterland
Karlheinz Uhlenbrock

QUELLENVERZEICHNIS

Im Rahmen meiner Recherchen habe ich eine Reihe von Büchern, Aufsätzen und Internetquellen ausgewertet, die ich zum Weiterlesen empfehlen kann. Hier eine Auswahl:

ADERS, G. (2018): Die Flugzeugexplosion vom 20. Mai 1944 in Neuenkirchen. In: Nordmünsterland. Forschungen und Funde, Band 5, S. 161–181.

ADERS, G. (2024): Bruchlandung eine BF 109 am 20.05.1944 in Rheine; Grund der Sekundär Detonation. Diskussion im Forum der Wehrmacht vom 4. November 2015 bis zum 1. Juni 2024. https://www.forum-der-wehrmacht.de/index.php?thread/44980-bruchlandung-eine-bf-109-am-20-05-1944-in-rheine-grund-der-sekund%C3%A4r-detonation/&pageNo=1, letzter Zugriff 1.3.2025.

ALTENHÜLSING, B. (2014): Das Grauen kam vom blauen Himmel. 24 junge Neuenkirchener starben bei der Explosion einer Messerschmitt / Gedenkstein 2004 aufgestellt. In: Münsterländische Volkszeitung vom 17.5.2014.

BLANK, R. (2021): »Heimatfront« Westfalen – zwischen Bombenkrieg und »Endkampf«. https://www.lwl.org/westfaelische-geschichte/portal/Internet/input_felder/langDatensatz_ebene4.php?urlID=41&url_tabelle=tab_websegmente, letzter Zugriff 1.3.2025.

BÜLD, H. (Hrsg.) (1963): Rheine im Wandel der Zeiten. Franz Kolck erzählt ... 1988: Reprint der Ausgabe von 1963. Rheine, Verlag der Buchhandlung Eckers.

EIYNCK, A. (2021): Spökenkieker: Die Westfalen und das Zweite Gesicht. Erstellt am 23.11.2021. https://www.alltagskultur.lwl.org/de/blog/spoekenkieker/, letzter Zugriff 1.3.2025.

GERLING, G. (1995): »Ich will diese Tage nicht vergessen«. Tagebuchein-tragungen, aufgeschrieben am 23. April 1945. In: STADT RHEINE (Hrsg.): Rheine – gestern, heute, morgen. Zeitschrift für den Raum Rheine, Aus-gabe 1/1995, Selbstverlag, S. 40–51.

HALSBAND, H.-W. (2025): Geschichte des Gymnasium Dionysianum. https://www.dionysianum.de/index.php/unsere-schule/schulgeschichte, letzter Zugriff 1.3.2025.

HENKE, L. (2015): »Adler 7« – Die erste deutsche Schreibmaschine kam aus Frankfurt. Erstellt am 11.1.2015. https://blog.historisches-museum-frank-furt.de/adler-7-die-erste-deutsche-schreibmaschine-kam-aus-frankfurt/, letzter Zugriff 1.3.2025.

HOMERING, J. (1999): Er hatte ein Mädchen auf den Armen: »Sie ist tot! Sie ist tot!«. Ein Augenzeuge berichtet: Herbert Evers überlebte die Flugzeug-explosion 1944. In: Münsterländische Volkszeitung vom 19.6.1999.

HOMERING, J. (2018): »Sie ist tot! Sie ist tot!« 24 junge Neuenkirchener star-ben am 20. Mai 1944 bei der Explosion einer Messerschmitt aus Bentlage. In: Münsterländische Volkszeitung vom 17.3.2018.

HOMERING, J. (2019): Explosion jährt sich zum 75. Mal. Unglück mit Jagd-bomber riss im Zweiten Weltkrieg 24 Neuenkirchener in den Tod. In: Münsterländische Volkszeitung vom 18.5.2019.

IMMING, H. (1995): »Als die Engländer Ostern 1945 nach F.A.K. kamen«. In: STADT RHEINE (Hrsg.): Rheine – gestern, heute, morgen. Zeitschrift für den Raum Rheine, Ausgabe 1/1995, Selbstverlag, S. 52–55.

HUBER, C. (2018): Das Ende vor Augen: Soldaten erzählen aus dem Zweiten Weltkrieg. 3. Auflage. Rosenheim, Edition Förg.

KALMBACH, P. L. (2014): Feldjäger, Sicherheitsdienst, Sonderkommandos. Polizeiorgane und Standgerichtsbarkeit in der Endphase des Zweiten Weltkriegs. In: Kriminalistik. Unabhängige Zeitschrift für kriminalistische Wissenschaft und Praxis, 68. Jahrgang, Heft 7, S. 454–458.

KALMBACH, P. L. (2017): Das System der NS-Sondergerichtsbarkeiten. In: Kritische Justiz, 50. Jahrgang, Heft 2, S. 226–235.

KALMBACH, P. L. (2021): Fliegende Standgerichte. In: Vierteljahreshefte für Zeitgeschichte, 69. Jahrgang, Heft 2, April 2021, S. 211–239.

KAMPHUES, O. (1995): Kriegsende in Rheine – Erinnerung. In: STADT RHEINE (Hrsg.): Rheine – gestern, heute, morgen. Zeitschrift für den Raum Rheine, Ausgabe 1/1995, Selbstverlag, S. 69–70.

KELLERHOFF, S.-F. (2021): Fliegende Standgerichte: »Nach dem siebten Todesurteil steht ihm der Schweiß auf der Stirn«. Veröffentlicht am 15.4.2021. https://www.welt.de/geschichte/zweiter-weltkrieg/article230370473/NS-Militaerjustiz-Schweiss-auf-der-Stirn-nach-dem-siebten-Todesurteil. html, letzter Zugriff 1.3.2025.

KOCH, M. (2019): Versuchte räuberische Erpressung: Angeblicher Pate zu über drei Jahren Haft verurteilt. In: Dülmener Zeitung vom 25.6.2019. https://www.dzonline.de/muensterland/angeblicher-pate-zu-uber-drei-jahren-haft-verurteilt-1123036?&npg, letzter Zugriff 1.3.2025.

KREYENSCHULTE, S. (2020): Explosion war ein Pilotenfehler. 20. Mai 1944: Neuenkirchens größtes Unglück wird neu bewertet. Kölner Archivar und Luftkriegshistoriker Gebhard Anders aus Altenberge hat den Fall umfassend untersucht. In: Münsterländische Volkszeitung vom 18.5.2020.

KRÜHLER-BRÜGGEMANN, M. (2024): Die Erinnerungen sind noch lebendig. Zeitzeugen-Gespräch mit Theo Kösters (87) über die Explosion der Messerschmitt Bf 109. In: Münsterländische Volkszeitung vom 30.12.2024.

LABORDE-NOTTALE, E. (1990): Das Zweite Gesicht. Übernatürliche Phänomene in der Psychoanalyse. Stuttgart, Klett-Cotta.

MINISTERIUM DES INNEREN DES LANDES NORDRHEIN-WESTFALEN (2020): Gesetz zum Schutz der Bevölkerung vor sehr giftigen Tieren (Gifttiergesetz – GiftTierG NRW). https://recht.nrw.de/lmi/owa/br_vbl_detail_text?anw_nr=6&vd_id=18602&ver=8&val=18602&sg=0&menu=1&vd_back=N, letzter Zugriff 1.3.2025.

LEE, D. (2021): Der Sessel. Eine Spur in den Holocaust und die Geschichte eines ganz normalen Täters. München, dtv Verlagsgesellschaft.

LORENBECK, J. (2024): Historischer Fund nach über 80 Jahren. Sondengänger Sven Feldhoff findet über 100 Teile des 1944 explodieren Jagdflugzeuges in Sutrum-Harum. In: Münsterländische Volkszeitung vom 21.9.2024.

LUKASCHEWSKI, J. (2020): Stolpersteine der Kriminalistik: Morden für Anfänger – Morden für Fortgeschrittene. 2. Auflage. Frankfurt a.M., Antheum Verlag, 2020.

MARCINIAK, R. (2025): Luftangriffe auf Rheine im II. Weltkrieg. http://www.osnanet.de/rudolf.marciniak/products.htm, letzter Zugriff 1.3.2025.

MÜLLER, H. (1972): Fünf vor Null. Die Besetzung des Münsterlandes 1945. 2. Auflage, Münster, Aschendorff Verlag.

REKERS, K. (1995): Das Kriegsende 1945 in unserer Heimat. Speller Schriften, Band 5. Ibbenbüren, Ibbenbürener Vereinsdruckerei GmbH.

RIEGERT, W. (2012): Heimat unter Bomben. Der Luftkrieg im Raum Steinfurt und in Münster und Osnabrück 1939–1945. 3. Auflage. Dülmen, Laumann-Verlag.

SCHAPER, A. (2020): Der Bote Veit – Durchleuchtung einer lokalen Heldenfigur. In: STADT RHEINE (Hrsg.): Rheine – gestern, heute, morgen. Zeitschrift für den Raum Rheine, Ausgabe 2/2020, Selbstverlag, S. 88–111.

SCHÖNE, J. (2025): Was ist ein Spökenkieker? https://derspoekenkieker.de/was-ist-ein-spoekenkieker/, letzter Zugriff 1.3.2025.

STADT RHEINE (2025): 1933–1945 – Rheine in den Jahren der nationalsozialistischen Herrschaft. https://www.rheine.de/kultur-freizeit-tourismus/rheine-entdecken/stadtgeschichte/1933–1945/index.html, letzter Zugriff 1.3.2025.

STÖBER, A. (2025): Sage vom Boten Veit. https://www.rheine-veit-gilde.de/sage-bote-veit/, letzter Zugriff 1.3.2025.

STOLTEN, H. (2024): Seltene und besondere Schreibmaschinen, mit denen in der Schreibstube geschrieben werden darf. https://schreibstube-krempe. simdif.com/schlagfertige_tippsen_.html, letzter Zugriff 1.3.2025.

TECHNIK MUSEUM SINSHEIM (2025): Opel Blitz LKW mit Holzvergaser (inklusive eines kurzen Films zur Funktionsweise des Holzvergasers). https:// sinsheim.technik-museum.de/de/opel-blitz-mit-holzvergaser, letzter Zugriff 1.3.2025.

VIEHOFF, L. (1995): Das unmittelbare Ende des Krieges in Rheine. In: STADT RHEINE (Hrsg.): Rheine – gestern, heute, morgen. Zeitschrift für den Raum Rheine, Ausgabe 1/1995, Selbstverlag, S. 57–59.

WEGMANN, G. (1982): Das Kriegsende zwischen Ems und Weser 1945. Osnabrück, Kommissionsverlag H.Th. Wenner.

WERTHEMANN, B. (1987): Alterungsbestimmungen von Papier und der Nachweis von Fälschungen. Kongress der Internationalen Arbeitsgemeinschaft der Archiv-, Bibliotheks- und Graphikrestauratoren (IADA), 1987, Berlin, S. 325–342. https://staging.iada-home.org/wp-content/uploads/2021/05/ Berlin_1987_Werthmann_325.pdf, letzter Zugriff 1.3.2025.

WITTKAMPF, P. (2019): Spökenkieker. Das Zweite Gesicht in Westfalen. Coesfeld, Longinus Verlag.

WIKIPEDIA (2025a): Standgericht. https://de.wikipedia.org/wiki/Standgericht, letzter Zugriff 1.3.2025.

WIKIPEDIA (2025b): Verordnung über die Errichtung von Standgerichten vom 15. Februar 1945. https://de.wikipedia.org/wiki/Standgericht#/media/ Datei:Standgerichte.jpg, letzter Zugriff 1.3.2025.

Zudem:

SONDERAUSWEIS (1945): In einem Kriegslazarett am 4.1.1945 ausgestellter Sonderausweis für eine Dienstreise. https://www.briefmarken.cc/2-wkmarschbefehl-passier-urlaubsschein-sonderausweis-usw-partie?a=883464, letzter Zugriff 1.3.2025.

ZEITUNGSPORTAL ZEIT.PUNKTNRW mit einer Fülle von Zeitungen aus den
Jahren 1944 und 1945. https://zeitpunkt.nrw/nav/index/title, letzter Zugriff
1.3.2025.

ÜBER DEN AUTOR

Karlheinz Uhlenbrock, geboren 1956, studierte Biologie und Geografie an der WWU in Münster. Im Anschluss unterrichtete er am Abendgymnasium in Köln sowie in Rheine und führte als Fachleiter angehende Lehrerinnen und Lehrer in die Geheimnisse des Unterrichtens ein. Seit 1991 lebt und schreibt der Autor verschiedener schulischer Fachbücher in seiner Wahlheimat Rheine. Im Ruhestand begann der passionierte Krimileser damit, selber Kriminalromane zu schreiben. »Das tödliche Spiel des Zufalls« ist der vierte Roman aus seiner Feder und zugleich die Fortsetzung der erfolgreichen Rheine-Krimireihe um das sympathische Ermittlerquartett Luke Rumphorst & Azra Ceylan und Anna & Moritz Mey.

Die langen Schatten der Vergangenheit
– Luke Rumphorsts erster Fall –

Karlheinz Uhlenbrock

Das Münsterland im August 2020. Corona zum Trotz steht im Falkenhof-Museum in Rheine die Eröffnung der Ausstellung »Bürgersinn und Seelenheil« an. Moritz Mey, Reporter der *Rheiner Allgemeinen Zeitung*, erhält zusammen mit seiner Frau Anna die Gelegenheit, die Ausstellung vorab zu besuchen. Allerdings entwickelt sich der Ortstermin für sie zum Horrortrip. Zu Füßen des prachtvollen Dionysius-Evangeliars liegt blutüberströmt ein Toter. In seinem Hals steckt eine eigentümliche Schere.

Oberkommissar Luke Rumphorst und sein Team der Kripo Greven ermitteln. Der bizarre Mord gibt ihnen Rätsel auf. Ein Mordmotiv scheint zu fehlen, denn das Opfer war allgemein beliebt. Doch im Verlauf der Ermittlungen kommen verhängnisvolle Neigungen und todbringende Konflikte ans Licht.

Ein Toter mit Migrationshintergrund, der ungewöhnliche Tatort, die seltsame Mordwaffe und eine Handvoll Verdächtiger – an Spuren, die verfolgt werden können, mangelt es Oberkommissar Rumphorst wahrlich nicht. Dennoch bedarf es der ungebetenen Hilfe von Moritz und Anna Mey, um den Schlüssel für die Lösung des Mordfalls zu entdecken. Und dieser liegt weit in der Vergangenheit …

Die bittere Qual des Wissens
– Luke Rumphorsts zweiter Fall –

Karlheinz Uhlenbrock

Rheine an einem nasskalten Montag im Mai 2021. Auf ihrer Joggingrunde entdeckt eine junge Frau im dunklen Wasser des Schleusenkanals die leicht bekleidete Leiche eines Mannes. Offensichtlich wurde er erdrosselt. Kurze Zeit später stolpert Lokalreporter Moritz Mey auf dem Alten Friedhof der Ems-Stadt über einen skelettierten menschlichen Schädel. In dessen rechter Augenhöhle stößt er auf die kaum noch zu entziffernde Signatur ›Here H 37‹.

Wer ist der Tote aus dem Schleusenkanal und warum musste er sterben? Gibt es eine Verbindung zum grausigen Fund auf dem Alten Friedhof? Und: Welche Bedeutung hat der geheimnisvolle Schriftzug auf den bleichen Knochen des Schädels?

Während eine Mordkommission unter Leitung von Kriminaloberkommissar Luke Rumphorst intensiv daran arbeitet, den rätselhaften Toten zu identifizieren und die Umstände seines Todes zu klären, recherchiert Moritz Mey auf eigene Faust. Dabei kommt er einem grausamen Geheimnis auf die Spur und gerät selbst in tödliche Gefahr. Denn der Täter hat nichts mehr zu verlieren …

Ein spannender Münsterland-Krimi, atmosphärisch dicht, mit reichlich Lokalkolorit und einem überraschenden Ende!

Der schale Geschmack der Rache
- Luke Rumphorsts dritter Fall -

Karlheinz Uhlenbrock

Auf ihrer Fahrt zum rock'n'popmuseum nach Gronau entdeckt eine Radlergruppe an einem Bahnübergang in Rheine die Leiche eines jungen Mannes. Zunächst scheint seine klaffende Kopfwunde auf einen bedauerlichen Unfall hinzudeuten. Doch dann liefert die Obduktion Indizien für einen bizarren Mord.

Kriminaloberkommissar Luke Rumphorst und sein Team ermitteln und sehen sich bald mehr offenen Fragen gegenüber, als ihnen lieb ist: Hängt der Tod des Mannes mit seinem Engagement in der Ökoaktivistengruppe Green Time Warriors zusammen? Oder wurde er das Opfer einer Beziehungstat? Und warum postet jemand am Tag nach dem Mord das Bild einer Apostelfigur aus der Rheiner St.-Dionysius-Kirche vom verschwundenen Handy des Toten?

Die Ermittlungen kommen nur mühsam voran und die Zeit drängt, denn der Mörder hat sein grausiges Werk noch nicht vollendet …

Ein brandaktuelles Thema, ein verzwickter Fall, ein furioses Ende und ganz viel Lokalkolorit – ein Muss für alle Regionalkrimifans!